COLLECTION FOLIO

William Irish

J'ai vu rouge

Traduit de l'américain
par François de Mecquenem

Gallimard

Titre original :

FRIGHT

Né en 1903, Cornell George Hopley-Woolrich se consacre à l'écriture dès 1925, d'abord avec un certain succès avant de voir tous ses textes refusés. Pour gagner sa vie et ne pas mourir de faim, il décide en 1932 de se lancer dans la nouvelle « noire » pour les magazines *pulps* (plus de 350 nouvelles !). Il écrit sous le nom de William Irish, à partir de 1940, des romans où la violence, au lieu d'éclater au grand jour, reste intérieure, latente, dans un monde aux frontières du fantastique et du cauchemar : *J'ai épousé une ombre*, *La sirène du Mississippi*, *L'heure blafarde*...

Malade, alcoolique, confiné dans sa chambre, il meurt de la gangrène en 1968.

PREMIÈRE PARTIE

NEW YORK

1915...

I

Cette année-là, Prescott Marshall eut vingt-cinq ans. Cela faisait trois ans qu'il habitait New York. Il avait rencontré Marjorie Worth l'année précédente et, depuis quelques mois déjà, l'aimait en secret.

Il travaillait chez un agent de change, à Wall Street. Il ne gagnait pas des sommes folles, mais il était jeune, présentait bien et inspirait aux dames âgées et riches, clientes de la firme, un intérêt certain bien qu'indéfinissable. Tout s'arrangerait avec le temps. Je veux parler du fait qu'il ne roulait pas encore sur l'or.

Il devait sa situation à une jeune femme rencontrée la première année de son arrivée à New York. C'est elle qui lui avait parlé de la place et indiqué la personne à voir, tout en le recommandant préalablement à cette personne. Depuis, cette femme était sortie de sa vie, mais la situation lui était restée. Comme un exemple particulièrement démonstratif de la supériorité, dans la vie courante, du « physique » comparé au vulgaire mérite personnel.

Ce premier échelon, auquel il se cramponnait de façon encore bien précaire, se consoliderait avec les années, pour devenir une plate-forme solide, puis un tremplin vers le succès.

Mais il avait besoin de Marjorie pour réaliser cela. Elle avait l'argent qui attire l'argent ; une position sociale de premier plan, qui attire la confiance ; des relations riches, bien placées, qui de ce fait et en temps voulu deviendraient des clients, lesquels à leur tour amèneraient leurs amis. Ils formeraient un cercle s'élargissant indéfiniment, pour son plus grand profit.

C'est ainsi qu'il en était venu à l'idée de l'épouser. Mais aussi d'attendre, pour se déclarer, la certitude de son consentement. De tempérament, il n'était pas joueur et ne se souciait pas de risquer son propre avenir sur un seul coup de dés.

Pour son compte personnel, sa décision était prise. Mais il était fermement résolu à laisser à Marjorie tout le temps nécessaire pour se préparer. Il ne découvrirait son jeu qu'avec de sérieux atouts en main.

C'est sa beauté qui l'avait attiré, alors qu'elle dansait un tango au thé du Plazza, vêtue d'une longue robe fendue. C'est cette beauté qui l'avait incité à se renseigner sur elle et à se dire : « Approchons-nous. Il faut absolument que je lui sois présenté. » De fait, elle était ravissante. Brune, extrêmement séduisante, grande et gracieuse au possible. La mode était charmante cette année-là, créée pour elle, semblait-il. Une des dernières années, du reste, où la mode féminine fut encore ce que l'on appelle habillée.

Il eut le mérite de se rendre rapidement compte que Marjorie constituait ce qu'une génération future devait appeler « de l'excellente publicité ». Sortir avec elle représentait la meilleure des réclames. Toutes les têtes se tournaient sur son passage, et en même temps sur lui, l'homme qui l'accompagnait. Le gosse sorti de son village du New Hampshire faisait son chemin dans la grande cité.

C'est plus tard, quand l'enthousiasme du début aurait pu commencer à s'émousser, que lui était venue la notion fructueuse de la richesse et de la position sociale des Worth. Ce qui avait réchauffé ses sentiments à l'instant où il s'apprêtait à espacer les relations et à la laisser échapper. Elle représenta alors pour lui la Fortune et la Famille.

A cette phase, son ardeur avait réussi à allumer en

Marjorie un sentiment réciproque. Elle avait, il est vrai, une étape de retard, mais néanmoins se trouvait sur le même chemin.

C'est alors qu'il s'était décidé à l'épouser.

Il ne lui restait plus qu'à faire sa demande.

II

La boutonnière de rigueur, un gardénia entouré de violettes, avait été dûment envoyée. Les billets étaient dans sa poche. Pour le théâtre Eltinge, où Madge Kennedy jouait : *Une blonde ensorcelante*. Des billets hors de prix pour l'époque, à deux dollars cinquante le fauteuil d'orchestre.

Il attendait Marjorie, confortablement assis dans ce passage prestigieux qui traverse de part en part le Waldorf Astoria et fait communiquer la Trente-quatrième Rue à la Trente-troisième : la fameuse allée du Paon.

En ces années 1910, il existait deux lieux classiques de rendez-vous. Les messieurs se retrouvaient nécessairement au Knickerbocker Bar dans la Quarante-deuxième Rue. Mais on donnait rendez-vous à une femme dans l'allée du Paon.

— On demande M. Marshall !

Au premier appel de son nom, il ne crut pas qu'il s'agissait de lui. C'est qu'il n'était guère habitué à être demandé en plein Waldorf Astoria.

— On demande M. Marshall !

Il se redressa sur son siège et fit signe au chasseur, qui s'approcha.

— Une dame vous demande au téléphone, monsieur. Par ici, je vous prie !

Il ne savait pas trop s'il convenait de donner un pourboire. Il hésita et finalement gratifia le chasseur de dix cents. Mais l'hésitation avait gâté son geste. Le chasseur le remercia assez froidement.

C'était Marjorie, évidemment. Il n'avait pas d'autre femme dans sa vie.

— Press ! dit-elle. Nous venons d'apprendre une terrible nouvelle !...

Elle ne pleurait pas, mais sa voix était teintée de larmes. Un voile de tristesse, qu'il rencontrait pour la première fois.

— Qu'est-ce que... ? demanda-t-il avec une précipitation contenue.

— Morts, tous les deux. Nous venons d'en avoir confirmation par le consul américain de Queenstown. Nous avons reçu le câble il y a un quart d'heure à peine. J'étais habillée, prête à sortir, lorsqu'il est arrivé...

Elle s'interrompit une seconde, puis ajouta :

— C'est officiel. Leurs corps ont été retrouvés et identifiés.

— Grand Dieu ! soupira-t-il. Tous les deux !... Votre oncle Ben et votre tante Nelly !...

Le *Lusitania*... L'unique sœur de sa mère était à bord avec son mari quand le navire avait été torpillé la veille, à deux heures de l'après-midi, heure de Greenwich, à la stupéfaction horrifiée du monde entier.

Il ne sut que répondre. Que devait-on dire, dans un moment pareil ? Il ne se montrait jamais très brillant dans ces circonstances imprévues. En fin de compte, ce fut elle qui dut poursuivre. Elle reprit d'une voix accablée :

— Impossible de laisser maman en ce moment... Vous me comprenez, n'est-ce pas, Press ?

— Bien sûr, que je vous comprends ! Ne vous inquiétez pas de moi, répondit-il avec chaleur. Voulez-vous assurer votre mère de ma profonde sympathie ?

— Merci, Press, dit-elle avec reconnaissance. Je n'y manquerai pas.

— Je passerai vous voir demain...

Il quitta le Waldorf et s'achemina vers Broadway. Sa soirée entière, avant même d'être entamée, lui retombait sur les bras de façon combien décevante ! Sans rien, ni personne, qui puisse l'aider à la passer.

Ce qui, à vingt-cinq ans, peut non seulement constituer un désagrément certain mais présenter un danger considérable.

III

Il était ivre depuis un long moment. Son ivresse progressait régulièrement. Cela lui était arrivé plutôt par accident que délibérément. Il avait franchi sans y prendre garde ce cap où l'on est encore capable de s'arrêter.

Les lumières viraient sans arrêt devant ses yeux, comme les rouages internes d'une montre géante.

Parfois, ces rouages tourbillonnaient autour d'un axe coloré : la cerise rouge et brillante d'un Manhattan. Sans doute fixait-il à ce moment-là son propre verre. Il en était en effet aux Manhattans.

Jamais il n'avait été aussi soûl.

Et puis, il eut une femme à son côté. Elle était là depuis quelques minutes seulement, et aussi depuis de longues et interminables nuits. Elle changeait de robe, de temps à autre, et aussi de figure, et même de cheveux, pour rester dans le ton de la robe. D'abord en rose, puis subitement en vert clair. Comme si on l'avait regardée à travers des verres de couleurs différentes.

— Ça y est ! Vous venez de changer de robe ! lui reprochait-il.

Là, petit entracte avec de nouveaux rouages rutilants, pailletés, virant dans des sens différents.

Ensuite, elle lui était apparue en jaune.

— Ne pourriez-vous rester, une fois pour toutes, dans une seule robe ? dit-il d'un ton plaintif.

Impossible, d'ailleurs, d'accorder la moindre confiance aux comptoirs de bars. Ils paraissaient stables, solides, mais il s'appuyait sans doute trop fort dessus, ou quelque chose comme ça. Ils penchaient d'un côté, puis se renversaient complètement de l'autre. Autant essayer de boire sur l'extrémité d'une planche à bascule.

Puis, les roues s'obscurcirent, les bars firent place à un trottoir. Un trottoir qui se dressait verticalement devant ses yeux, comme une règle que l'on aurait tenue au bout de son nez.

Ses semelles laissaient des dessins sur l'asphalte. Dessins en demi-cercles, en zigzags, en rond, de quoi s'y perdre.

Et puis, une paire de petites semelles à bouts pointus fit une timide apparition à côté des siennes. Elles vinrent suivre une route parallèle aux siennes, toute proche.

A partir de cet instant, il se sépara en deux. Lui, continua. Mais sa mémoire s'arrêta là et se refusa à l'accompagner plus avant.

IV

Le moment était venu. Il se déclarerait ce soir même.

Inutile d'attendre plus longtemps. En fait, tout délai pouvait être dangereux. Il fallait la fixer par une déclaration explicite.

Car en amour, qui n'avance pas recule. C'est un torrent qui vous emporte, ensemble ou séparément. Pas de solution intermédiaire. Une position fixe n'existe pas. Et pas de canots de sauvetage sur ces eaux traîtresses...

Ce soir-là... soir mémorable, qui devait confondre leurs deux existences en une seule, date marquée par le destin, tournant vital : un certain samedi de mai 1915.

Marjorie était vêtue d'une robe de satin bleuté. De ce bleu immatériel de la glace profonde, ou encore d'un reflet de lune sur l'acier poli. A sa ceinture, elle portait un bouquet de roses roses, qu'il lui avait offert. Il garderait longtemps le souvenir de Marjorie, telle qu'elle lui était apparue ce soir-là.

A l'entracte, ils laissèrent leurs places et se rendirent au foyer.

— Il faut que je vous dise quelque chose, lui déclara-t-il. Impossible de me taire plus longtemps. J'ai essayé, mais je ne peux pas.

Elle eut un sourire. « Je sais, disait ce sourire, je comprends. »

— Et j'ai grand-peur, si nous retournons dans la salle, de vous dire ça au milieu de tout ce monde, qui n'en perdra pas un mot.

Elle inclina la tête. « Je sais, je comprends. »

— Voulez-vous que nous allions faire un tour ?

Elle n'eut pas besoin de sourire, ni d'incliner la tête. Il avait compris.

Ils ne regagnèrent jamais leurs places. Ils prirent un fiacre devant le théâtre et se firent conduire dans Central Park, par la Cinquante-neuvième Rue. Ils roulaient lentement dans les avenues, tantôt côtoyant un lac d'argent, tantôt passant sous une voûte de feuillages luxuriants, croisant de longues allées bordées d'une file indéfinie, scintillante et glauque, de becs de gaz. Et seul le clop-clop somnolent des sabots du cheval troublait le silence enchanté de la nuit.

Il l'embrassa, et elle répondit à son baiser.

— Je vous aime, Marjorie. Voulez-vous m'épouser et être ma femme ?

Ces mots, les plus vieux du monde, toujours neufs cependant. Ces quelques mots, si courts, et si durables.

— Oui, Press, répondit-elle simplement.

Le cœur gonflé de gratitude, il l'enlaça.

Aussi simple que cela. Aussi irrévocable.

Désormais, leurs existences s'étaient rejointes, jusqu'à la mort.

V

Le lendemain était un dimanche.

Un jour où, en principe, il ne se bousculait pas. Il flemmardait en lisant les journaux. Ce dimanche-là, il devait dîner chez Marjorie et n'était pas attendu avant huit heures.

Vers cinq heures, alors qu'il se savonnait la figure pour se raser, il entendit frapper à sa porte.

D'abord, il ne fut pas très sûr d'avoir bien entendu. Il ferma le robinet et prêta l'oreille une seconde. On frappa de nouveau. Il s'essuya les mains, alla devant la porte et demanda :

— Qui est là ?

Pour toute réponse, on frappa encore une fois.

Cela l'intrigua, comme on devait l'avoir voulu. Il ouvrit et se trouva en face d'une toute jeune fille qui le fixait avec gravité.

— Oh ! excusez-moi, dit-il en reculant de quelques centimètres derrière l'abri de la porte.

En 1915, le spectacle d'un homme en gilet de flanelle était sinon choquant, tout au moins suffisant pour motiver des excuses vis-à-vis d'une personne de l'autre sexe.

Elle continuait à le regarder avec une « fixité puérile » ; c'est le seul terme qui lui vînt à l'esprit.

Elle était très jeune, vingt-deux ans, vingt-quatre au plus. Très jolie, certes, mais d'un type de beauté assez courant. Ce n'était pas la perfection inaltérable de traits et d'allure qui caractérisait Marjorie. C'était l'éclat éphémère de la jeunesse, la beauté du diable. Petite, mince, assez menue, elle était habillée très sobrement, avec une fraîcheur juvénile et rien de provoquant.

Elle continuait à le dévisager, d'un air interrogateur, parfaitement innocent, comme une personne tout à fait inexpérimentée devant un représentant du sexe fort et ses yeux semblaient dire : « Ce n'est pas vous qui me feriez du mal, n'est-ce pas ? »

Il lui adressa un sourire qui voulait être rassurant :

— J'ai deviné ! Vous vous êtes trompée de porte, je parie ?

— Non. C'est bien vous que je venais voir, déclara-t-elle d'une voix douce de petite fille.

Il fut déconcerté :

— Moi ! Vous êtes sûre ? Pourquoi ?

Ses lèvres firent une petite moue, à la fois souriante et désappointée.

— Je vois que vous ne vous souvenez pas de moi, hein ?

Il la considéra avec étonnement :

— Mon Dieu, non ! Je... je...

Etait-ce quelque amie d'enfance, perdue de vue depuis longtemps ? Il fouillait dans sa mémoire et ne retrouvait rien.

— Vous ne me reconnaissez pas, je vois. Voyons, regardez-moi bien !

Elle fit un pas en avant, lui un pas en arrière pour éviter qu'elle ne se jette dans sa flanelle et ses joues couvertes de savon. Elle fit un second pas en avant. Elle était dans la place.

Elle effleura la porte du doigt et la ferma.

— Et voilà ! fit-elle, plissant le nez avec un sourire espiègle de gamin.

— Croyez-vous que ce soit bien convenable d'entrer ainsi ? protesta-t-il.

— C'est pourtant ce qui est arrivé l'autre jour,

observa-t-elle avec un petit mouvement provoquant du menton.

Elle s'assit posément, ramenant avec soin sa robe et débarrassant son siège de quelques journaux, négligemment jetés.

— Alors, toujours rien ?

Elle tira une longue épingle de son chapeau et l'enleva.

— Et comme ça ? Faites un petit effort !

Elle fit bouffer ses frisettes qui lui cachaient entièrement les oreilles, et attendit un moment.

Enfin, la stupéfaction apparut clairement sur le visage de Prescott.

— Je vois que la mémoire vous revient, dit-elle. Je ne voulais pas vous donner un coup. J'étais pourtant bien sûre que vous... Je vous ai même dit mon nom. Leona Harris. Vous ne vous rappelez pas ?

Cela lui revint en effet, en l'entendant prononcer.

— Je ne voulais pas... commença-t-il piteusement.

— C'est pourtant mon vrai nom, vous savez ! Attendez, je peux vous prouver...

Elle ouvrit le sac à main de cuir verni qu'elle tenait sous le bras.

Il l'arrêta d'un geste de la main :

— Inutile, je vous crois !

— Et après tout, je suis venue ici avec vous, n'est-ce pas ?

Elle jeta cela d'un ton négligent, tout en continuant à fouiller dans son sac, sans regarder Prescott.

Il sentit ses joues se contracter.

— Avec moi ?... Je ne crois pas, dit-il calmement. Etes-vous sûre de ne pas vous tromper ?

— Mais non ! répondit-elle avec une désarmante spontanéité, ses yeux le regardant presque avec reproche. Je suis venue ici, vous le savez bien ! N'avez-vous pas retrouvé le lendemain, sur la commode, quelques-unes de mes épingles à cheveux ? Et mon bâton de rouge, dans un coin ? C'est ici que je les ai oubliés, j'en suis bien certaine.

— Comment savez-vous que j'ai trouvé tout cela ? lui demanda-t-il.

— Mais, parce que je les y ai laissés. Il fallait bien que vous les trouviez. Qui d'autre, sinon vous ?

— Mais, les auriez-vous laissés dans l'intention que je les...

Il s'interrompit. Il se frottait le dos d'une main avec la paume de l'autre, comme si cela le démangeait. La mousse de savon séchait sur sa figure, lui tirant la peau. Il s'en aperçut enfin :

— Voulez-vous m'excuser une seconde ?

Il alla dans la salle de bains et s'essuya vivement. Il enfila une chemise, la boutonna et ajusta son pantalon.

Quand il reparut, elle n'avait pas bougé de place. Elle tenait entre ses doigts une cigarette. Un filet de fumée soyeuse montait verticalement, partageant sa figure en deux.

Elle surprit le coup d'œil étonné qu'il lui lança :

— Il fallait bien que je profite d'une occasion pareille, dit-elle d'un ton d'excuse. Les femmes ont si peu de possibilités, vis-à-vis des hommes.

Il s'avança, choisit une cravate qu'il vint nouer devant la glace. Sa main n'était pas absolument ferme. Il lui fallut recommencer le nœud.

— Enfin... c'est très aimable de votre part d'être venue me rendre visite ! dit-il.

— Je n'en veux à personne, de quoi que ce soit ! déclara-t-elle.

Il accrocha sa montre, en y jetant un coup d'œil par la même occasion.

— Six heures passées, déjà ! fit-il.

Elle tira une bouffée de sa cigarette.

Il prit une brosse qu'il passa machinalement sur ses cheveux. Il secoua son veston une ou deux fois et l'enfila.

Elle tira une autre bouffée de sa cigarette.

Il se tourna vers elle, tout en glissant du bout des doigts une pochette fraîchement repassée dans la poche de son veston.

— Je vous prie de m'excuser... Il faut que je sorte, maintenant.

— Non !

Sur le moment, cette sécheresse péremptoire le sidéra, le désarçonna.

C'était évidemment calculé. Elle avait pris ce ton exprès. Un homme en rupture d'équilibre est plus aisé à vaincre.

Une bonne minute, il se tint là debout, immobile, à la regarder. Incapable de répondre. Il articula enfin :

— Mais qu'est-ce que vous voulez ?

Elle sourit de nouveau, d'un sourire timide et embarrassé.

— Je suis contente que vous posiez cette question. J'avoue que je l'espérais. Je l'attendais.

— Bon, c'est fait ! Alors ?

Marshall songea qu'il y avait, dans ce sourire tendu, quelque chose d'effrayant. Il se demanda d'où cela venait, sans réussir à le déterminer.

— Eh bien ! je vais vous le dire ! répliqua-t-elle.

Ce qu'elle ne fit pas, bien entendu.

Un silence tomba, un temps mort, pendant lequel il continua à la regarder d'un air interrogateur. Rien ne vint. Il n'y avait que le sourire. Marshall se sentait de plus en plus mal à l'aise, gêné, troublé par ce sourire. Et à sa façon de le faire durer, il était visible qu'elle cherchait précisément à produire cet effet.

— Vous ne devinez pas ? demanda-t-elle enfin.

— Ma foi, non !

— J'ai besoin d'un peu d'argent. En souvenir de l'autre nuit.

En disant cela, elle n'avait pas cessé de sourire. Le contenu de cette phrase jurait de façon criante avec son attitude, son maintien tranquille, amical, réservé. Rien en elle ne correspondait à ses paroles. Ni ses façons, ni l'expression de ses yeux, ni l'inflexion de sa voix, qui n'avait rien d'âpre ou d'agressif, mais qui était plutôt posée, réfléchie, un peu traînante même.

— Comment ?

Elle prit cette interrogation à la lettre, faisant semblant de croire que Marshall l'avait mal entendue et non mal comprise.

— Je dis que j'ai besoin d'un peu d'argent, en souvenir de la nuit que nous avons passée ensemble.

— Et moi, je vous répète que je ne comprends pas !

Le sourire de la jeune fille ne varia pas : figé, visqueux, collant. Elle voulait l'obliger à comprendre.

— L'autre soir, au café ? demanda-t-il.

— Je parle de ce qui s'est passé après, précisa-t-elle.

Elle fit une pause et ajouta :

— Le café, c'est déjà payé...

Le choc fut terrible. Analogue à celui qu'on éprouverait en recevant à l'improviste une pleine cuvette d'eau sale à la figure. Ou en voyant sortir soudain des yeux d'une jolie poupée de porcelaine une théorie d'asticots grouillants.

Bouche bée, il chancela et fit un pas en arrière.

Un instant, la rage et le dégoût lui rendirent son sang-froid et la commande de la situation.

— Sacrée petite garce ! hurla-t-il. Avoir une figure aussi innocente, et vous sortir une saloperie pareille !

— Je vous remercie d'avoir employé ce mot d'innocente, murmura-t-elle d'un ton rêveur.

— Menteuse !... Fichez le camp d'ici ! Et plus vite que ça ! Avant que je...

Elle ne broncha pas. Le sourire avait disparu, c'est tout. Elle le regardait avec la sérénité d'une fillette en butte à la colère d'une grande personne, qui n'en comprend pas nettement la raison, mais satisfaite de ne pas se laisser aller à de tels excès.

— Vous savez comment cela s'appelle, hein ? Du chantage, tout simplement ! Savez-vous que je pourrais vous faire arrêter pour cela ?

A sa surprise, elle inclina affirmativement la tête :

— Oui. J'y ai réfléchi avant de venir vous trouver. Faites-le, si vous voulez.

Cela le démonta quelque peu. Il s'était attendu de sa part à une véhémente dénégation, non à cet assentiment passif.

— Je vous ai dit de partir. Filez, maintenant ! Allez !

Elle secoua la tête.

— Non, je ne m'en irai pas. Si vous voulez que je sorte, il faudra que vous m'emportiez de force et que vous me jetiez dehors.

— Après tout, c'est encore faisable, vous savez !

Il bondit vers elle, les bras en avant, puis s'arrêta court.

— Ne croyez-vous pas, lui fit-elle remarquer, qu'il est bien préférable que cette conversation se poursuive ici, dans votre chambre, plutôt que sur le palier ? Ne croyez-vous pas qu'il vaut mieux que tout ceci reste entre nous ? Personnellement, cela m'est bien égal, ajouta-t-elle en haussant les épaules. C'est vous que ça regarde.

— Comme vous voudrez ! s'écria-t-il avec colère. Je connais le moyen pour en finir une bonne fois. Je vais appeler la police, voilà !

Elle inclina la tête :

— Allez-y ! Le téléphone est à côté de vous.

Il tourna la manivelle avec violence, puis saisit l'appareil.

— Allô ! Mademoiselle ! Police, s'il vous plaît !

Elle croisa ses jambes. Sans oublier d'arranger pudiquement sa robe. Son buste s'affaissa légèrement, les épaules un peu tombantes, comme quelqu'un qui se prépare à attendre. Elle ouvrit son sac et jeta un coup d'œil à l'intérieur, probablement dans une petite glace qui y était logée, car il la vit tapoter une ou deux fois ses boucles avec une coquetterie méticuleuse.

Ceci fait, elle referma son sac et laissa errer paresseusement son regard autour d'elle, comme cherchant à tuer le temps, en attendant. De la façon dont on feuillette un magazine dans le salon d'attente d'un docteur.

— C'est la photo de votre fiancée, n'est-ce pas ?

Il écarta légèrement le téléphone de sa bouche et de son oreille.

— Otez vos yeux de là !

— Elle s'appelle Marjorie Worth, je crois.

D'un seul coup, le téléphone descendit de deux bons crans.

— Je vous dis de vous taire !

— Elle habite Soixante-dix-neuvième Rue Est, au 19.

L'appareil téléphonique vint au niveau de sa ceinture. Il sentait le coin de ses paupières se rétracter comme se rabattent les oreilles d'un chat lorsqu'il est effrayé.

Numéro de téléphone : Regent 12-00, récita-t-elle à mi-voix.

Impossible de parler, tellement il haletait.

Elle s'avança, les yeux fixés sur la photo. Elle fit un geste, de la main qui tenait la cigarette.

— Alors, ce coup de téléphone ?

Il ne répondit rien.

— Elle vous croira sur parole, remarqua-t-elle d'un ton rassurant. C'est forcé, puisqu'elle est votre fiancée. Elle ne me croira pas, si c'est cela qui vous tracasse.

Il ne répondit rien, ne fit pas un mouvement.

— Evidemment, il faudra qu'elle soit mise au courant, continua-t-elle. On ne peut pas arrêter les gens sans que... C'est cela qui vous ennuie ?

Il éleva l'appareil jusqu'à sa bouche, hésita, puis dit dans le récepteur.

— Excusez-moi, mademoiselle. Annulez la communication, je vous prie.

Il sortit cela d'un seul trait et raccrocha.

— Vous semblez ne pas savoir exactement ce que vous voulez. D'abord une chose, ensuite une autre...

Il se rapprocha d'elle à pas comptés. Il la dominait de toute sa taille, une main appuyée sur le dossier de la chaise où elle venait de se rasseoir.

— Je n'ai encore jamais frappé une femme, mais je vous jure que si vous ne prenez pas immédiatement la porte...

Elle ne sourcilla pas, ne bougea même pas la tête.

— Lorsqu'on se met à frapper quelqu'un, il faut s'attendre à des cris. Il y aura un esclandre, toute la maison sera alertée, ce qui nous ramène à notre point de départ.

Elle le regarda. Ses yeux ne déviaient pas d'une ligne, n'avaient pas un battement de paupière. On aurait dit une belle dame recevant les hommages d'un admirateur fervent, au cours de quelque bal.

— Tout ce que je vous demande, c'est cinquante dollars, dit-elle gaiement.

— Et ma réponse est encore : fichez le camp d'ici !

Brusquement, alors qu'il s'y attendait le moins, elle se leva docilement.

— D'accord. Je viens vous demander quelque chose, vous me le refusez. C'est votre droit. Je n'ai plus rien à faire... ici !... conclut-elle à voix basse en se dirigeant vers la porte.

Elle l'ouvrit, la franchit. Alors, et alors seulement, elle se retourna et le regarda, de nouveau souriante, prenant poliment congé. Comme si elle venait de faire une visite de pure courtoisie, sans grande importance.

— Que voulez-vous dire exactement ? demanda-t-il sèchement, s'appuyant toujours à la chaise qu'elle venait de quitter.

— Vous comprenez, il faut bien que je m'adresse à quelqu'un, répondit-elle avec une désarmante sincérité. Je ne veux pas aller réclamer cinquante dollars à un inconnu, n'est-ce pas ? N'oubliez pas que nous ne sommes que trois personnes dans cette affaire.

Ses yeux revinrent une seconde sur la photo, au

fond de la chambre. Puis, elle s'avança sur le palier, vers l'escalier.

— Vous n'oseriez quand même pas ! s'exclama-t-il.

Des contractions douloureuses lui crispaient l'estomac, comme s'il y avait reçu un coup de poing.

Elle ne répondit pas.

— Vous seriez jetée dehors plus vite que...

D'où il se tenait, il ne pouvait plus la voir.

— Mais pas avant qu'on n'ait entendu les raisons de me jeter dehors ! l'entendit-il répliquer.

Il prit une profonde inspiration et se pencha pardessus la rampe.

— Revenez ! grogna-t-il d'une voix lasse.

Il capitulait.

Elle ne se dépêcha pas. Elle remonta les marches avec nonchalance.

Il lui fit signe d'entrer et ferma la porte, pour qu'on ne les entende pas.

— Je n'ai pas sur moi une telle somme, mais...

— Un chèque fera l'affaire, dit-elle d'un ton affable.

— Qu'est-ce qui vous fait croire que je... ?

— Vous avez un compte à la banque coloniale, la succursale de la Cinquante-cinquième Rue. Il se monte à huit cents dollars et soixante-douze cents.

Il la regarda avec un effarement mal dissimulé.

— Je vois que vous n'avez pas perdu votre temps !

— Je me suis levée plus tôt que vous, ce matin-là, vous savez ! Et je n'avais rien à faire de spécial. Si on laisse traîner certaines choses...

Elle fit un petit geste dédaigneux de la main.

Elle pressa le bout d'un index sur le coin de sa bouche, dans une attitude comique de gosse qui réfléchit.

— Que sais-je d'autre encore sur vous ? Voyons... Vous travaillez chez un agent de change, Ritter, Pease et Elliott. Vous êtes affecté à la clientèle. Votre chef de service s'appelle Bruce. Eux non plus, d'ailleurs, n'aprécieraient guère cette petite histoire, s'ils... Faut-il que je continue ?

C'était inutile. Il dévissa le capuchon de son stylo. A son air, on eût dit que l'encre qu'il contenait était tirée de sa propre veine, celle qui saillait en un cordon bleuâtre le long de sa tempe.

— A quel nom ?

L'ingénuité de cette question la fit sourire.

— Au porteur.

Il ne lui tendit pas le chèque. D'une chiquenaude, il l'envoya à travers la table. Le chèque parut voler de sa propre volonté jusque dans sa main, tellement elle s'en saisit rapidement.

— Maintenant, sortez d'ici ! cria-t-il avec fureur, à travers un mouchoir en boule avec lequel il s'épongeait la figure.

Mais, même à ses propres yeux, ce pitoyable congédiement fut incapable de remonter son prestige, car elle était déjà partie.

VI

Il ouvrit d'une bourrade la porte d'entrée de son logis et la franchit d'un bond. Le soleil couchant dorait la rue et semblait, tant Marshall rayonnait ce soir-là, se déverser en lui. Il exultait en songeant à sa soirée en perspective : un grand dîner en leur honneur, à Marjorie et à lui.

Telle était sa hâte qu'il avait profité des quelques mètres qui séparaient le taxi de sa porte pour retirer son manteau. Il l'avait plié et jeté sur une épaule, comme un baigneur fait de sa serviette. Pas une minute à perdre. Chaque seconde du programme était exclusivement consacrée à la joie. La jeunesse et l'amour n'ont qu'un temps.

Il devait d'abord se mettre sur son trente et un, se bichonner — suivant l'expression du jour — à fond, puis il lui faudrait repartir au galop, pour prendre Marjorie chez elle. Il monta les marches quatre à quatre cramponné à la rampe pour éviter, à chaque virage de l'escalier, de suivre la trajectoire et d'aller dans le mur.

Et tout à coup, il dut s'arrêter pile. Il s'y attendait si peu, il était lancé à une telle allure, qu'il manqua s'étaler la tête la première. Ses jambes s'empêtrèrent maladroitement, il pirouetta, et se rattrapa au dernier moment.

Elle était assise sur la dernière marche, juste au-dessus de lui. Comme une petite fille qui, n'étant pas encore d'âge à ce qu'on lui confie une clé de la maison, attend sagement qu'une grande personne vienne lui ouvrir. Elle était gaminement installée sur la dernière marche, le menton aux genoux, les jupes pudiquement ramenées autour des chevilles, les mains nouées sur les tibias.

— Bonjour ! lança-t-elle joyeusement. Comme vous rentrez de bonne heure, aujourd'hui ! Je viens à peine d'arriver.

VII

Une averse brutale, cinglante, quasi tropicale, douchait New York, comme cela se produit assez fréquemment durant la saison chaude. Les gouttes tombaient à la verticale, rigides, si drues qu'on avait l'impression de regarder à travers une feuille de verre cathédrale. Les éclairs jaillissaient de façon continue, comme si le ciel sombre avait été semé de paillettes miroitantes.

La bouche de métro ressemblait à cette époque à un étroit cercueil de verre, illuminé de l'intérieur, qui aurait emprisonné un monceau de cadavres tassés verticalement. Leurs traits, à travers les vitres renforcées d'un treillis de fil de fer, semblaient gonflés par un début de décomposition.

Marshall se trouvait au premier rang, tout près de la sortie. L'extrémité de ses souliers et le bord de son chapeau frôlaient le rideau liquide, mais il ne pouvait reculer à cause de la foule compacte derrière lui. Il n'avait pas de parapluie et regrettait amèrement d'avoir manqué la rame précédente. Il ne pleuvait pas encore quand il avait pris le métro à Wall Street.

Un parapluie fermé surgit brusquement en oblique par-dessus son épaule et s'épanouit sous ses yeux avec un froissement doux de cotonnade. Quelqu'un s'apprêtait à sortir. Il s'effaça du mieux qu'il put pour lui permettre de passer.

Au lieu de cela, il sentit une main se glisser sous son bras. Il crut honnêtement que c'était purement involontaire, et tenta de dégager son bras. C'est alors que la main s'agrippa à lui, s'y accrocha.

Il se retourna, avec l'indignation outragée, impersonnelle, qui s'empare de vous lorsque quelqu'un dans une foule, vous marche sur les pieds ou vous bouscule sans raison.

Elle était là, tout près de lui, et son visage qui touchait presque le sien, s'illuminait d'un large sourire à son adresse.

— Vous venez ? lui proposa-t-elle tranquillement.

Il lui saisit la main et lui fit lâcher prise.

— Pas la peine de faire tant d'embarras ! reprit-elle d'une voix un peu moqueuse. Profitez donc de mon parapluie, puisque nous faisons le même chemin.

— Vraiment ? fit-il les dents serrées, continuant à fixer la pluie.

— Comme si vous ne le saviez pas ! dit-elle d'un ton indulgent. Allons, ne faites pas l'entêté, venez donc !

Il n'avait pas besoin de se retourner pour savoir que tout le monde les regardait avec des sourires amusés.

C'était d'ailleurs ce qu'elle voulait. Cela renforçait sa position et affaiblissait d'autant celle de Marshall.

— Allons, venez ! ne vous entêtez pas, reprit-elle d'un ton câlin. Je vous offre l'hospitalité de mon parapluie.

Maintenant, on souriait ouvertement. Il s'en rendait compte, aux gloussements discrets qui fusaient autour d'eux.

Il résolut la question comme la plupart des hommes l'auraient fait. Il tira un bon coup sur le bord de son chapeau, pour l'enfoncer solidement sur sa tête, et s'enfuit à corps perdu sous la douche.

Il fonçait à grands pas, arrosant ses chevilles de courtes giclées d'argent. La pluie tambourinait avec force sur les pavés de verre qui entouraient la bouche de métro, un bruit de creux, particulièrement sonore du fait que la voie du métro passait directement dessous. Mais ce bruit ne fut pas suffisant pour couvrir le rire de la foule.

Au bout d'un instant, il se rendit compte qu'elle le suivait de près.

— Attendez-moi !... l'entendit-il crier.

Les torrents d'eau assourdissaient sa voix autant qu'un brouillard épais.

Il se mit à courir franchement, vira au coin d'une rue et s'engagea dans une rue latérale qui pouvait à la rigueur le mener à sa porte, dont il était encore séparé par trois cents mètres de déluge. Les gouttes, de la taille de pièces d'un dollar, semblaient perforer ses vêtements, chacune ménageant à la suivante une plus large brèche.

Il dut s'arrêter, coller ses épaules trempées sous l'abri d'une porte cochère. Impossible de parcourir cette distance d'une seule traite. La rue était vide, pas une âme en vue.

Il se tenait là, haletant. Sa chemise trempée, luisante comme de la soie huilée, lui collait à la peau. Des gouttes tombaient de la coiffe de son chapeau et dégoulinaient le long de sa figure comme s'il pleurait à chaudes larmes.

Un instant plus tard, elle le rejoignit sous son abri de fortune et se serra à côté, épaule contre épaule. Son parapluie l'avait efficacement protégée.

— Sortez de là !... lui ordonna-t-il.

Mais il était encore trop essoufflé pour lancer cet impératif autrement que sur le ton d'un chuchotement venimeux.

Elle dédaigna la rebuffade, faisant mine de l'attribuer à une mauvaise humeur compréhensible, étant donné l'inconfort de la situation, et non aux réels sentiments qu'il nourrissait à son égard.

— C'est vraiment ridicule de rester ici, remarqua-t-elle tranquillement. A quoi sert mon parapluie dans ces conditions ?

— Dire qu'il faut que vous ayez de la chance dans des détails pareils ! lui lança-t-il avec amertume. Comment se fait-il que vous l'ayez emporté, alors que la plupart des gens normaux n'en ont pas ?

— Le temps menaçait depuis cinq heures. Je l'ai pris au moment de sortir parce que, vous comprenez, j'ignorais combien de temps je devais vous attendre.

— Et vous m'attendiez depuis cinq heures en haut de ces escaliers du métro ?

— Vous y passez tous les soirs pour rentrer chez vous, répondit-elle d'un air ingénu. A quelle autre pourriez-vous descendre ? La suivante se trouve au moins huit cents mètres plus loin.

Ravalant sa déconvenue, il prit la fuite. Il se mit à courir, décrivant une large boucle qui l'amena sous une autre porte, plus loin.

Aussitôt, elle l'imita, et quelques secondes après, il la retrouvait à côté de lui. Ils haletaient tous deux sur le même rythme.

Brutalement, il la repoussa sous l'averse. Elle chancela, retrouva péniblement son équilibre, mais laissa échapper son parapluie qui se mit à rouler. Elle le rattrapa précipitamment et revint à l'abri, sous la porte.

— Si vous continuez, je vous casse la figure! menaça-t-il, les traits convulsés de fureur.

— Vous n'avez jamais frappé une femme de votre vie! lui répondit-elle avec un sourire presque méprisant. Ce n'est pas votre genre!

Presque comme si elle disait : « Vous l'auriez fait depuis longtemps, si vous en aviez été capable. »

— Allez-vous-en! continua-t-il d'un ton hargneux, mais déjà résigné.

— Ce porche ne vous appartient pas. J'ai le droit d'y être, tout autant que vous!

— Dans ce cas, je m'en vais ailleurs!...

Il bondit de nouveau, franchit un dernier carrefour et trouva refuge dans sa rue, cette fois, mais trop loin encore de sa porte pour y parvenir sans une ultime halte.

A la lueur d'un des éclairs dont la fréquence allait diminuant, il l'aperçut, blottie sous la porte de sa propre maison; elle l'attendait. Comme un de ces champignons à tête noire qui poussent dans les lézardes des murailles.

Au bout d'un moment, la pluie diminua, puis cessa. La chaussée semblait recouverte d'un jus de réglisse miroitant qui réfléchissait chaque image et la renvoyait à l'envers.

Tous deux restaient sous leurs portes cochères, se surveillant mutuellement, s'observant de façon presque détachée.

Elle referma son parapluie devenu inutile et l'abaissa.

Un moment plus tard, il alluma une cigarette. Ses habits, imbibés d'eau, lui collaient à la peau. Il retourna le col de son veston et le maintint étroitement fermé par-devant.

Il demeura ainsi un certain temps, frissonnant un peu à cause de l'humidité. Soudain, il jeta sa cigarette à terre, avec un haussement d'épaules à la fois exaspéré et résigné. Il renonçait. Jusqu'à sa cigarette, dont le papier avait été mouillé et qui se fumait avec difficulté !...

Brusquement, il débusqua de sa porte cochère et se dirigea obliquement vers sa porte... et vers celle qui attendait dessous, tranquille, paisible, parfaitement sûre de lui.

VIII

Il était tard, minuit passé. La rue était déserte, noire, comme frottée au fusain. Seules, tout à fait en haut, une ou deux petites lumières en tête d'épingle venaient ponctuer la nuit et détruire l'uniformité de cette toile de fond.

Un taxi vide s'approcha du trottoir et s'arrêta.

Soudain Marshall, comme s'il avait fait jusque-là partie de la maçonnerie du porche noyé d'ombre, se détacha de l'encadrement de la porte, qui ne claqua pas derrière lui, et, tête nue, courut vers le taxi.

— Est-ce que vous avez demandé un taxi à cette adresse ? lui demanda le chauffeur.

— Attendez une seconde ! dit Marshall d'une voix bizarrement étouffée, comme s'il craignait qu'on ne l'entende. J'ai deux colis à l'intérieur.

Il retourna vers la porte obscure. Cette fois, le pène claqua, à l'ouverture et à la fermeture. Marshall réapparut, une lourde valise au bout de chaque bras. Il les lança à l'intérieur du taxi et s'y engouffra.

— Quelle adresse ? demanda le chauffeur posément, en abaissant son petit drapeau.

— Ne stationnez pas... le pressa Marshall. Je vous donne l'adresse tout de suite. Démarrez, en attendant.

Il gratta une allumette, dont il protégea la flamme

dans le creux d'une main. De l'autre, il prit un journal, plié sur la largeur d'une colonne. L'allumette descendit le long du bord, et s'arrêta sur un petit placard publicitaire dont les bords avaient été soulignés de coups de crayon : *Chambres meublées tout confort. Messieurs seulement...*

L'allumette s'y attarda un instant, puis s'éteignit, et le journal disparut dans les ténèbres.

— Cinquante et unième Rue Est, numéro 184 ! ordonna Marshall au chauffeur, en jetant son journal par la portière.

Ils roulèrent pendant plusieurs minutes, sans un seul arrêt, brûlant des carrefours ténébreux. Soudain, Marshall s'exclama en portant la main à ses cheveux :

— Mon chapeau !...

— Vous voulez qu'on retourne ? proposa le chauffeur. On n'est pas encore bien loin.

— Non ! dit vivement Marshall. Ça ne fait rien, continuons ! Je m'en passerai !

— C'est vrai qu'on n'en a guère besoin, en cette saison, observa le chauffeur avec philosophie.

— Ce n'est pas une grande perte, en tout cas, admit Marshall à contrecœur.

Sa nouvelle demeure, quartier Est, était l'exacte réplique de celle qu'il venait de quitter quartier Ouest. Il régla le taxi, transporta ses bagages à la porte, trouva sa nouvelle clé et entra. Sans rencontrer personne, il monta l'escalier et arriva à la porte de la chambre qui lui était destinée. Il entra.

Quand il était venu visiter, dans le courant de la journée, il avait demandé à la propriétaire si elle ne verrait pas d'inconvénients à ce qu'il emménage tard dans la nuit au lieu d'attendre le lendemain.

— Vous comprenez, avait-il expliqué, je... heu... j'ai un travail urgent à terminer. Il sera peut-être minuit passé lorsque je pourrai rassembler mes affaires et les amener ici.

Un reçu signé, déposé dans l'intervalle, l'attendait

sur la table : *Reçu de M. Prince, William, la somme de quinze dollars, montant de deux semaines de location.* Suivait la signature de la propriétaire.

Au cours de leur entrevue, elle lui avait fait une recommandation, qui lui revenait maintenant à la mémoire :

— Il n'y a qu'une chose que je vous demande. Je ne veux pas de femmes ici. C'est entendu ?

Non, se dit-il avec amertume, on pouvait parier tout ce qu'on voudrait qu'il n'y aurait pas de femmes !

Une pensée lui traversa l'esprit. Il prit une carte blanche, de celles qu'il utilisait au bureau, et avec ce même stylo qui avait écrit les nombreux chèques, il traça en lettres capitales : M. WILLIAM PRINCE. Il ouvrit sa porte, descendit l'escalier et, dans le vestibule, inséra la carte dans le petit cadre vide correspondant au numéro de sa chambre.

Il remonta, referma sa porte et se retourna vers elle, brandissant le poing avec une joie vengeresse.

— Vas-y, maintenant !... dit-il, l'air féroce. Essaye un peu, pour voir, petite garce !...

IX

Le jour de son mariage, il se réveilla fort tard. La veille au soir, il avait enterré sa vie de garçon.

Il ouvrit les paupières. Ses yeux tombèrent sur le visage de Marjorie, placé dans un cadre sur la commode et orienté de façon à regarder très exactement le lit.

Au bas de la photo, à l'endroit où les épaules se fondaient en dégradé dans le flou de l'arrière-plan, elle avait écrit : *A toi, pour toujours. Marjorie.*

— A toi, pour toujours ! lui répondit-il à voix basse.

Il se leva, et commença ses préparatifs de la journée.

Puis, il sortit prendre une tasse de café. N'ayant pas le téléphone dans son nouveau logement, il en profita pour téléphoner à Lansing, son garçon d'honneur.

— Comment vous sentez-vous, après cette petite soirée ? lui demanda Lansing.

— M'en parlez pas, mon vieux ! grogna Marshall.

— Idem, à l'autre bout du fil !

— Mes bagages sont faits. J'ai presque tout fini, à l'heure qu'il est.

— Je passerai vous prendre vers quatre heures et demie, déclara Lansing.

— Croyez-vous que ce sera assez tôt ? demanda Marshall avec inquiétude.

Lansing se mit à rire.

— Nous arriverons à temps, promit-il. Croyez-moi, moins vous aurez à attendre là-bas, moins ce sera pénible. Laissez-moi faire !

— D'accord ! dit Marshall tranquillisé. A tout à l'heure !

— A tout à l'heure !

Il remonta dans sa chambre, sortit son costume de cérémonie et le revêtit lentement, avec soin. Il se surprit en train de siffler. Un air à la mode.

Il s'interrompit pour hausser les épaules. « On dit que les mariés sont agacés, nerveux ! C'est drôle, mais pour mon compte, je me sens tout à fait comme d'habitude... »

Il se mit à manier ses brosses à cheveux, les passant des deux côtés de sa tête avec une attention aussi méticuleuse qu'un sculpteur modelant un bloc de glaise entre deux spatules.

Coup d'œil à sa montre. Quatre heures passées. Lansing devrait arriver. Il avait dit qu'il serait là de bonne heure.

La photo de Marjorie était encore là. Il ne voulait la ranger qu'en dernière minute. Elle était sur la table, prête à être mise dans la valise. Il la contempla une dernière fois, avec recueillement.

A part sa cravate et sa veste, il était prêt. Il jeta de nouveau un coup d'œil à sa montre, avec bonne humeur. « Que fabrique Lansing ? Faudra-t-il que j'envoie un saint-bernard à sa recherche, avec le petit baril d'eau-de-vie ? »

Enfin, retentit le signal impatiemment attendu : le bourdonnement du vibreur. En bas, Lansing pressait le bouton correspondant à sa chambre. Il déclencha la serrure de la porte d'entrée, alla ensuite à sa porte, qu'il laissa entrouverte de façon à ne pas avoir à se déranger une deuxième fois. Puis il retourna à sa tâche immédiate : sa cravate. Il pliait légèrement les genoux devant la glace, absorbé par la lutte acharnée qu'il lui livrait, une aile s'entêtant à remonter d'une fraction de centimètre au-dessus de l'autre.

Il entendit le pas de Lansing dans l'escalier et il l'interpella d'une voix bourrue, avant même qu'il eût apparu :

— Alors, sacré flemmard, vous voilà, enfin ! On peut dire que vous avez mis le temps !

Un petit rire étouffé lui répondit. Leona Harris s'appuyait contre la porte ouverte, une joue langoureusement pressée sur la boiserie de l'encadrement.

Il l'aperçut dans la glace, avant d'avoir eu le temps de se retourner. Son image le frappa comme une hallucination. Incapable de se retourner, il continua à fixer, immobile, son reflet dans la glace.

Ses mains lâchèrent la cravate et vinrent se balancer, inertes, à ses côtés, comme paralysées, mortes. Des choses mortes, qui n'étaient plus rattachées à lui que par les tendons.

Elle détacha sa joue de la porte et s'avança dans la pièce d'un pas précautionneux, maniéré. Comme une danseuse, posant délicatement devant elle la pointe du pied pour exécuter un pas difficile qu'elle n'était pas encore sûre d'avoir parfaitement maîtrisé...

Il ne bougea pas. Il était pétrifié.

— Alors, c'est aujourd'hui que vous vous mariez !

dit-elle d'un ton affable. C'est le grand jour ! J'ai tenu à venir vous féliciter.

Un muscle, sur le côté de son cou, se tendit comme une corde.

— Sortez d'ici ! cria-t-il d'une voix qui grinçait comme une porte tournant sur un gond rouillé.

Il la regardait toujours dans la glace, pétrifié. Ses pieds n'avaient pas bougé d'une ligne. Un homme se regardant dans un miroir...

— Je ne vous ai pas apporté de cadeau, mais vraiment je ne pouvais pas faire moins que de venir vous offrir...

Le gond se remit à grincer :

— Mais comment avez-vous su... ?

— Je l'ai appris par le journal. Il s'agit d'une jeune fille du monde, n'est-ce pas ? Tous les journaux de ce matin en parlaient.

— Non. Je veux dire... comment avez-vous... Mon nom n'est pas en bas.

Elle hocha la tête, l'air innocent.

— Je vois. William Prince, voulez-vous dire ? A mon intention, je suppose ?

Dans une main, elle tenait un mouchoir qu'elle balançait négligemment. Elle enchaîna :

— Vous êtes arrivé ici un mercredi, si je me rappelle bien, et j'ai su votre nouvelle adresse le vendredi suivant. Vous comprenez, vous êtes forcé, pour rentrer chez vous chaque soir, de partir du même endroit ; enfin, je veux parler de votre bureau de Wall Street.

Marshall poussa une sorte de sifflement étouffé ; il éprouvait vraiment une douleur physique.

A ce moment, elle était parvenue près de la table. Marshall réussit enfin à s'arracher à son miroir. Il se retourna et bondit vers elle, comme pour défendre son bien. La table les séparait.

Elle jeta un coup d'œil sur deux billets de chemin de fer.

— Atlantic City ! murmura-t-elle distraitement.

Sa main se déplaça. Sans rien toucher. Elle ne faisait que glisser sur la table.

— Des alliances de chez Tiffany, dit-elle d'un ton rêveur. Elles sont très belles. Je vous ai vu, quand vous êtes entré les acheter.

— N'y touchez pas ! lui ordonna-t-il âprement.

Elle retira sa main en faisant traîner le bout de ses doigts sur la surface polie de la table. Ils laissèrent de petites traces humides, qui s'évaporèrent rapidement.

Il se pencha vers elle, à travers la table, les deux mains agrippées au rebord, les yeux rivés sur elle, la tête baissée.

— Je vous jure, je ne veux pas utiliser la force...

— Je ne vous le conseille pas, fit-elle d'un ton sans expression.

Le poing de Marshall s'écrasa sur la table.

— Vous êtes un monstre !... s'écria-t-il avec un sanglot dans la voix. Un démon !... avec un corps de femme et une figure d'enfant, mais... Vous n'avez jamais couché avec d'autres que moi ? Jamais ? Alors, pourquoi ne vous en prenez-vous qu'à moi ?

Elle porta la main à sa bouche.

— Press ! dit-elle avec un air de pudeur offensée.

Elle alla à la porte et la ferma délicatement.

— Que dites-vous là ! Si on vous entendait !

De nouveau, son poing frappa la table. Sans commentaire, cette fois. En même temps, il baissa la tête. On aurait dit qu'il examinait son image, réfléchie dans le vernis brillant de la table. Une mèche de ses cheveux, brossés avec tant de soin, se retourna et lui retomba sur un œil.

— C'est la dernière fois, Press ! affirma-t-elle d'une voix apaisante, en caressant machinalement avec deux doigts le fermoir de son sac à main.

Il tordit la bouche avec amertume.

— Vous dites toujours ça ! Mais vous revenez toujours !

Sur cette déclaration, ils restèrent tous deux immobiles et silencieux un long moment, comme si leurs volontés se livraient un dernier assaut. Un combat muet. Ils ne se regardaient même pas. Lui, fixait le dessus de la table, accablé. Elle, laissait errer son regard autour d'elle avec insouciance, sans cependant jamais l'arrêter sur lui.

— Alors, qu'est-ce que vous attendez? s'étonna-t-elle enfin. Vous en avez pour une minute. Ce serait déjà fait si seulement vous...

Une goutte de sueur lui dégoulina sur le front et vint briller au niveau d'un sourcil.

— Press, c'est le jour de votre mariage!... dit-elle de ce ton encourageant que l'on prend pour redonner de l'entrain à quelqu'un de mauvaise humeur.

— Et si je ne m'exécute pas, vous irez à l'église, n'est-ce pas ?

— J'aimerais tant voir un vrai grand mariage! admit-elle presque à regret.

Il tremblait de la tête aux pieds.

— Combien, cette fois-ci ? demanda-t-il avec abattement.

Il voulut s'écarter de la table, mais dut s'y raccrocher une seconde pour affermir son équilibre. Il s'en éloigna ensuite et se dirigea vers la commode.

— Deux cent cinquante. Comme la dernière fois.

Il ouvrit un tiroir et jeta un coup d'œil à l'intérieur. Puis il le referma, comme s'il n'avait pas trouvé ce qu'il cherchait.

Elle eut un geste vif de la main :

— Là, sur la commode! lui indiqua-t-elle.

Son chéquier s'y trouvait, en effet. Il le prit et revint à la table, puis tourna la tête et regarda par-dessus son épaule, l'air désemparé, à la recherche d'autre chose. Un bruit léger sur la table lui fit détourner les yeux. Son stylo, capuchon dévissé, était sous sa main, tourné vers lui, prêt à servir.

— Il était accroché à la poche de votre gilet, sur le dossier de cette chaise, expliqua-t-elle. Je l'ai vu d'ici.

Elle examina ses doigts pour s'assurer qu'ils n'étaient pas tachés d'encre.

Sa main tremblait trop fort. La pointe de la plume laissa tomber sur le papier une grosse goutte brillante.

Il déchira le chèque du carnet et recommença sur le suivant.

— Ne soyez donc pas si nerveux, Press !

Elle lui lança cela d'un ton malicieux mais gentil, sans un brin de méchanceté, du genre de la pointe indulgente qu'on se lance entre bons camarades.

Il ne leva pas les yeux. Il entendit le craquement d'une allumette et un nuage de fumée transparente lui passa horizontalement à la hauteur du nez.

Il signa. C'était fini.

Il desserra les doigts. Le stylo s'échappa et vint rouler à ses pieds.

— Une chance que ce ne soit pas votre tapis ! remarqua-t-elle.

Elle prit le chèque et souffla dessus pour le sécher, le faisant aller et venir devant ses lèvres comme un harmonica. Ensuite, elle le plia avec soin, ouvrit son sac et le mit dedans.

Il n'avait pas bougé de place, ses mains tremblantes serraient le rebord de la table.

— Allez vous marier, maintenant !

Elle dit cela presque tendrement, et le coup d'œil dont elle le gratifia contenait une sorte d'intérêt affectueux.

— Vous faites un marié magnifique. Attendez ! Votre cravate n'est pas d'aplomb. Je me demande pourquoi les hommes n'arrivent jamais... Voulez-vous que je vous l'arrange, avant de partir ? Ce sera mon cadeau de mariage, Press... une cravate impeccable !

Elle posa sa cigarette sur le coin de la table et s'approcha de lui.

Elle éleva les mains vers la cravate, se cambrant devant lui, pendant une longue et affolante minute.

Elle n'aurait jamais dû venir si près.

Il ne se rendit aucunement compte de ce qui arriva. Toute la haine, toutes les angoisses, tous les tourments accumulés durant ces six dernières semaines, explosèrent en un éclair éblouissant. Il ne se rendit compte de rien, il ne sut rien de ce que son corps put faire à ce moment-là. Il entendit un cri étouffé, qui lui sembla provenir de l'autre côté d'un épais rideau, et ce fut tout.

Le rideau s'estompa. Elle le regardait au travers. De nouveau, il put la voir.

Ils étaient cramponnés l'un à l'autre, soudés par une double prise de bras. Il lui serrait la gorge à pleines mains. Ses deux pouces s'enfonçaient dans la partie sensible du cou. Il sentait la chair s'affaisser sous leur pression, céder, tandis que l'armature solide sous-jacente, le tuyau creux, cartilagineux, résistait. Ce tuyau sur lequel il pesait de toutes ses forces pour le faire craquer et l'aplatir.

Il renversait la tête en arrière pour maintenir son visage hors de sa portée. Il avait plus d'allonge qu'elle. Les mains impuissantes de la jeune fille se débattaient le long des bras de Prescott comme des serpents essayant d'escalader deux troncs d'arbres abattus.

Sans s'en rendre compte, ils se déplaçaient dans la pièce. Quelques pas dans un sens, quelques pas dans l'autre, en avant, en arrière, comme un couple de danseurs ivres. Et, suivant les règles, c'était lui, l'homme, qui conduisait ; c'était elle, la femme, qui suivait, où qu'il aille.

A un certain moment, ils parvinrent à côté de la porte. Elle ouvrit spasmodiquement la bouche, puis la ferma ; elle la rouvrit et la referma encore une fois ; sous ses pouces, il sentit gonfler une sorte de petite boule, une petite poche, qu'il s'efforça d'écraser.

La porte glissa le long du mur jusqu'à l'extrémité de la pièce. La musique jouait toujours silencieusement, et ils en suivaient fidèlement le rythme.

Le bois de lit vint donner du nez contre eux, en biais,

un coin en avant, comme une proue de navire. Le navire changea tout à coup de directionn, vira de bord. Mais pas assez rapidement. Le talon de la femme buta contre l'extrémité du pied, à l'endroit où la roulette s'appuie sur le parquet. Le choc vint retentir sur tous deux, se propageant de ses bras à elle aux siens, gagnant le corps de Prescott comme s'il avait lui-même rencontré l'obstacle. Le pied du lit sonna. Un son creux, tubulaire, d'enclume fêlée. Et tout à coup, la femme s'affaissa en arrière, l'attirant irrésistiblement avec elle, de tout son poids.

Il ne put la retenir. Ils tombèrent ensemble, lui toujours accroché à son cou. Ils tombèrent de biais, dans un étroit espace compris entre le lit et un radiateur ventru appuyé au mur. Elle tomba sur le dos, à même le sol, lui la tête en avant, en partie sur elle, la figure sur sa poitrine, avec la tendre indolence d'un amoureux.

La fin de la chute fut marquée par une sorte de coup de gong, triste comme un glas, venant cette fois du radiateur. Le son mourut, et ils ne bougèrent plus.

Elle était allongée de tout son long, à plat sur le dos, sauf sa tête, relevée de quelques centimètres par le radiateur. On aurait dit qu'elle la soulevait, le menton butant contre sa poitrine, pour apercevoir son corps dans toute sa longueur.

Leurs yeux se rencontrèrent dans un silence émouvant. Au cours de la chute, il avait écarté les mains, mais elles formaient encore autour du cou un demi-cercle où reposait, comme une fleur fanée, sa tête inerte et muette. La fleur même de la Mort, juste sortie de son bourgeon.

Une goutte de sang perla entre ses lèvres serrées, rouge à lèvres d'un nouveau genre, qu'on appliquerait de l'intérieur. Mais en trop grande quantité, car il dépassa le coin de la bouche et descendit en zigzaguant jusqu'à la pointe du menton où il s'arrêta définitivement.

Il écarta les bras d'un geste brusque, large. Ceux de Leona se détachèrent d'eux comme les vrilles d'une plante grimpante et tombèrent lourdement sur le plancher.

Il la prit aux épaules et la secoua. Les bras de la femme s'agitèrent, mais quand il s'arrêta, ils firent de même et s'immobilisèrent.

Il s'écarta d'elle en quelques mouvements saccadés, maladroits, et resta agenouillé sur le sol à côté d'elle.

— Prenez votre argent, chuchota-t-il. Allez-y, prenez-le, et partez d'ici !

Il la secoua violemment, par une seule épaule cette fois. La tête ballotta légèrement d'un côté sur l'autre.

« Non ! » parut-elle lui répondre.

— Allez !... Debout !... Prenez l'argent et filez !

Il l'empoigna à bras-le-corps, pour essayer de la remettre sur ses pieds.

— Ça suffit, vous m'entendez ? Je vous dis de vous lever !...

Sa tête se dressa toute droite, puis bascula en avant sous son propre poids et vint buter contre le plastron blanc de sa chemise, comme pour lui donner un baiser. Il la releva précipitamment et la tint à distance. La tête s'inclina de côté et resta dans cette position, comme si elle lui lançait une œillade avec une expression interrogatrice, à la fois macabre et railleuse.

Maintenant, on pouvait faire d'elle ce qu'on voulait, lui donner n'importe quelle position, elle obéissait avec docilité. Mais c'est lui qui ne voulait plus. Il la voulait comme avant. Pourtant, c'était là une chose, la seule, qui était bien impossible : la rendre telle qu'elle avait été.

Morte. C'est cela qu'on appelait un cadavre. Un vrai. C'était la première fois qu'il en voyait un. Il avait déjà vu des morts, mais dans une bière, arrangés, stylisés. Jamais ainsi, quelques minutes seulement après, et tués... de ses propres mains.

Il s'exclama, d'une voix étranglée :

— Mon Dieu ! Je l'ai tuée !

Calme absolu. Comme si cette précieuse minute de repos lui eût été accordée généreusement pour lui permettre de se ressaisir du mieux qu'il pourrait. Car il n'en aurait jamais plus pendant le reste de ses jours, toute sa vie durant.

C'est à ce moment qu'on frappa à sa porte. Le signal qu'il avait attendu et auquel il ne pensait plus du tout. Son garçon d'honneur qui venait le chercher pour le mener à sa jeune épouse.

X

Les instants suivants furent horribles, indescriptiblement.

Au moment où l'on frappait à la porte, il était à genoux, soulevant le buste à moitié et le maintenant à bout de bras. Un brouillard lui passa devant les yeux. Il traversa la chambre et vint à la porte. Elle était fermée au verrou.

Une autre vague de brouillard survint. Il reprit conscience devant la porte de la penderie. Grande ouverte. Les habits, accrochés à leurs cintres, se mirent à osciller d'un bout à l'autre de la rangée, en mesure. Comme si on les avait violemment écartés en leur milieu pour faire passer quelque chose de l'autre côté. Une paire de jambes débordait de la penderie, horriblement visibles.

Il se pencha, saisit d'une seule main les deux jambes et les projeta à l'intérieur, contre le fond de la penderie. Le corps était invisible maintenant lorsqu'on était debout. Mais on le voyait encore lorsqu'on était penché, comme était alors Marshall. Il recula, décrocha un cintre, enleva le vêtement qui s'y trouvait et le fit tomber dessus. Les genoux disparurent. Il en prit un autre, qui camoufla les pieds, un autre pour le tronc, deux, trois de plus et les épaules, la tête, devinrent invisibles. On ne voyait plus qu'un monceau d'habits, éparpillés dans le fond de la penderie, formant un tas plus haut dans un coin, du fait qu'elle y était calée en position assise.

La porte de la penderie se ferma.

Il la ferma non seulement avec ses mains et ses bras. Il la ferma, la mort dans l'âme, en s'aidant avec le côté de la figure. Il laissa reposer sa joue à plat contre elle, épuisé, comme pour mieux la fermer. Son cœur cognait contre le bois de la porte. Pas étonnant que cela lui fît mal, tellement il frappait dur contre la boiserie, à travers ses muscles, sa peau, sa chemise. Il s'efforça de s'en écarter en raidissant ses bras et en se rejetant en arrière.

« ... Il faut absolument parler à Lansing, dire quelque chose. Et s'assurer qu'aucun objet appartenant à la femme ne soit visible. »

Impossible d'émettre un son. Il lui fallut d'abord tousser pour vaincre la contraction de sa gorge. Alors, le son put passer, rauque, grinçant.

— Je viens, mon vieux ! Une seconde !...

Son sac à main ! Il s'en approcha, le saisit, le fourra dans un tiroir qu'il referma.

Une voix assourdie lui parvint, joyeuse, mais réprobatrice. Sur le coup, il sursauta, comme si quelqu'un lui avait poussé un cri à l'improviste dans le tuyau de l'oreille.

— Ouvrez !... Vous êtes pris ! rien à faire... vous ne vous en tirerez pas comme ça, vous pouvez en être sûr ! Ouvrez !...

Mon Dieu ! Il se frappa le front avec la main, juste au-dessus des yeux. « Mais non... se dit-il, il ne sait rien, il ne peut rien savoir. Il plaisante, voilà tout. »

Le chèque, où est-il ? Oui, elle l'avait mis dans son sac. Il avait remarqué le geste.

Alors, il vint à la porte, tira le verrou, ouvrit. Sa

solitude était terminée. Il allait paraître devant les yeux d'un autre homme. Des yeux ennemis, théoriquement. Les yeux de son meilleur ami. D'un ennemi, pourtant.

— Eh bien, il était temps ! proféra Lansing avec un large sourire, un peu perplexe cependant. Qu'est-ce que vous fabriquez, là-dedans ?

Sans attendre d'y être invité, il s'avança dans la pièce avec la familiarité de l'ami intime.

— Comment s'appelle-t-elle ? demanda-t-il d'un ton égrillard. Où est-elle cachée ?

Marshall sentit son cœur battre un grand coup à contretemps, en protestation, semblait-il, de la façon pénible dont on venait de le traiter.

Marshall tenta un sourire de dénégation, mais les bases n'en étaient pas assez solides. Le sourire vacilla et disparut rapidement.

Imaginez ça : avoir tué quelqu'un et ensuite, trois ou quatre minutes après, être obligé de regarder en face la figure d'un ami ! « S'il pouvait se douter... », pensait-il, contracté.

— Vous avez une bille inimaginable ! dit Lansing en riant. Je voudrais que vous puissiez vous voir !

— Dites, c'est bien pour me remonter le moral que vous êtes là, non ?

Ses sourires ne duraient guère. Il tremblait trop, à l'intérieur.

— J'ai vu des gens nerveux, mais vous, mon vieux, vous les battez tous. Je n'ai jamais vu ça. Vous êtes champion, ma parole !

— Tenez ! dit Marshall pour changer de sujet. Voici qui vous revient.

Il lui indiqua l'écrin, sur la table.

— Parfait !... rudement bien !... approuva Lansing avec enthousiasme.

Et, pour faire bonne mesure, il ajouta le mot du jour, à la grande mode alors :

— Très urf !

Il se mit à ouvrir et à fermer l'écrin à plusieurs reprises, comme font invariablement les gens avec un objet démontable ou doté d'une charnière. Cela faisait de petits claquements secs.

— Ça marche, mon vieux, vous pouvez en être sûr! implora Marshall, harassé, en portant les mains à ses oreilles, sans toutefois achever le geste.

Lansing s'arrêta net et le regarda :

— Vous avez besoin d'un verre. Et bien tassé. Où est la bouteille, Marsh ?

Il répondit lui-même à sa question, vieux souvenir remontant en surface :

— Inutile, je sais ! Dans la penderie...

Il se dirigea vers elle, avança la main vers la poignée.

« Quelle infernale promptitude ! » songea Marshall dans une agonie d'angoisse. Il réussit à articuler :

— Non... heu... attendez !... je vais...

Il n'arrivait plus à composer une phrase. Il parvint enfin à en sortir une, à peu près intelligible :

— Attendez... laissez-moi faire. Occupez-vous plutôt des verres. Il y en a deux dans la salle de bains.

En chancelant, il fit quelques pas vers la penderie, pour prendre la place de Lansing.

— Mon vieux, on jurerait que vous avez déjà votre compte ! observa Lansing.

Cependant, il obéit, retira sa main de la poignée et se rendit dans la salle de bains.

— Rincez-les, voulez-vous ? lui cria Marshall de façon à le retenir un peu plus longtemps.

— Qu'il est maniaque, cet animal-là ! commenta simplement Lansing.

Marshall ouvrit la porte de la penderie — formant ainsi écran entre Lansing et lui — et s'accroupit. Il glissa son bras dans le tas de vêtements. Il fallait passer derrière le corps pour atteindre la bouteille qui se trouvait dans le coin. Le corps s'appuyait dessus.

Il dut insérer la main derrière le corps, le palpant tout au long, pour atteindre enfin le col de la bouteille sur lequel il tira tout en retenant le corps de l'autre main pour éviter qu'il ne bascule en avant.

Bouteille en main, il se remit sur ses pieds en s'accrochant au battant de la porte. Il y appuya un instant le front, comme s'il souffrait d'une migraine intolérable, qu'il aurait cherché à soulager de cette façon.

Il referma la porte au moment précis où Lansing apparaissait avec deux verres à la main, s'écriant d'un ton enjoué :

— Nous voilà, les armes à la main !

Il suivait Lansing à la table, avec la bouteille.

« Boire ça ! songeait-il avec des nausées. Boire ça, contre lequel ce cadavre était appuyé !... »

Lansing déboucha la bouteille, emplit les verres et lui en tendit un.

— Buvez, jeune homme ! Le dernier verre de l'homme libre !

Lansing inclina la tête en arrière et but. Puis il se redressa et lui lança un clin d'œil en ajoutant :

— Le condamné à mort prit son dernier verre avec plaisir !...

Cette réflexion n'amusa pas Marshall. « Le condamné à mort »... Quelle affreuse expression ! La figure crispée, il vida l'alcool dans sa bouche.

Tout à coup, Lansing lui apparut, une cigarette allumée à la main. Autant que Marshall pouvait s'en souvenir, il n'en avait pas une minute avant.

— C'est à vous ? demanda Lansing.

— Non !... Jetez ça ! ordonna-t-il d'une voix subitement perçante.

Cette cigarette était demeurée là, sur le coin de la table, tout le temps. Depuis... depuis « avant ».

— Pas besoin d'en faire une maladie ! remarqua Lansing.

Il le regardait d'un air interrogateur. En plaisantant, mais d'un air interrogateur tout de même, et Marshall se rendit compte qu'il avait commis une bourde. Lansing continua :

— Je ne comprends pas. Cette cigarette se trouve ici, chez vous, elle doit donc vous appartenir. A qui serait-elle, sinon à vous ?

— Je voulais dire... je voulais vous dire de la jeter. Elle doit avoir un sale goût, après être restée à se consumer sur le bord de la table.

— Qu'il est donc délicat ! le railla Lansing d'un ton bourru.

Avant que Marshall puisse deviner son intention, la main de Lansing jaillit en avant et lui fourra la cigarette entre les lèvres, où elle se colla d'elle-même.

Il eut l'impression que des exhalaisons de mort lui montaient au cerveau.

Il eut un terrible hoquet, mais ne vomit pas. Sa main bondit à son estomac, pour en réprimer l'envie. La cigarette roula sur le parquet. Il l'arrêta du pied, comme une chose vivante, et l'écrasa impitoyablement.

— Mais, Seigneur Dieu !... qu'est-ce que... ? cria Lansing, stupéfait.

— Avalé de travers... bafouilla Marshall en portant la main à son front.

Et brusquement, il se reprit en main, dans un sursaut d'énergie. Carrant les épaules d'un air décidé, il se mit à pousser Lansing devant lui en direction de la porte.

— Venez ! Partons ! Sortons de là, voulez-vous ? Nous allons être en retard. En route ! Partons d'ici.

Lansing essaya de le calmer :

— Mais non, voyons, mais non, nous ne serons pas en retard !

Puis, il le regarda avec curiosité et reprit :

— Que vous êtes bizarre ! D'abord, vous ne semblez pas pressé le moins du monde, vous me faites même poireauter dix bonnes minutes devant votre porte avant de vous décider à m'ouvrir. Et puis, brusquement, vous semblez tellement pressé que vous ne tenez plus en place ! On parle de la nervosité de la mariée, ajouta-t-il en riant, moi j'ai l'impression qu'on se trompe de partenaire.

Parvenu sur le seuil de la porte, il planta ses talons de manière à freiner les poussées impatientes de Marshall.

— Et les alliances ? Ce serait une bonne idée de les emporter, vous ne croyez pas ? A moins que vous ne préfériez les laisser sur la table...

Marshall revint sur ses pas, rafla l'écrin et le glissa dans la poche de Lansing.

— Venez ! Dépêchons-nous... sortons !

Tous deux se trouvaient à ce moment de l'autre côté de la porte. Enfin, il avait réussi à faire sortir Lansing ! Il saisit la porte pour la fermer. Lansing, parce qu'il était plus près sans doute, fut finalement celui qui la referma, avec un solide claquement.

— Fermez-la bien, recommanda Marshall. Comme il faut.

Lansing sourit et tourna le bouton pour vérifier.

— Vous avez peur que quelqu'un cherche à entrer ?

« Non ! pensait Marshall dans le silence pesant qui tomba sur eux tandis qu'ils descendaient les marches. Non, j'aurais plutôt peur que quelqu'un n'en sorte... »

XI

Suivant Lansing, il sortit de la sacristie. Il était tout près de lui, presque sur ses talons. Comme une âme en peine, effrayée, perdue au milieu d'une terrifiante situation, qui s'accrocherait à la seule personne qui lui soit familière, au seul support connu.

Il eut même envie d'étendre le bras et de poser

franchement la main sur l'épaule de Lansing, devant lui. Il dut faire effort pour s'en empêcher.

Ils arrivèrent dans l'église. Que de monde ! Tous ces gens assis qui le dévisageaient ! Des rangées et des rangées de figures.

Lansing gagna la place qu'il devait occuper. Marshall s'arrêta derrière lui. C'est là qu'il voulait rester, sous sa protection immédiate et tutélaire. Lansing fut obligé de lui faire un signe discret pour le faire venir à sa place. Ils avaient soigneusement répété la veille l'ordre des places, mais la veille, Marshall n'était pas un meurtrier.

Il s'avança et se plaça à côté de Lansing.

La musique retentit, profonde, sépulcrale, songea-t-il. Elle se répercutait lugubrement sous l'immense voûte. Il n'avait jamais remarqué auparavant l'étrange ressemblance entre une marche nuptiale et une marche funèbre. Autant de raisons aujourd'hui pour l'une que pour l'autre ! Il frissonna à l'horrible pensée que cette cérémonie consacrait en réalité un double événement et non un seul, comme on aurait pu le croire.

De ravissantes jeunes filles défilèrent le long de l'allée centrale. Elles venaient dans sa direction, deux par deux, avec une grâce mesurée et modeste, détachant chaque pas et se balançant sur le pied une fraction de seconde avant de faire le suivant. Un peu comme dans ces revues de music-hall qui commençaient à devenir à la mode, les Ziegfield Follies et les Winter Garten.

Les deux premières étaient habillées en lilas, les suivantes en rose, les dernières en bleu ciel. Les jeunes filles s'écartèrent en éventail et s'immobilisèrent en un gracieux demi-cercle.

Marjorie parut, au bras de son père. A son tour, elle parcourut l'allée centrale. Dans les accents solennels de l'orgue, qui se firent alors entendre, il lui sembla que s'entrelaçait un fragment de mélodie que Lansing sifflotait dans le taxi qui les avait amenés, et que lui-même avait fredonné quelques jours avant. Puis la mélodie s'évanouit, comme l'intruse qu'elle était.

Du satin, blanc comme la neige fraîchement tombée. Une immense traîne que soutient une petite fille. Un voile de tulle, léger comme un brouillard. Un bouquet de fleurs d'oranger, et un diadème de perles, qui ne brillaient guère plus que tout le reste.

Qu'elle est belle ! Un ange de beauté !

Et moi, je suis souillé. J'ai du sang sur les mains !

Un frisson lui parcourut le corps.

« Pas à pas, elle s'approche d'un assassin... Elle va épouser un assassin... s'unir à jamais à un assassin... Dieu ! Que quelqu'un l'avertisse pendant qu'il est encore temps ! Que quelqu'un l'empêche de... »

Un cri, tranchant comme une lame, se répercuta dans toute l'église :

— Marjorie ! Arrêtez !... Vite, partez !...

Qui avait crié cela ? Qui ? Les yeux de Marshall roulèrent avec égarement de tous côtés, tandis que pas à pas, régulièrement, fermement, elle continuait à s'approcher.

Personne. C'était son propre cœur, non ses lèvres. Et personne d'autre que lui n'avait entendu.

Lansing lui envoya un léger coup de coude. Il s'avança mécaniquement et prit, à côté d'elle, la place de son père.

Ces beaux yeux dont le voile ne parvenait pas même à affaiblir l'éclat. Comme des topazes étincelant sous la neige.

Elle abaissa les paupières. Les mots vibraient, solennels, séculaires, qui apportent la paix, le consentement de Dieu, sa bénédiction.

« Et pour moi, dénués de signification. Je n'ai pas le droit d'être là, pas le droit de les entendre. Je viens de tuer une femme. Personne ne le sait, sauf moi. Personne au monde ne le sait, sauf moi. Et Dieu. Je puis tromper les hommes, mais je ne puis tromper Dieu. Je n'ai pas le droit d'accepter de lui ce sacrement. »

Trop tard ! Elle s'agenouille à côté de lui. Lansing lui tire légèrement la manche. Il s'agenouille à côté d'elle.

Le signe de la croix fut tracé au-dessus de leurs têtes. Il sembla laisser une traînée de feu, qui le fit presque défaillir. Il esquissa un mouvement de recul.

On lui tendit le crucifix. Et tandis qu'il l'effleurait de ses lèvres, une brûlure le gagna et, de sa bouche, coula jusque dans son cœur.

— ... au nom du Père, du Fils et du Saint-Esprit.

C'était fait. Elle était mariée à un assassin.

— Embrassez votre épouse, mon fils !

Le voile s'écarta, comme la rosée se dissipe au soleil levant.

Ses lèvres, si fraîches, contre les siennes, songea-t-il. Si loyales. Si confiantes, surtout.

XII

Et puis, il y eut la réception, dans la famille de Marjorie. Lumières étincelantes, dans les grands lustres de cristal, femmes en robes du soir, brouhaha étourdissant de voix et de rires, airs de valse et de boston joués dans le grand salon par un orchestre de cinq musiciens.

Tous deux se retrouvèrent seuls un moment. Seuls au milieu de cette foule d'invités. Chacun avec une coupe de champagne à la main.

Leurs coupes tintèrent avec un son argentin.

— Mme Prescott Marshall...! murmura-t-elle avec ravissement, les yeux levés sur lui.

« Mme Assassin », corrigea-t-il en lui-même.

Le regard de Marjorie se fixa tout à coup sur le plastron blanc de sa chemise.

— Oh, mon chéri ! Vous vous êtes blessé !... Regardez cette petite tache de sang sur votre chemise.

Il baissa vivement la tête, comme fasciné.

— Comment vous êtes-vous fait ça ? En vous rasant ?

Si elle n'avait pas été une jeune fille, elle aurait compris, avant même de le dire, que c'était impossible. On se rase avant de mettre sa chemise, surtout lorsqu'elle est empesée. Ce qu'elle saurait bientôt, sans aucun doute.

— Probablement en me coupant les ongles, tout à l'heure, dit-il avant d'avoir pris complètement sa respiration. J'étais tellement pressé...

Et, sur ses gardes, il se cacha une main derrière le dos.

Elle embrassa le bout de son index et en toucha la tache de sang.

Avec une violence soudaine, il vida sa coupe de champagne. Sa gorge se contracta au contact du liquide.

Un instant plus tard, elle s'éloigna en chuchotant :

— Je monte me préparer, maintenant. Personne ne fait attention à nous. C'est le moment d'en profiter.

Il resta planté où il était, sans bouger.

Il y jeta un coup d'œil furtif.

C'était une tache minuscule, bien petite vraiment...

Pourtant, si brillante. Elle étincelait. Elle rayonnait dans toute la pièce.

Sa main monta lentement, vint se poser dessus, pour la cacher.

Mais il savait bien que, sous sa main, la tache se trouvait toujours là.

XIII

Nocturne, à Atlantic City. Lune de miel solitaire, tissée de mensonges, lourde d'inavouables craintes.

Marjorie dort seule, dans son lit. Plus seule qu'elle ne le fut jamais, même avant son mariage. Car du moins il pensait alors à elle. Tandis que maintenant les pensées de Prescott ne s'orientent plus vers elle. Elle dort seule, confiante, en toute quiétude.

Et aux fenêtres de l'étage, ouvertes sur cette nuit de juin, le Guetteur. Il ne voit rien de ce qui s'offre à son regard. C'est l'Invisible qu'il guette. Qu'on ne peut voir qu'avec les yeux de la peur. Les siens.

La nuit est belle, le décor est magnifique. Du gaspillage, puisqu'il n'en profite pas. Ce froissement soyeux, c'est le ressac. Comme si, pour faire l'article, quelque super-vendeur eût continuellement roulé et déroulé sur la plage une gigantesque pièce de soie.

La mer est sombre, onctueuse. Un filet à mailles d'argent la recouvre et s'étire jusqu'à l'horizon, vers une lune invisible, cachée quelque part dans le ciel, très haut. Placé là, semble-t-il, pour permettre l'escalade. En dessous, ainsi que des perles recouvertes de buée, les lampes de la promenade bordent la plage, comme un collier à double rang.

Et là, au niveau des fenêtres dont elle interrompt la ligne lumineuse, une ombre immobile, tracée à l'encre de Chine, dirait-on, d'un buste. Il s'en élève, de temps à autre, une bouffée de fumée qu'argente la lune. La tête scrute la nuit qui lentement s'écoule. Elle médite, elle craint, elle frissonne de peur et n'a personne, ne connaît personne, vers qui se tourner.

Nocturne à Atlantic City. Le mensonge se glisse jusque dans la chambre nuptiale. Pensées inavouables et cachées. La Dormeuse et le Guetteur.

XIV

AUBE À ATLANTIC CITY

Les hautes tourelles du « Grand Hôtel Mauresque » dominent en arrière-plan. De rares lumières brillent à travers leurs innombrables pores. Quelque part dans une chambre obscure, une jeune femme dort, solitaire. Elle aime candidement une chimère, un être qui s'évanouit dès qu'elle ferme les yeux et ne réapparaît que lorsqu'elle les rouvre. Elle est seule, ignorant sa propre solitude.

Plus près, sur un plan en surélévation, la promenade, réverbères éteints. Rien ne bouge, d'aussi loin qu'on puisse voir, depuis Inlet, là-bas, jusqu'à Ventnor, à l'autre extrémité. Sauf un petit sac en papier, qui capricieusement frémit, s'envole, s'arrête, à la brise du matin.

Ce ciel d'aube est tigré de rayures jaunes, grises et noires, qui semblent jaillir de l'eau plombée.

Et sur la plage, une silhouette solitaire, ramassée sur elle-même, seule saillie qui puisse accrocher le regard, parmi ces kilomètres de sable gris, uni et désert. L'homme ne regarde ni la mer, ni le ciel, ni l'aube. Sa tête se cache entre ses genoux. Comme pleurant un destin irrévocable. Sans un mouvement. Seule, une mèche de cheveux s'agite par instants avec le vent. Comme les cheveux d'un cadavre.

Le soleil se lève sur la plage d'Atlantic City. Et sur de secrètes blessures. Le mensonge se glisse et ronge, comme un ver dans un fruit.

XV

Marshall fit la connaissance de cet homme dans la véranda de l'hôtel. Il entrait ; l'homme était accoudé à la balustrade.

Il l'aurait croisé, sans plus, si l'homme ne lui avait adressé la parole. Il était seul, au milieu de tous ces fauteuils d'osier disposés sur un rang. Il leur était difficile de s'ignorer. Il était six heures du matin.

Cet homme était largement plus âgé que lui, d'apparence inoffensive ; on n'avait aucune raison apparente de se méfier de lui. Simplement un peu trop curieux, un peu trop inquisiteur, et aussi un peu barbant. Au premier abord seulement, car par la suite il ne le fut plus du tout. Il devint même, dans l'existence de Marshall, le facteur prépondérant.

Il était plutôt corpulent, avec cette allure qu'ont souvent les gens l'été, en vacances, dans un costume de sport. C'est-à-dire, légèrement trop expansif pour que ce soit parfaitement naturel.

— Tiens ! Bonjour, monsieur !

— Bonjour ! répondit Marshall sans commentaire.

— Nous sommes tous les deux matinaux, à ce que je vois.

Marshall poursuivit son chemin vers la porte de l'hôtel. Il répondit :

— En effet !

L'homme, malgré la distance, lui tendit la main en s'approchant. Décemment, Marshall ne pouvait continuer à s'éloigner. Il dut attendre que cette main vienne serrer la sienne. Il n'entrait pas dans ses habitudes d'être impoli. Cela ne le retarderait guère, en tout cas.

— Je vous ai remarqué, je voulais faire votre connaissance depuis plusieurs jours. Autant que ce soit chose faite. Je m'appelle Ponds. Nous sommes de... (il nomma alors une ville éloignée), en vacances ici avant la pleine saison.

— Marshall, de New York.

— C'est vraiment pas mal, ici. L'été dernier, nous avons été en Europe. Après un retour pareil, on ne nous y prendra plus, je vous le jure ! On dormait sur le pont, monsieur, à la belle étoile. Trop heureux encore d'avoir pu prendre ce bateau ! On se serait cru dans un asile d'aliénés. Les Allemands étaient à cinquante kilomètres de Paris, la nuit où nous sommes partis. Dire qu'il a fallu que nous choisissions l'année 1914 pour aller en France ! Aussi, j'ai compris. Dorénavant, je reste au pays.

A ce souvenir, vieux pourtant d'un an, il dut s'éponger le front.

— C'est pas mal ce coin, je trouve. C'est la première fois que nous venons ici. D'habitude, nous n'allons pas si loin à l'est.

— C'est la première fois, nous aussi.

— En voyage de noces, hein ?

Marshall acquiesça.

— Nous l'avions deviné. Comme tout le monde, je pense. Vous savez ce qui se passe. On s'y intéresse comme si ça vous regardait personnellement. Mais il ne faut pas que cela vous gêne. Les amoureux sont sympathiques à tout le monde. Du reste, elle est mignonne comme tout, votre petite femme !

— C'est vrai, dit Marshall gravement.

— Je vous ai aperçu, tout à l'heure, de ma fenêtre, pendant que je m'habillais. Vous étiez là, tout seul, sur la plage. Vous n'êtes pas...

— Pas quoi ?

— Non, rien... Ce n'est pas mon affaire !

— Mais si... achevez donc ! Pas quoi ?

L'homme lui saisit le bras d'un geste vif.

— Ne vous faites donc pas tant de soucis... sur quoi que ce soit, mon petit...

Marshall lui lança un coup d'œil inquiet.

— Je sais, allez ! Je sais bien ! Moi aussi, j'ai été un jeune marié, dans le temps. Nous sommes tous passés par là. Exactement comme vous. Il y en a qui plaisantent. Ils ne savent pas, ou en tout cas sont supposés ne pas le savoir. Ce ne serait pas juste, du reste, s'ils se rendaient compte, parce que c'est notre affaire, à nous. De nouvelles responsabilités, des dépenses supplémentaires, on se demande comment diable on y arrivera. Si l'avenir se présente bien, on se demande si ce sera suffisant. S'il se présente mal, on se demande quoi faire, bon sang ! pour l'améliorer.

Marshall se garda de le détromper. Il inclina la tête. En réalité, c'était un geste de soulagement, mais on pouvait fort bien l'interpréter comme une approbation tacite quant aux raisons de ses soucis.

— Dites voir, mon petit ! dit Ponds en lui serrant le bras d'une main paternelle. Vous me plaisez. Je vais vite, moi, trop vite peut-être. Ma femme le dit toujours. Quoi qu'il en soit, vous me plaisez. Peut-être parce que vous êtes jeune marié. Quand je vous regarde, j'ai l'impression de me revoir, tel que j'étais il y a vingt ans. Ou bien autre chose, simplement parce que je suis un vieil imbécile au cœur sensible. Ma femme me le dit souvent aussi. En tout cas, je vais vous faire une proposition. Tout de suite. Si le cœur vous en dit, si jamais vous vouliez venir à... (de nouveau il mentionna le nom de la ville), il y a du travail qui vous attend. Un travail de bureau. Quarante-cinq dollars par semaine.

A New York, Marshall en gagnait cinquante.

— Oh ! je ne risque pas grand-chose, vous savez, s'empressa de dire Ponds, comme pour se défendre d'avance d'un reproche de sentimentalité que personne, sauf lui peut-être, en son for intérieur, n'avait formulé.

Il poursuivit :

— Je suis sûr que vous êtes quelqu'un de bien. Une gentille petite femme comme la vôtre n'aurait certainement pas choisi n'importe qui. Je l'ai observée, elle aussi, plus que vous peut-être. Prenez votre temps, réfléchissez et dites-moi votre décision avant mon départ. Maintenant, vous feriez bien d'aller la retrouver. Et rappelez-vous ceci : à partir d'aujourd'hui, aucune raison d'aller vous casser la tête sur la plage au petit matin !

« Quarante-cinq dollars par semaine, se disait Marshall. Dans une ville au diable Vauvert. Loin de New York. En sécurité. »

Il s'éloigna, sans prendre un engagement ferme. Mais en tout cas, ce type-là, il ne le trouvait plus barbant du tout.

XVI

— Mais, dans ces conditions, nous ne reviendrions pas à New York ? s'étonna-t-elle.

Il y avait quelque chose comme de la peur dans sa voix. Pour la première fois. Ce qui était possible, puisque c'était lui-même qui l'y avait mis.

— C'est exact ! répondit-il.

La chambre était plongée dans l'ombre. C'est ce qu'il voulait. C'était plus facile, pour lui parler. Il ne tenait pas à voir sa figure, ses yeux surtout. Elle était derrière lui, quelque part vers le lit, debout à côté ou assise dessus. Lui se tenait devant la fenêtre, regardant ailleurs, dehors, lui tournant le dos. Comptant les vagues qui venaient, en bas, sur la plage, lécher le sable gris couleur de lune. Il se forçait à compter sans arrêt, pour s'empêcher de penser à elle, pour ne pas céder.

— Mais ton travail...

— C'est une place bien meilleure. Avec ce type, je serai quelqu'un. Hier soir, à dîner, tu as pu te rendre compte combien nous lui plaisions. Tandis qu'à New York, je ne suis qu'un numéro, une fiche.

— Et l'appartement qui est retenu ?... et le mobilier que papa voulait nous...

— Nous aurons toujours un appartement, où que nous soyons. Et un mobilier aussi, bien à nous, que nous ne devrons à personne.

— Mais toutes mes affaires... mes cadeaux de mariage... ?

— On peut les envoyer n'importe où.

— Mais, même pas un jour ?... C'est si rapide ! Ce monsieur n'a jamais dit qu'il fallait absolument brusquer les choses. Il a dit que nous viendrions après.

— Après, il sera peut-être trop tard. Il peut changer d'idée.

— De toute manière, il faut bien repasser par New York pour aller là-bas ?

— En passant par Philadelphie, nous pouvons partir directement d'ici.

Elle réfléchit un long moment. Victoire, ou défaite ?

La vague n° 70 arrive, toute fraîche sortie du bijoutier, fignolée, ciselée, miraculeusement polie. Et sous ses yeux, déjà ternie en un étain grisâtre, déjà effritée, rongée, s'éparpillant en mille miettes sur le sable. Fichu bijoutier !

Vague n° 71... 72... 73.

— Est-ce vraiment ce que tu préfères ?

— Oui !

Vague n° 80... 81... 82.

« Elle s'approche de moi. Je le sens, j'en suis sûr. Sans avoir besoin de regarder, sans rien entendre.

« J'ai probablement gagné, puisque c'est elle qui vient vers moi. Non, il ne faut pas tourner la tête. Tiens bon ! Encore une seconde, et tu auras gagné. Voilà !... »

Ses bras montent jusqu'à ses épaules, se nouent, l'attirent dans un baiser conciliant.

— Alors, c'est également ce que je préfère, moi aussi. Il n'y a pas d'autre façon de faire. Et c'est pareil pour tout. Où que tu veuilles aller, c'est là que je veux aller également. Il n'y a pas pour moi d'autre place dans le monde. Je ne suis pas une autre personne, je ne suis pas même ta femme. Je suis toi...

Et ses baisers étaient à peine refroidis sur ses lèvres, il la tenait encore serrée contre lui, qu'il mettait déjà entre eux le téléphone.

— Allô !... L'appartement de M. Ponds, s'il vous plaît. Le 404... Je sais, il est tard, mais cela n'a pas d'importance. Il faut que je lui parle ce soir même. Il s'en va demain, à la première heure.

DEUXIÈME PARTIE

DANS LA VILLE LOINTAINE

I

Elle exprima la lavette à vaisselle entre ses doigts et la suspendit, la tête en bas, à côté du robinet. Elle poussa un soupir et baissa la tête avec abattement. Elle se passa la main dans les cheveux, au-dessus du front, et les lissa en arrière. Elle soupira encore une fois, chercha des yeux ce qu'il restait à faire et constata que c'était fini. Elle poussa un nouveau soupir comme si, au lieu d'être satisfaite, elle le regrettait.

Alors, elle se rendit compte qu'il la regardait, qu'il avait observé ses moindres gestes et elle lui adressa un sourire.

Un sourire fabriqué à son intention, qui n'avait rien de spontané, qui n'était pas l'expression d'une joie quelconque. Il en percevait bien toute la différence.

Il se mit debout et s'approcha d'elle. Elle lui tournait le dos.

— Qu'est-ce qu'il y a ? lui demanda-t-il doucement. Tu te sens fatiguée ?

— Je n'ai pas suffisamment travaillé pour cela.

— Tu te sens seule ?

— Tu es là, lui répondit-elle.

— Un peu de cafard ?

Elle secoua négativement la tête, mais d'une façon qui précisément s'accordait avec ce qu'elle niait.

Toujours derrière elle, il hocha la tête, comme pour se confirmer à lui-même son opinion, puis vint à la fenêtre. Il la regarda un moment d'un air pensif, sans qu'elle s'en doutât, et lui dit, sur ce ton que l'on prend pour attirer l'attention de quelqu'un sur quelque chose qu'il n'aurait pas remarqué de lui-même.

— Quelle belle nuit ! Viens voir ! La lune éclaire tout le ciel, comme si on y avait versé du lait. Si nous allions faire un tour en ville ? Voir à quoi ça ressemble ?

Elle acquiesça d'un signe de tête, mais n'alla pas le rejoindre à la fenêtre pour admirer.

— Je sors ton manteau, dit-il.

Il le lui mit sur les épaules, sans en enfiler les manches.

— Ça ira comme ça, déclara-t-il. C'est une petite sortie rien que pour nous, tous les deux.

Il éteignit, ferma la porte et, côte à côte, ils descendirent la rue. Jusqu'à ce qu'ils arrivent à une autre, qu'ils prirent. Puis à une autre, qu'ils prirent également. Peu à peu, les lumières devenaient plus nombreuses, les rues se peuplaient. Ils arrivèrent en plein cœur de la ville, animé et dynamique.

— Veux-tu que nous allions au cinéma ? lui proposa-t-il. Voir Clara Kimball, ou Eddie Polo, ou Sessue Hayakawa ? Ou un comique de Max Linder ?

Elle secoua la tête :

— Ce ne sont que des mirages, de simples ombres sur un mur, pour les petits enfants. Je suis trop grande, maintenant.

— Au cœur trop triste ! murmura-t-il à peine distinctement.

Ils continuèrent plus loin, la main dans la main, perdus au milieu de l'agitation de cette foule étrangère.

Ils parvinrent à un carrefour affairé et regardèrent.

— Je me demande ce qu'est cet immeuble, dit-il.

Elle ne dit pas si elle se le demandait aussi.

Ils traversèrent.

— Veux-tu que nous prenions par là ? Voir où ça mène ?

La rue était en pente, découvrant devant eux une large perspective.

— Regarde ! s'écria-t-il. Regarde toutes ces lumières. C'est beau, hein ?

— Toutes les villes sont belles, la nuit, répliqua-t-elle, songeuse.

Il eut un petit rire.

— A te voir, on croirait que nous n'habitons pas ici, que nous ne faisons qu'y passer, en touristes.

Elle ne répondit pas et ses yeux, de plus, l'évitèrent, ce qui était rare.

Ils arrivèrent devant un jardin public dont ils ignoraient le nom.

— Entrons nous asseoir, suggéra-t-il. Cela nous reposera avant de repartir.

Ils s'assirent sur un banc. Il lui entoura les épaules de son bras, comme eût fait tout mari en pareil moment, en signe d'affection et d'implicite compréhension.

Dans le ciel, les nuages, éclairés par la lune, prenaient une teinte crémeuse.

Il la vit lever la tête. Ses traits reflétaient une hantise de la solitude, un désarroi qui lui serra le cœur. Ses yeux mornes, douloureux, recherchaient au ciel ce qu'ils ne pouvaient trouver au niveau du sol.

— Que regardes-tu là-haut ? chuchota-t-il. Dis-le-moi.

— Je cherche à m'imaginer que je suis dans Central Park, lui souffla-t-elle. En relevant la tête de cette façon, j'aperçois le petit bassin, dans l'angle où se dresse la statue de Sherman. Et par là, hautes dans le ciel, les lumières du Plaza. L'hôtel Vanderbilt est derrière, plus bas, juste au coin. De ce côté-ci, ce grand immeuble mince, élancé, c'est le Netherland. Ensuite, vient le Savoy. Je suis assise là en compagnie de mon amoureux attitré... non, ce n'est pas toi, c'est ce pauvre vieux Lance, le fidèle Lance, qui m'embête un petit peu. Et papa et maman sont là-bas, dans cette direction. Ils m'attendent à la maison de la Soixante-dix-neuvième Rue. Dans un moment, Lance m'y reconduira. Tous deux, nous prendrons un de ces autobus à impériale de la Cinquième Avenue qui vont et viennent derrière ce mur, et il me reconduira à la maison.

Elle s'interrompit, puis répéta doucement :

— A la maison... ! Et quand je baisse la tête, comme ça, je ne retrouve plus que cette ville étrangère et lontaine...

Il resserra son bras autour d'elle pour essayer, sans grand succès, de la consoler.

— Redis-le-moi ! demanda-t-elle d'un ton pitoyable. J'ai besoin de les réentendre.

— De quoi veux-tu que je te parle ?

— Je veux réentendre les noms de chez moi, les noms que je connais...

— Je... je ne croyais pas que cela te manquait tant ! bégaya-t-il.

— Il faut bien que chacun aime un endroit quelconque ! répliqua-t-elle. Moi, c'est celui-là. Oh ! ils peuvent ricaner avec leur : « Parfait, très joli à visiter, mais pour y habiter, jamais ! » Je le sais, c'est grand, c'est froid comme du granit, c'est peut-être dur d'avoir à y vivre. Pour d'autres, je l'admets, mais par pour moi. Parce que c'est là que je suis née, c'est là que j'ai grandi. J'en ferai toujours partie. C'est ma ville. C'est mon New York à moi. Il n'y a pas un autre endroit dans le monde qui puisse tenir une place pareille dans mon cœur. New York... quand je prononce son nom doucement, tout bas, il me semble que cela se rapproche... New York... un simple chuchotement et c'est là. New York...

— Allons... allons ! dit-il pour la calmer. Ferme les yeux. Ecoute... que je te dise les noms qui vont te ramener à New York. Je vais essayer de trouver ceux que tu aimerais entendre. Voyons... Derrière nous... non, ne te retourne pas, sinon tout s'envolerait... par là, de l'autre côté de l'allée, c'est Central Park Ouest. Avec le Century Théâtre, le Columbus Circle, et le Reisenweber. Quand on revient dans cette direction, vers nous, c'est la Cinquante-neuvième Rue. Ça, c'est les Spanish Flats. Tu te rappelles les Spanish Flats ? Si on continue vers l'ouest, alors on arrive à San Juan Hill, le quartier nègre, avec les escaliers couverts de la station de métro aérien de la Neuvième Avenue. Tu les vois ? Un de chaque côté de la rue.

— Cinquante-neuvième Rue, murmura-t-elle, Quarante-deuxième, Trente-quatrième, Vingt-troisième. Madison Square et son jardin public. Union Square. Luchow's ! Les autobus verts qui traversent la ville en longueur. Les rouges et les jaunes — qui font Broadway — et la Troisième Avenue. Le métro aérien de la Deuxième Avenue, de la Troisième, et de la Sixième, avec son embranchement désert qui va jusqu'à Central Park...

Brusquement, elle se retourna vers lui d'un geste impulsif et se cacha la figure contre sa poitrine. Serrée contre lui, elle sanglota avec tant de conviction qu'il en était secoué autant qu'elle.

— Chérie, ne pleure pas... lui dit-il, en essayant de la consoler, ne pleure pas, je t'en prie. Viens, allons-nous-en. Rentrons à la maison.

Elle secoua la tête, l'air désespéré, tandis que ses sanglots s'espaçaient.

— Non ! dit-elle avec un accent douloureux infiniment poignant, non, ce n'est pas à la maison que nous allons revenir. Tu vas me ramener dans un appartement meublé, dans une petite ville que je ne connais pas. Mais tu ne me ramèneras pas à la maison. Pas chez moi...

II

En août, le 20 pour être exact, il eut une augmentation de cinq dollars. Et ce jour-là, quand il rentra chez lui et qu'il lui apprit cette augmentation...

— J'ai cinq dollars de plus par semaine, à partir de lundi.

Il haussa les épaules d'un air détaché et ajouta :

— Et je ne l'ai même pas demandé, figure-toi ! Ponds passait derrière moi, ce matin. Je me retourne et je lui adresse mon plus grand sourire. Non parce que c'était lui, mais parce que je me sentais comme ça. J'aurais souri au premier venu qui se serait trouvé à passer, à ce moment-là. Il m'a rendu mon sourire puis brusquement il s'est arrêté et m'a demandé : « Combien gagnez-vous, Marshall ? » Je le lui ai dit, alors il m'a mis la main sur l'épaule en déclarant : « A partir de lundi, vous aurez cinquante dollars. Je vais prévenir la caisse. »

— Que je suis contente ! dit-elle, les yeux brillants.

— Moi aussi ! renchérit-il. Mais c'est drôle, hein ? Je te parie que si je l'avais demandé de moi-même, il m'aurait refusé.

Quand ils eurent chanté victoire et se furent réjouis un moment de plus, elle relata à son tour :

— A propos, il y a quelque chose que j'allais oublier de te dire...

— Qu'est-ce que c'est ? demanda-t-il, tout souriant.

— Quelqu'un est venu te voir, cet après-midi.

Sa figure et sa voix se troublèrent.

— Un homme ? demanda-t-il lentement. Ici ? Et qui... qui était-ce ? ajouta-t-il d'un ton morne.

Elle nageait encore en pleine euphorie.

— Un type quelconque, je ne sais pas exactement. Vraiment, je n'ai aucune idée.

— Mais ne t'a-t-il pas donné... ?

— Il n'a pas dit son nom. Impossible de le lui faire dire. Quand je le lui ai demandé, pour te le transmettre, il a bafouillé quelque chose... que ça n'avait pas d'importance parce que, de toute manière, tu ne le connaissais pas.

Il lui lança un regard aigu à travers ses paupières mi-closes. Un regard qui, évidemment, n'était pas pour elle, mais qui était l'effet de cette phrase : « de toute manière tu ne le connaissais pas », qui se gravait dans son cerveau, qui s'infiltrait de force au milieu de ses pensées, les comprimant et produisant ce petit jeu de paupières.

Il put ensuite parler plus posément, plus lentement.

— Mais dans ce cas, si... si je ne le connais même pas de nom, que me voulait-il ?

— J'ai attendu qu'il veuille bien me l'apprendre, mais il ne l'a pas fait, et voyant qu'il ne le faisait pas, je n'ai pas insisté. Je ne tiens pas à avoir l'air d'être une de ces femmes qui se mêlent des affaires de leur mari.

— Pourtant, il semblait savoir mon adresse !

— J'ai l'impression qu'il n'en était pas trop sûr, au début.

— Et il s'en est vite assuré, n'est-ce pas ? la pressa-t-il avec quelque amertume.

— Il m'a demandé s'il était exact que tu habitais ici, ce dont j'ai été obligée de convenir, évidemment.

— Et comment était-il, ce monsieur ? poursuivit-il d'un air lugubre.

— Oh ! tu sais, je ne suis pas bonne pour ce genre de chose, protesta-t-elle. S'il s'agissait d'une femme ! Mais un homme... Comment peut-on décrire un homme ?

Il sourit, d'un sourire qui n'avait rien de joyeux. Ami ou ennemi, policier ou pékin quelconque, il fallait le prendre tel qu'il était. Impossible de faire autrement.

— Il était jeune, trapu, poursuivit-elle. Il... il avait l'air très sûr de lui, un peu agressif même, j'ai trouvé.

... Oui, les policiers sont sûrs d'eux. Et agressifs...

Il essaya de lire l'avenir dans l'eau qui se trouvait au fond de son verre, mais tout ce qu'il put y voir, ce fut la nappe, avec ses dessins damassés légèrement grossis par le verre.

— Répète-moi tout depuis le commencement, dit-il. Peut-être que j'arriverai à en sortir quand même quelque chose.

— Tu vas en faire une maladie ! le plaisanta-t-elle en riant. En voilà une histoire !

Elle s'exécuta cependant :

— J'ai entendu sonner à la porte. J'ai été ouvrir ; il se trouvait devant. Je me rappelle qu'il n'a même pas soulevé son chapeau, ce qui m'a tout de suite déplu. Il ne m'a même pas regardée, d'ailleurs. Il tenait les yeux fixés sur quelque chose qu'il avait dans la main.

— Qu'est-ce que c'était ? demanda-t-il, fixant son verre comme si la voix de Marjorie en sortait.

— Ma foi, je ne peux pas te le dire exactement ! Tu comprends, il tenait sa main comme ceci, le dos tourné vers moi, et je n'ai pas pu voir ce qu'il y avait de l'autre côté.

« Un insigne de police, qu'il était prêt à exhiber rien qu'en tournant la main, si je m'étais présenté au lieu d'elle ? »

— Ce devait être un petit carnet, une carte, enfin un petit bout de papier quelconque, avec ton nom dessus, parce que, quand il t'a demandé, j'ai bien remarqué à ses yeux qu'il lisait son papier, et c'est pour cela qu'il ne m'a pas regardée. Il a dit : « Est-ce ici qu'habite un nommé Marshall, Prescott Marshall ? »

— Il a dit « un nommé Marshall ? » Tu es sûre ?

— Textuel ! Je lui ai répondu que c'était exact, mais que tu n'étais pas là. Alors, il a sorti un crayon d'une poche de son veston, la petite du haut, l'a pris entre ses doigts et a fait une petite marque, sur le papier qu'il tenait. Ensuite il a remis le crayon dans sa poche, ainsi que son papier et a paru satisfait. Apparemment, c'est tout ce qu'il voulait. C'est à ce moment que je lui ai demandé de me laisser son nom et qu'il m'a répondu que c'était inutile vu que, de toute façon, tu ne le connaissais pas. C'est tout ce que j'ai pu en tirer. Avant que j'aie pu placer un autre mot, il avait tourné les talons et m'avait plaquée en beauté. Je l'ai rappelé pour lui demander s'il repasserait.

Il avala une gorgée d'eau.

— Et qu'a-t-il répondu ? demanda-t-il d'une voix à peine perceptible.

— Il ne s'est même pas retourné. Il m'a répondu comme ça, par-dessus son épaule, d'un ton bizarre, oui, franchement bizarre...

— Comment ça, bizarre ?

— Hé bien... il était si sec, si catégorique... comme si c'était la dernière chose à lui demander.

— Et qu'a-t-il dit ?

— Il a dit : « Mais oui, bien sûr que je reviendrai, ma petite dame ! Bien sûr que je reviendrai ! » Deux fois de suite, d'une voix traînante... comment dirais-je ? sarcastique, un peu ironique. Je t'avoue que son ton et ses manières m'ont horriblement déplu et s'il y a une chose que je déteste, c'est bien d'être appelée « ma petite dame ». J'ai refermé la porte plutôt brutalement, j'en ai peur.

Elle changea de sujet de conversation — en apparence seulement, car en réalité c'était toujours le même :

— Qu'il fait lourd, ce soir ! Ton front est trempé de sueur, je le vois d'ici.

Il s'épongea, l'air triste et soucieux.

— Je ne connais personne en ville, observa-t-il, à part mes collègues de bureau, et tous étaient là, cet après-midi. Pas un ne manquait.

— Peut-être est-il d'ailleurs ? suggéra-t-elle.

« De New York, c'est bien possible ! » se dit-il.

Elle en avait terminé avec son histoire. Ce fut tout ce qu'elle en dit. Et tout ce qu'il y avait à en dire.

Elle revint à leur précédent sujet de conversation, à cette fameuse augmentation.

— Mon Dieu, je suis bien contente ! affirma-t-elle.

Mais lui ne révéla pas s'il l'était encore, tant soit peu.

III

Le salon : un abîme de silence. Personne dans la pièce. Son fauteuil habituel était disposé près de la lampe. Dessus, s'étalait un journal, grand ouvert comme s'il avait été tenu grand ouvert, puis brusquement lâché, abandonné tel quel.

Sur la table, près de la lampe, une petite note griffonnée d'une main hâtive : *Chéri, je reviens dans une minute. J'ai oublié quelques commissions à l'épicerie. Lis le journal en m'attendant. M.*

Deux choses, dans cette pièce, n'étaient pas absolument immobiles et auraient évidemment échappé à un pinceau strictement fidèle. L'une était la chaînette de la lampe, qui se balançait encore légèrement, comme sous l'effet d'une violente traction. L'autre, les dernières exhalaisons d'une cigarette, abandonnée là, sur le bord de la table, oubliée.

Dans le vestibule adjacent, même silence, même immobilité. Accrochés au portemanteau, se trouvaient le chapeau et le manteau de Marshall, tels qu'il les plaçait d'ordinaire en rentrant, l'un au-dessous de l'autre. Pas un mouvement, moins même que dans le salon. Le panneau vitré, inséré dans la partie supérieure de la porte d'entrée, éclaire la scène d'une lumière pâle et nacrée. Dehors, tombe la nuit. Se dessinant sur le vitrage et transformée en pointillé par les mailles fines du rideau, l'ombre floue d'un buste, projetée de l'extérieur. Trop imprécise pour lui donner le nom de silhouette, plutôt une tache sombre, aux contours délayés. Immobile.

En dessous, contre la portion pleine de la porte, dans une position accroupie, certainement très inconfortable, Marshall, dont on n'aperçoit que la nuque, le dos, les jambes, l'une étroitement repliée sous lui, l'autre étendue derrière, à même le plancher, comme à la traîne, et ses semelles de soulier tournées vers le plafond. Et le dos de ses mains, qui se pressent à plat, l'une contre le panneau de la porte, l'autre sur l'encadrement, comme si elles s'efforçaient de les rapprocher. Sa figure, invisible, se trouve en face de la serrure, le trou au niveau de l'œil.

Immobilité complète. De chaque côté de la porte.

Et soudain, le bourdonnement impérieux de la porte d'entrée, comme un essaim de frelons en colère, rompant brutalement le silence. Puis, arrêt.

De nouveau, immobilité absolue. La tache floue sur le panneau vitré, le corps à moitié prosterné, s'écrasant contre la porte.

Puis, comme un liquide opaque qui ruisselle sur une surface trop lisse pour le retenir, le contour de la tache s'altère, tournoie, s'évapore, disparaît. Le verre retrouve sa teinte glauque, égale, plus claire qu'auparavant. Des pas s'éloignent, faisant craquer le parquet.

Un bruit de portière qui claque, dans le lointain.

Un moteur d'auto, qui démarre, fait quelques explosions, s'arrête. Nouvel essai, couronné de succès. Le moteur pétarade, ronfle, puis s'éloigne.

Le corps inerte se remet lentement en mouvement, pièce à pièce. D'abord la jambe étendue derrière, qui revient prendre un point d'appui. Une main implorante monte le long de la porte, l'autre la suit, le corps entier se dresse.

Marshall, les jambes flageolantes, se retourne, s'accote dans l'angle voisin. Il sort un mouchoir et éponge sa figure ruisselante...

Lorsque Marjorie rentra, quelques instants plus tard, les bras chargés de petits paquets, il se tenait à la même place, remettant son mouchoir d'une main molle dans sa poche revolver.

Clac ! Elle inonda brusquement le vestibule d'une lumière blanc doré insupportablement éclatante. Elle fut obligée de fermer les yeux, une seconde. Elle les rouvrit et l'aperçut, dans son coin.

— Press ! s'écria-t-elle. Es-tu malade ? Tu es tout blanc. Pourquoi restes-tu dans le noir ?

— J'ai la migraine, répondit-il. Je voulais reposer mes yeux une minute. Ça va mieux maintenant.

— Que se passe-t-il ? Tu avais une pose si bizarre, quand j'ai allumé...

— Rien du tout ! affirma-t-il, étonné d'être encore capable de lui répondre sans se trahir. Rien ! J'allais allumer au moment où tu es rentrée, et je n'arrivais pas à trouver le bouton. C'est pour cela que j'étais contre le mur.

— Je viens de remarquer quelque chose de curieux dehors, pendant que je cherchais ma clé, rapporta-t-elle. On a fait une marque à la craie sur le mur, à côté de la porte. Un grand cercle, on dirait une cible. Il va falloir que je prenne un chiffon mouillé et que j'aille l'enlever. C'est un gosse, je suppose.

« C'est ça ! Une blague de gosse », songea-t-il avec une sorte d'horreur froide et sarcastique.

IV

Deux jours plus tard, en début de soirée, le téléphone se mit à sonner. Très naturellement, il alla répondre. C'était une de ses prérogatives, en tant que maître de maison, lorsqu'il se trouvait chez lui.

Le téléphone, avec ses fils électriques et tout son mécanisme compliqué, est davantage du ressort masculin que féminin.

Il décrocha.

— Allô ? dit-il.

Pas de réponse.

— Allô ? répéta-t-il.

Encore pas de réponse.

— Allô ?... Allô ?... cria-t-il impatiemment.

Silence. Silence total.

Agacé, il secoua le crochet à plusieurs reprises.

— Allô ? Qui est à l'appareil ? Qui est-ce ?

Il écouta avec attention.

Au loin, comme en écho au cliquetis qu'il venait lui-même de faire, il entendit un déclic unique, étouffé, spectral, à l'autre bout du fil. Il put à peine le saisir, mais c'était net, malgré le soin pris à le dissimuler.

Sa main se crispa sur l'appareil, il sursauta, le regardant avec effroi. Quelqu'un l'avait effectivement demandé.

Soudain, il se mit à manipuler fiévreusement le crochet.

— Parlez, ici, le Central ! annonça une voix dans le récepteur.

— Mademoiselle, dit-il, y a-t-il eu erreur ? Vous venez de m'appeler, était-ce une erreur ?

— Non, monsieur ! répondit calmement la voix. On a demandé votre numéro, que j'ai donné immédiatement. Vous n'avez pas obtenu la communication ?

Il ne répondit pas à cette question, mais demanda :

— Etait-ce un homme ou une femme ?

— Un homme, monsieur, lui répondit-on.

Il raccrocha. Il avait compris tout ce qu'il y avait à comprendre de cette petite mystification apparente. Il savait d'où ça venait.

« C'était " Lui ". Lui, qui voulait s'assurer que j'étais bien chez moi. Maintenant, il sait. Donc, il va venir.

« Il faut que je sorte. Il faut emmener Marjorie, c'est la première chose à faire. »

Il ne se demanda pas ce qui devait suivre ensuite. C'était inutile.

Déjà, il s'était dirigé vers la penderie et en revenait avec quatre objets sur un seul bras, dans une seule main : son manteau, le sien, son chapeau, le sien.

Mais où aller ? Où l'emmener ? Où pourrait-il la laisser ? Pas d'amis, pas de parents, pas... Ils étaient si seuls, si isolés, dans cette ville lointaine.

Il lui vint une idée. Il fouilla dans la poche de son pantalon où il mettait sa monnaie. Deux pièces de vingt-cinq cents. C'était largement suffisant. Il remit les pièces. Il prit ensuite son portefeuille, dans la poche intérieure de son veston et, sans regarder dedans, ouvrit le tiroir du haut de la commode, l'y jeta et referma le tiroir.

Ensuite, il alla trouver Marjorie. Sur le seuil, il s'arrêta court, avant d'entrer dans la pièce. Ses traits étaient contractés, durcis par la détermination qu'il venait de prendre. Sa physionomie ne convenait pas du tout à ce qu'il allait proposer. Il passa sa main libre sur sa figure, lentement, comme pour l'essuyer. Seulement, il n'enlevait rien. Au contraire, sa main semblait déposer quelque chose.

Un sourire. Un sourire insouciant, désinvolte, totalement faux.

V

L'écran se transforma en un carré d'un noir d'encre. Il en était ainsi toutes les deux ou trois minutes. Quatre lignes blanches, ténues comme des traits de crayon, vinrent délimiter un rectangle plus petit que l'écran lui-même. A la base, sous la ligne horizontale inférieure, en fins caractères blancs, le nom de la firme : *Essanay*. Puis, dans le cadre, apparurent deux lignes de grosses lettres majuscules blanches, entre guillemets :

« FUYEZ CE MISÉRABLE...
POUVEZ-VOUS DOUTER DE MON AMOUR, CHÉRIE ? »

Les lettres, comme le cadre, vibraient légèrement, sans toutefois gêner la visibilité.

On entendit dans la salle ce chuchotement produit par les quelques inévitables spectateurs qui répétaient les mots à voix basse, sans même s'en rendre compte.

Au piano, enterré au pied de l'écran, la vieille femme silhouettée par le faible éclairage du pupitre continuait à jouer en sourdine, discrètement, des fragments de la *Valse des patineurs*.

« C'est le moment, se dit-il. Pendant qu'il y a le sous-titre. »

Il étendit un peu la main et fit claquer deux doigts, pour attirer son attention. Elle tourna la tête vers lui :

— Qu'est-ce qu'il y a ?

— J'ai oublié mon portefeuille, sur la commode.

— Ça ne fait rien, puisque la porte est fermée.

— Non, je vais le chercher. Ça me gâcherait tout le film. J'y vais.

Déjà, il était debout.

— Tu vas faire tout ce chemin, aller et retour ? protesta-t-elle.

— Il n'y a que quelques centaines de mètres dans chaque sens. J'en ai pour cinq minutes.

Il était dans l'allée centrale, déjà hors d'atteinte, même si elle avait songé à le retenir, ce qui ne lui vint probablement pas à l'esprit.

— Là ! Garde ma place. Je laisse mon manteau et mon chapeau sur le fauteuil.

— Tu crois qu'on te laissera rentrer ?

— Je vais prévenir, à la porte.

Il s'avançait dans l'allée, lui répondant par-dessus l'épaule. Une conversation, à moins d'être vociférée, n'apportait pas grand dérangement au spectacle et était généralement tolérée.

— Regarde le film. Je serai de retour avant même que tu ne t'en aperçoives.

Elle n'avait plus aucun moyen de l'arrêter, autrement qu'en l'accompagnant elle-même, et les billets avaient coûté vingt cents chacun.

L'écran étincela comme de l'argent, puis fut occupé par la figure en gros plan d'une jeune femme, d'une blancheur clownesque, les yeux noyés dans une mélasse de rimmel. Ses lèvres épaisses de négresse Oubanghi frémissaient en une mimique volubile et passionnée. La porte se rabattit derrière lui et la cacha à sa vue.

Il exposa le cas au contrôle. L'employé se souvenait fort bien de lui, car :

1° Il lui avait demandé au passage s'il restait deux sièges libres au bord de l'allée ;

2° Il lui avait demandé l'heure ;

3° Il s'était arrangé pour laisser tomber ses billets en les lui tendant, et tous deux s'étaient penchés ensemble pour les ramasser ;

4° Il en avait profité pour complimenter l'employé, qui commençait à prendre de l'âge, sur sa souplesse, usant de la flatteuse expression : « un jeune homme comme vous », ce qui avait enchanté le type à un point frisant l'enthousiasme.

L'employé, encore sous le coup de sa bonne impression, accepta de le laisser réintégrer sans autre formalité, dès son retour.

Il laissa rapidement derrière lui le porche du cinéma, dont la façade qui s'éclairait violemment puis s'éteignait à intervalles réguliers, balayait comme un phare la nuit environnante, et partit au pas de gymnastique.

Arrivé en vue de son appartement, il ralentit l'allure puis s'arrêta devant sa porte. Il jeta un coup d'œil aux alentours. Il n'y avait personne en vue.

« Ainsi, me voilà rendu avant toi ! » dit-il avec une joie féroce.

Il ouvrit la porte, entra, la referma derrière lui.

L'obscurité était complète, mais il connaissait son chemin par cœur. D'abord, il vérifia les rideaux de toutes les fenêtres pour être sûr qu'ils étaient tirés à fond, sans laisser le moindre interstice inopportun. Ils étaients bleus et ne laissaient filtrer aucune lumière venant de l'intérieur. Ceci fait, il alluma avec parcimonie deux lampes, celle du fond du vestibule, de manière à bien voir son visiteur quand il lui ouvrirait la porte, la deuxième dans le salon, qui donnait sur la rue.

Il ne laissa pas la lampe à sa place habituelle. Il la mit près d'une certaine chaise qui devint « la chaise », et de telle façon que « la chaise » reçoive presque toute la lumière, laissant le reste de la pièce sinon dans l'obscurité, tout au moins dans la pénombre.

Puis il se rendit de l'autre côté de l'appartement et, sans allumer d'autre lumière, prit en tâtonnant, dans un tiroir de la cuisine, une lampe électrique de poche qu'il savait y trouver. C'est elle qu'il utilisa pour s'éclairer, la braquant dans de multiples tiroirs et placards, à la recherche de quelque chose.

Apparemment, il ne semblait pas trop fixé sur l'objet de ses désirs, car il sortit deux objets fort différents, hésita et finalement les remit en place : l'un était le grand couteau à découper de Marjorie, l'autre un fer à repasser.

Enfin il découvrit, sur la tablette du placard aux balais, ce qui lui convenait. C'était un banal marteau de ménage, peu encombrant, à manche plutôt mince du reste, mais avec une tête suffisamment lourde pour assommer quelqu'un, l'étourdir proprement, afin de pouvoir ensuite le transporter ailleurs en vue du règlement définitif.

Il introduisit le manche du marteau dans sa manche de veste, la tête retenue dans le creux de sa main. Cette façon de faire, qui lui bloquait le poignet et la main, était incommode en diable et de plus attirait immanquablement l'attention.

En fin de compte, il plaça le marteau par terre, en porte-à-faux et pesa dessus avec le pied de tout son poids. Le manche se fractura aux deux tiers environ de sa longueur. Il en restait assez pour pouvoir l'empoigner solidement et c'est tout ce qu'il voulait. Et de cette façon, il entrait facilement dans la poche de son veston.

Il abandonna sa lampe de poche et retourna au salon. Il s'assit dans « la chaise », pour se rendre compte de la hauteur de la tête par rapport au dossier. La sienne dépassait largement. Il en serait donc de même pour tout individu de taille moyenne.

Sur le mur, en face de lui, était accroché un long miroir étroit, d'ornement, qui donnait vue sur tout le secteur placé derrière la chaise. Il le décrocha, le cala dans un coin, la face réfléchissante vers le mur, maintenant vide devant la chaise.

Il l'avança légèrement, de manière à donner un champ suffisant derrière elle. Pour y circuler librement et pouvoir manœuvrer commodément le bras.

Il jeta sur le tapis un regard méfiant. Un simple verre d'eau — il le savait par expérience — fait une tache terriblement apparente, mais moins certes qu'un liquide particulièrement épais tel que du... Il prit le journal du soir qu'il avait ramené trois heures avant, et en sépara les pages. Il les étala sur le sol devant la chaise de façon qu'ils reçoivent la tête de la future victime. Faisant office de buvard, en quelque sorte.

Il fouilla alors dans ses poches. Elles contenaient un paquet de cigarettes et un crayon jaune, rien d'autre. Les cigarettes feraient l'affaire. Il passa derrière la chaise et déposa le paquet sur un tabouret à trois pieds placé près du mur et qui servait de table basse.

Il sortit de la pièce, s'approcha de la porte d'entrée et s'aplatit contre le mur, tout près des gonds de la porte. Parfaitement immobile, il attendit, les mains écrasées derrière le dos, comme s'il eût été ligoté.

A l'affût, pendant des minutes qui duraient autant que des heures, qui s'écoulaient paresseusement, une à une, ainsi que des gouttes de plomb fondu qui s'étirent indéfiniment avant de se décider à tomber.

Il n'en faisait pas le compte. La peur — car c'était elle qui le tenaillait ainsi — provoque en général surexcitation, affolement et impatience. Mais, paradoxalement, elle peut aussi apporter une patience stoïque. Marshall serait resté, si nécessaire, la nuit entière dans cette position, sans ressentir ni douleur, ni crampe, ni gêne quelconque.

Une auto s'approcha et stoppa. Pendant un long moment, il n'entendit personne en sortir. Pourquoi restait-elle ainsi, moteur arrêté, devant sa porte, et non devant une autre ?

C'était bien lui, pourtant ! Marshall eut ce geste réflexe, mathématique, que tout porteur d'arme ne manque jamais. Il savait que le marteau était là, certainement, dans sa poche, et pourtant une main se dégagea, pour le tâter une dernière fois, puis reprit sa position.

Une portière grinça. Impossible de confondre ce bruit, crissant, sonore, d'une portière d'auto incurvée et doublée de métal, avec celui d'une porte d'entrée de maison. On la ferma avec un claquement. Des semelles de cuir raclèrent le pavé, vinrent droit à la porte, puis se turent.

Il entendait sa respiration à travers l'épaisseur de la porte, tellement il était proche. En réalité, c'était chose impossible, une pure invention de ses sens exacerbés.

La sonnette retentit, heureusement loin derrière lui, à l'autre bout du vestibule.

Marshall dégagea ses mains. Il les fit jouer, pour leur rendre leur souplesse et les essuya sur son pantalon.

Puis il en avança une sur la poignée de la porte, qu'il laissa.

Dans son dos, le vibreur se reprit à grelotter.

Il tourna le poignet, tira la porte à lui et regarda son visiteur. L'homme qu'il allait abattre dans quelques minutes.

VI

Il était plus petit que Marshall mais beaucoup plus massif. Il était également plus vieux, quoique probablement moins qu'il ne le paraissait. Il commençait à devenir chauve et déjà s'imprimaient au coin de sa bouche et de ses yeux de petites rides qui ne s'effaceraient plus. Marshall, d'un seul coup d'œil, photographia tout le personnage avec une foule de petits détails sans intérêt, parfaitement inutiles : la cravate de soie bleu foncé, rayée en biais, à larges intervalles, d'un étroit filet doré. Egalement, une verrue sur le cou, juste en dessous du lobe de l'oreille gauche. Et le capuchon du stylo, fixé à la poche du veston par une agrafe terminée par une petite boule.

Il perçut dans le regard de son visiteur une intensité de mauvais augure, qui trahissait une sorte de défiance hostile vis-à-vis de l'interlocuteur. Marshall s'écarta, on aurait pu dire qu'il l'esquivait. Bien que ses yeux fussent fixes, ils n'étaient pas immobiles. Ce n'était pas un regard mort, figé. Les pupilles vibraient et frémissaient, tout en restant au centre exact de l'œil. Elles rappelaient à Marshall les sous-titres du film qu'il venait de voir. C'était cette même vibration sur place, qui donne l'impresssion que ses yeux ne vous lâchent jamais, où qu'on se trouve. A gauche, si l'on tourne à gauche, à droite, si l'on...

Marshall attendit qu'il fasse les avances.

— Bonsoir, monsieur !... Monsieur Marshall ?

— Lui-même.

— M. Prescott Marshall ?

— Parfaitement.

— J'aimerais avoir quelques minutes d'entretien avec vous.

— Vraiment ?

— Quelques minutes, monsieur. En fait, j'ai déjà essayé.

Marshall répéta la phrase, sans y mettre d'interrogation.

— Vous avez déjà essayé.

« As-tu remarqué comme il se tient sur ses gardes, craignant à tout instant que je ne le jette dehors ? As-tu remarqué qu'au moment où j'ai ouvert la porte, il a vite regardé au bas, pour s'assurer que je ne la calais pas avec le pied ? Et la poignée, qu'il ne quitte pas de l'œil en ce moment, il craint que je veuille lui claquer la porte au nez. »

— Mais je suis persévérant. L'expérience m'a appris que c'était indispensable. Je n'abandonne jamais.

— Jamais ?

Marshall jeta alors un coup d'œil furtif dans la rue, pour inspecter le terrain. L'auto était vide : l'homme était venu seul. Personne sur le trottoir d'en face.

— Et comme vous pouvez le constater, reprit le type, cela me rapporte...

« Comment ça ? » se demanda Marshall. Il dut revenir en arrière : « Ah ! oui ! de ne pas abandonner. »

— ... puisque j'ai réussi finalement à vous joindre.

Les yeux de Marshall s'écarquillèrent légèrement, puis reprirent leur expression habituelle. Une phrase lui vint à l'esprit, il la soupesa une seconde, puis lança :

— Voulez-vous dire que j'ai essayé de vous éviter ?

L'homme, pour la première fois, eut un sourire. Qui n'avait rien d'amical. C'était un demi-sourire cynique.

— Dans mon métier, j'ai l'impression que la plupart

des gens s'y efforcent. Il faut que je me dérange pour leur mettre la main dessus. On ne vient pas me trouver de soi-même, en général.

La situation s'éclaircissait d'instant en instant. Il ne s'agissait certainement pas d'une arrestation. Elle eût été effectuée dès l'ouverture de la porte. Il avait probablement affaire à un maître chanteur, comme la femme. Mais dans des conditions infiniment pires, cette fois.

— Il vaudrait mieux continuer cette conversation à l'intérieur, monsieur Marshall.

— C'est juste. Entrons ! dit Marshall d'un ton tranchant.

Il tira la porte à lui et l'ouvrit largement, puis s'effaça contre elle, faisant toujours face à son visiteur, comme un soldat exécutant un mouvement tournant face à l'ennemi.

— Allez-y ! dit Marshall d'un ton dangereusement réticent, comme s'il sous-entendait : « A vos risques et périls ! »

L'homme entra.

— Mme Marshall est-elle ici ? demanda-t-il avec une petite hésitation.

— Non, je suis seul, répondit Marshall.

— Parfait ! C'est préférable, à mon avis.

Marshall referma la porte à clé puis, pressant le pas, il s'arrangea pour précéder son visiteur dans la pièce qui s'ouvrait devant lui, de façon à lui montrer le chemin.

— Prenez cette chaise. Celle-là où vous aurez suffisamment de lumière.

Cela sonnait tellement comme un ordre que l'homme le regarda. Mais il s'avança docilement et s'arrêta devant.

— Dois-je... ?

Il se pencha, esquissant le geste de ramasser les feuilles éparses du journal.

— Ne vous donnez pas la peine, dit Marshall. Marchez dessus. Nous avons renversé quelque chose sur le tapis tout à l'heure.

L'homme s'assit sans rien ajouter. Marshall s'installa dans la chaise qui faisait face à celle qu'il avait préparée, sachant qu'il allait se lever dans un moment.

« Quand je me lèverai, ce sera la deuxième fois que j'aurai fait ça. Assassiné quelqu'un. La plupart des gens ne l'ont jamais fait, pas même une fois. Bizarre que quand ça vous arrive par accident, comme ce fut le cas la première fois, cela vous paraisse si terrible, si effrayant. Quand tout est combiné d'avance, comme aujourd'hui, on n'a plus du tout peur, on y pense à peine. Ou plutôt, on perd pour ainsi dire le sentiment d'une culpabilité quelconque.

« Qu'est-ce que c'est que ces papiers qu'il sort et qu'il examine ? Des rapports tapés à la machine ? Sur moi ? Il a déjà tout noté par écrit, ce salaud ! »

— J'ai un dossier complet sur vous, monsieur Marshall. Vous semblez surpris... ajouta-t-il en riant. Je parie que j'en sais plus long sur vous que vous-même. Quand l'avenir d'un homme, sa vie, pourrait-on dire, vous concerne, cela paye de l'examiner à fond. C'est le moins qu'on puisse faire, je trouve.

« Sa vie, pourrait-on dire... » songea en écho Marshall.

— Bon ! Voyons un peu ce que je possède, dit-il. Prescott Marshall. Marié. Vingt-six ans... lut-il d'une voix plate, plus pour lui-même, pour se rafraîchir la mémoire, semblait-t-il, que pour l'intéressé.

— Qui vous a dit ça ? dit Marshall, sursautant visiblement.

L'homme le regarda avec complaisance :

— Oh ! je me suis livré à une petite enquête. Ici et là.

Marshall poussa un soupir profond, frissonnant.

— Vous êtes arrivé ici au mois de juillet, cette année. Vous travaillez chez Ponds, tout le monde sait ce que c'est. Auparavant, vous étiez à New York, et vous aviez un emploi différent.

— D'où tenez-vous cela ?

— C'est mon métier. Je m'occupe de vous depuis quelque temps.

« C'est clair, maintenant ! Inutile de tergiverser plus longtemps. Vas-y ! »

— Bon, c'est suffisant ! dit l'homme d'un ton placide. J'en connais assez sur vous. Le reste, je peux l'apprendre de votre propre...

Marshall se leva de sa chaise, après avoir fait mine de fouiller dans ses poches.

— Excusez-moi... Je cherche mes cigarettes. Je crois qu'elles sont derrière vous.

L'homme lui tendit un paquet à brûle-pourpoint, si brusquement qu'il vint buter contre son gilet, au niveau du creux de l'estomac.

— Vous dérangez pas ! Prenez une des miennes.

— Merci... non, merci ! Je... je ne fume que des Murad.

L'homme déplaça son pouce, découvrant la marque du paquet.

— Ce sont des Murad. Ma marque, également.

Marshall en prit une. Elle glissa entre ses doigts et tomba sur le plancher.

— Erreur n'est pas compte ! plaisanta l'homme aimablement.

Marshall en prit une autre et retomba dans sa chaise, comme si cette cigarette, affreusement lourde, l'eût écrasé sous son poids.

L'homme lui gratta une allumette sous le nez. Il poussa un petit rire :

— La cigarette du condamné !

Il souffla sur l'allumette et revint à ses documents. Il dit :

— Maintenant, votre compte est bon. Vous me comprenez, n'est-ce pas ? Passons aux choses sérieuses...

Marshall ne l'entendit qu'à peine. La fumée lui piquait les narines. Cela lui donna une meilleure idée que celle qui venait d'être si catastrophiquement déjouée. Il feignit d'éternuer, une des choses les plus faciles à imiter : Aatch... choum !

— A vos souhaits ! dit l'homme sans faire attention, les yeux toujours sur ses papiers.

« Il ne m'offrira quand même pas son mouchoir ! » se dit Marshall, en se levant de sa chaise.

— Une seconde !... Je prends un mouchoir, derrière vous.

L'homme déplaça sa tête, comme pour se retourner.

— Ne vous interrompez pas ! Je vous écoute.

Docilement, sans y prendre garde, la tête revint à sa position première.

Marshall se trouvait exactement derrière la chaise. La tête du type, au-dessus du dossier, faisait penser à un œuf dans son coquetier, prêt à être ouvert.

« C'est trop facile. On dirait un rêve. Je ne pourrais empêcher mes mains d'accomplir la suite, même si je le voulais. »

— Continuez, je vous écoute !...

Sa main droite disparut dans sa poche et sortit le marteau. Sa main gauche prit, dans la poche revolver, le mouchoir, celui qu'il venait soi-disant chercher. Il en enveloppa adroitement la tête du marteau, comme une sorte de matraque.

— J'en arrive donc au point principal. Vous connaissez, je suppose, le but de ma visite ?

— Oui. Je sais très bien pourquoi vous êtes venu.

Son bras se balança. Il cambra les reins, en assurant ses pieds sur le plancher.

« Au milieu de sa prochaine phrase, il sera mort ou agonisant. Longue ou courte, il ne la terminera jamais. La dernière phrase de sa vie... Voilà sa dernière phrase ! »

— Je viens vous parler d'une police d'assurance sur la vie. Je représente la *Mountain States*. Je m'appelle

Farrell, mais les copains m'ont surnommé le chasseur de têtes, pour la façon dont je traque les clients. On ne peut pas se débarrasser de moi. Jusqu'ici, je n'en ai jamais lâché un seul. Hé là !... Qu'est-ce qu'il y a ? Qu'est-ce qui vous arrive ?...

Cette fois, il s'était retourné, la tête et le buste. Marshall venait de s'étaler le long de sa chaise, tombant sur un genou, une main tendue en avant, à côté de lui.

— J'ai trébuché, dit-il d'une voix étranglée.

Dans sa main, il tenait le mouchoir, plutôt volumineux, qui ne s'était pas défait. Il l'enfouit dans sa poche tandis qu'il était encore par terre, puis se releva et épousseta le genou de son pantalon.

— Vous ne vous êtes pas fait mal, au moins ?

Marshall était hors d'haleine, frissonnant, avec un bizarre sourire sur la figure et une expression très particulière dans les yeux, surexcitée et en même temps ahurie.

— Non, je me sens très bien ! affirma-t-il.

Alors, comme si cette phrase l'eût ravi, à entendre et à prononcer, il la répéta deux fois de plus, avec une conviction croissante :

— Je me sens très bien, vraiment. Très, très bien, mon vieux !

Farrell le regarda d'un œil critique, avec l'air de se demander si le comportement un tantinet excentrique de ce futur assuré ne constituerait un risque pour sa compagnie.

Marshall sortit de la pièce sans explication. Il reparut avec une bouteille et deux verres à liqueur coiffant les doigts d'une main. Il tirait légèrement la jambe, comme s'il se ressentait encore de sa chute ou glissade.

— Je vous invite à en vider un avec moi ! s'écria-t-il avec exubérance.

C'était plus un ordre qu'une proposition.

— Mais je suis venu parler affaires...

— Rien qu'un ! dit Marshall. J'ai absolument besoin

de boire un verre. Il y a des moments comme ça, dans la vie, où ce serait un véritable sacrilège de ne pas le faire. Faites comme vous voudrez, moi, j'en bois un. Et rentrez donc vos papiers, pendant que vous y êtes. Ma femme m'attend au cinéma, et je vais la rejoindre immédiatement. Venez me voir un de ces jours au bureau, le jour que vous voudrez, nous discuterons de l'affaire ensemble. Mais je tiens à vous prévenir qu'avec moi, vous n'irez pas loin!

Marshall remplit les deux verres et lui en tendit un.

— A la vôtre! dit Farrell, découragé par le tour peu propice que prenait l'entretien.

— Je connais un meilleur souhait que celui-là, dit Marshall, l'air enchanté de lui. Vous n'en saisirez sûrement pas le sens, mais je vous invite pourtant à le répéter avec moi : « A la dernière phrase qu'il devait jamais dire...! »

VII

Il se glissa dans son fauteuil durant un autre sous-titre. Tellement approprié que c'en était presque surnaturel. Il en sursauta :

« VOUS POUVEZ VOUS RENDRE COMPTE MAINTENANT QU'IL N'Y AVAIT RIEN À CRAINDRE. »

Les lettres disparurent. A la faveur de la clarté qui suivit, elle l'aperçut, assis de nouveau à côté d'elle, comme s'il ne l'avait pas quittée.

— Ai-je été long? lui demanda-t-il.

— Mon Dieu! avoua-t-elle, ce film était si palpitant que je ne m'en suis pas aperçue. C'était prenant!

« Très prenant aussi, d'où je viens, ma chérie ! lui répondit-il en lui-même. Mais nettement trop invraisemblable pour en faire un film. »

— Je crois que ça finira bien, lui confia-t-elle.

« Pour moi aussi, cela a bien fini. Seulement, dans un film, c'est pour de bon. Tandis que dans la vie, l'histoire ne prend jamais fin. D'autres épisodes suivent toujours. Et là, pas moyen de quitter son siège, car le principal personnage, c'est soi-même, et on emmène l'histoire avec soi. »

— As-tu retrouvé ton portefeuille ? lui demanda-t-elle tout à coup, un bon moment après.

— Oui, répondit-il.

Mais il eut envie d'éclater de rire. Il tâta sa poche. Elle était vide. Cette fois-là, il l'avait réellement oublié.

VIII

La mère de Marjorie mourut en septembre 1915, subitement. Le dimanche 12 septembre. Le télégramme qui leur apprit la nouvelle arriva le lundi, transmis durant la nuit. Ce fut lui qui le reçut. Marjorie était occupée à préparer le petit déjeuner.

Cette mort survenait sans aucun avertissement. Pas le moindre prodrome, le moindre signe annonciateur. Dans une lettre à Marjorie, reçue deux jours avant, elle se réjouissait même d'être en aussi bonne santé.

Il ouvrit sur-le-champ le télégramme. La crainte qu'il avait ressenti à sa vue, et qui l'avait amené à en prendre connaissance sans attendre, n'avait rien à voir avec Marjorie. Elle ne concernait que lui seul, cette crainte qui planait sans cesse au-dessus de sa tête, toujours prête à s'abattre. Un télégramme n'était pas chose courante en 1915. Que pouvait-il contenir :

accusation, dénonciation, avertissement d'une arrestation imminente ?

C'est avec un soulagement relatif qu'il prit connaissance du texte. Comparativement, c'était une bonne nouvelle, puisque ce n'était pas la mauvaise qu'il redoutait.

MAMAN MORTE UNE HEURE DU MATIN HÉMORRAGIE CÉRÉBRALE. VOUS ATTENDONS POUR PRENDRE TOUTES DISPOSITIONS. PAPA.

— C'était pour nous ? demanda-t-elle en passant la tête à la porte de la cuisine. Qu'est-ce que c'est ?

Il dut alors la mettre au courant.

Il le fit dans la cuisine. Il lui enleva d'abord avec douceur ce qu'elle tenait entre les mains, puis lui approcha une chaise.

— Assieds-toi, lui dit-il.

Et quand elle se fut assise, il lui apprit la chose le plus doucement qu'il put.

Elle sut contenir sa douleur. Elle ne faisait jamais de scène, songea-t-il. Une grande dame, jusqu'au bout des ongles.

Elle se mit à pleurer silencieusement, baissant graduellement la tête jusqu'à regarder le sol, ce fut tout.

Il lui apporta un verre d'eau, qu'elle refusa, trouvant la force de balbutier un « merci ». Il lui tint la main un moment. Il lui essuya les yeux avec son mouchoir. Il ne pouvait pas faire grand-chose. La souffrance était en dedans et non à l'extérieur, où il eût pu l'atteindre.

Elle vint le rejoindre à table, sans rien prendre elle-même, se faisant un devoir de lui servir son café, de veiller à ce que rien ne lui manquât. (Epouses, si proches des anges gardiens !)

Et quand il lui proposa de rester auprès d'elle la demi-journée, elle l'en dissuada, toujours vigilante aux intérêts de son mari.

— Non, va travailler : Il ne faut pas que tu

t'absentes. D'ailleurs, je préfère que tu ne me voies pas dans cet état, ajouta-t-elle.

Il était sur le seuil de la porte, sur le point de partir, lorsqu'elle le rappela :

— Press ! N'oublie pas de me téléphoner dès que tu auras pris les billets. Je vais me mettre à nos bagages, en attendant.

Il en resta pétrifié sur place, les pieds collés au sol. Les billets, avait-elle dit. Nos bagages... S'attendait-elle donc à ce qu'il l'accompagne ? Mais, n'était-ce pas très naturel de sa part ? Il était son mari, n'est-ce pas ? Quel mari laisserait sa femme s'embarquer toute seule dans un aussi douloureux voyage ?

Mais comment partir ? Comment revenir là-bas ? Dans le territoire interdit... Au centre, au plein cœur de toutes ses craintes, de tout ce qu'il avait craint depuis plus de trois mois ? Autant mettre tout de suite sa tête dans la gueule du loup. Cela revenait à capituler volontairement.

— Que fais-tu, Press ? s'enquit-elle. Es-tu encore là ?

— Oui ! dit-il, se préparant à partir. Je te téléphonerai... heu... tout à l'heure.

Il referma la porte et partit.

Inutile. Il savait qu'il ne pouvait l'accompagner.

« Cela s'est passé dans ta chambre, se disait-il. C'est dans ta chambre qu'elle est morte, c'est dans ta chambre qu'ils l'ont découverte. La chambre de Prince, je l'admets, mais ce Prince, c'est toi. Or, une fois qu'ils t'auront mis la main dessus, la propriétaire sera capable de t'identifier, et une douzaine d'autres personnes de la maison appuyeront son témoignagne. Tu seras vite identifié. Il ne faut pas te mettre à portée de leurs griffes. NE RETOURNE PAS À NEW YORK. »

Il était parvenu à la gare, à ce moment, devant le guichet. Il demanda un billet. Au singulier.

— Un billet pour New York.

L'employé, Marshall l'eût-il encore voulu, lui donna la possibilité de se reprendre.

— Un seul ?

Il ne se reprit pas. Ce n'était plus lui, sa propre volonté, qui agissait. C'est la Peur en personne qui prenait ce billet.

— Un seul. A quelle heure, les trains de l'après-midi ?

— Il y a celui de trois heures, et le *Limited*, qui part à cinq heures. C'est un train spécial, avec supplément.

— Lequel arrive le premier ?

— Le *Limited*, bien sûr. Il bat l'autre de plus de deux heures.

— Alors donnez-moi un billet dans le *Limited*.

Il tint parole et téléphona aussitôt à Marjorie. De la gare même.

Il ne voulut pas lui apprendre sur-le-champ qu'il avait décidé de ne pas l'accompagner. Il le lui dirait plus tard, adroitement, avec diplomatie. A la dernière minute, ce serait le mieux, d'un seul coup, comme un chirurgien enlève un pansement. Ce qui fait moins mal qu'en le décollant par petits bouts.

Il lui dirait qu'au bureau, on ne l'avait pas autorisé à s'absenter, et qu'il avait réussi à se faire rembourser son billet.

Elle vint à l'appareil. Sa voix était triste, mais elle tenait le coup vaillamment. D'abord, il lui demanda comment elle se sentait.

— Ça va, Press. Nos valises sont prêtes. Cela m'a occupée, par force. Alors, tu as les billets, chéri ?

Dans sa réponse, il évita soigneusement toute référence à leur nombre.

— C'est fait. Dans le *Limited*, qui part à cinq heures. Il ne s'arrête qu'à Philadelphie et arrive à vingt heures quarante-cinq demain soir. Cela te convient-il ?

— Oui, assura-t-elle. Plus tôt nous serons là-bas, mieux ça vaudra.

Et soudain, par une tangente imprévue, elle lui demanda :

— Es-tu au bureau actuellement ? D'où me téléphones-tu ?

Durant une fraction de seconde, l'envie de mentir lui brûla la langue, et puis, n'en ayant après tout aucune raison valable, il lui dit, heureusement pour lui, la vérité :

— Non, je suis encore à la gare.

— Parfait ! dit-elle rapidement. Tu ne peux donc pas être au courant. J'ai téléphoné à M. Ponds, pour gagner du temps, et t'éviter l'ennui d'avoir à le lui demander toi-même. Je lui ai dit que nous venions d'apprendre la mort de maman. Il a été très aimable. Il a dit qu'il te laissait partir bien volontiers. Il te donne jusqu'à la semaine prochaine.

Il dut avaler sa salive plusieurs fois de suite, deux ou trois fois au moins, avant de pouvoir dire quoi que ce soit.

— Allô... Press ? Tu m'entends ?

« Je viens de mettre trop de temps pour répondre. Je n'aurais pas dû... »

— Oui, répondit-il d'une voix un peu tremblée.

— Que se passe-t-il ? demanda-t-elle.

— C'est ce diable de fil qui s'est pris dans un bouton de ma manche. Je n'arrivais pas à m'en débarrasser.

Il mesura de l'œil la distance effective, et constata que c'était chose possible.

— Si tu veux, je peux faire porter les bagages à la gare et t'y attendre, proposa-t-elle. Ce serait plus simple pour toi que d'avoir à revenir ici, pour repartir ensuite à la gare.

— Non, dit-il fermement. Je viendrai te prendre à la maison. Attends-moi là.

Toute la matinée, cela lui pesa sur la cervelle. *New York*, NEW YORK. NEW YORK. De plus en plus lourd, de plus en plus menaçant. Comme une énorme gueule, dont les silhouettes stylisées des gratte-ciel formaient les crocs acérés.

Pas moyen d'avaler quoi que ce soit au déjeuner. Il

regardait fixement la nappe constellée de taches de potage, tantôt pianotant dessus d'une main distraite, tantôt se grattant la tête. A cette époque, le déjeuner dit « d'affaires » était encore servi à la table par un garçon et, dans quelques grands centres exceptés, n'avait pas été supplanté par le service effectué au comptoir par le client lui-même. Le garçon remportait chaque plat intact, sans commentaire ni protestation : potage au vermicelle, ragoût de bœuf, tourte aux pommes, le tout pour quarante-cinq cents. Attribuant sans doute l'origine du mal à la qualité de la nourriture et à l'extraordinaire perspicacité de ce client à cet égard. Ce qui du reste, n'était pas loin de la vérité.

Marshall revint à son bureau sans avoir résolu le problème.

New York. New York. New York. La prison des Tombs, le « Pont des Soupirs ». La voie du chemin de fer qui remonte le long de l'Hudson jusqu'à Ossining. Le quartier des condamnés à mort, à Sing-Sing. Il ne voyait plus que ça. Un New York particulier. Son enfer personnel, à lui réservé.

Trois heures quarante-cinq. Quatre heures. Toujours pas de solution. Il ne pouvait s'attarder plus longtemps. Il devait rentrer chez lui, où Marjorie l'attendait.

Son patron, M. Ponds, vint lui dire au revoir en personne. Il lui administra de grandes claques dans le dos.

— Navré pour la mère de Mme Marshall. Je sais ce qu'il en est. Personnellement, j'ai perdu ma belle-mère l'été dernier. J'aurais perdu ma propre mère que cela n'aurait pas été pire.

« Mais vous n'aviez pas à vous rendre dans une ville où vous étiez recherché pour meurtre ! » riposta mentalement Marshall.

— Inutile de dire ce que vous éprouvez. Il suffit de regarder votre figure pour se rendre compte. Allez !... Lâchez tout ça. Cela attendra bien votre retour !

« Pas la peine d'être si chic, pensa Marshall tristement. L'heure du départ vient suffisamment vite toute seule... »

Pourtant, il prit son chapeau, serra la main de Ponds et quitta le bureau.

Un tramway, de la ligne qu'il empruntait pour rentrer, le dépassa en ferraillant. Il s'ouvrait majestueusement passage à travers les encombrements mineurs de fourgons à chevaux charriant de la bière ou de l'épicerie, de Ford aux tôles minces, avec leurs capotes de toile et leurs arrières surélevés, de quelques autos particulières, Reo, Mercer, Stutz ou Locomobile, provocantes avec leurs garnitures de cuivre et leurs carrosseries ocre ou rouge tomate. La haute perche du tramway, glissant sur le fil aérien, crachait avec mépris des étincelles turquoise sur les vermisseaux environnants.

Marshall était trop loin de l'arrêt pour faire signe qu'on l'attende. Il devait se résigner à prendre le suivant.

Alors, subitement, sans effort de réflexion supplémentaire, aussi facilement que cela, il sut ce qu'il lui fallait faire pour éviter les griffes de New York. Il s'élança au beau milieu de la chaussée et se mit à courir après le tram, qui poursuivait sa route vers le prochain point d'arrêt situé quelque deux cents mètres plus loin. C'était une voiture spécialement aménagée pour l'été, et dont les deux côtés étaient ouverts, ce qui permettait l'accès direct aux sièges, disposés en travers.

En ce temps-là, aucun véhicule n'était assez rapide pour ne pouvoir être rattrapé à la course, le tramway comme les autres. Un sprint enlevé lui permit de le rejoindre, tandis que le cocher du fourgon le plus proche retenait complaisamment ses chevaux. Un court temps de galop de plus, et il réussit à remonter jusqu'au milieu du tram, pour compter avec le ralentissement inévitable quand il sauterait dedans.

Il s'accrocha à la poignée verticale, en saillie, qui accompagnait chaque siège.

Il était malade de peur, mais la pensée de se rendre à New York le rendait encore plus malade, et la peur la plus forte l'emporta sur l'autre. Il se répéta en lui-même qu'il fallait surtout faire attention aux roues. Mon Dieu ! les éviter par-dessus tout, pour ne pas perdre un pied ou une jambe entière dans l'aventure ! Rouler en boule si possible, pour ne pas se faire happer par le châssis du tram.

Il saisit la poignée, mit un pied, le droit comme il se doit, sur le long marchepied qui courait de l'avant à l'arrière. Il l'avait saisi au vol de façon très correcte (comme chaque fois qu'on ne voulait pas quelque chose ; s'il l'avait voulu, il n'y serait sans doute pas arrivé). Il n'avait plus qu'un simple rétablissement à faire.

Mais au lieu de ramener son pied gauche sur le marchepied, il le laissa volontairement traîner sur le sol, comme une sorte de frein. Puis il lâcha délibérément la poignée, croisa les avant-bras en avant, en une sorte de coussin protecteur, de façon que sa tête ne vienne pas frapper le sol de plein fouet, puis se laissa tomber, la tête la première, parallèlement au tram, sur le pavé.

La prise de contact fut pénible. Comme s'il eût été plongé dans un bain de souffrances, faisant rejaillir des éclaboussures autour, non pas d'eau, mais de douleurs fulgurantes d'un blanc éblouissant.

Il entendit quelqu'un, un voyageur au-dessus de lui, pousser un cri d'angoisse. Il eut la présence d'esprit de rouler le plus loin possible des roues. Alors, après plusieurs tours sur lui-même, il s'immobilisa, la face contre terre. Il demeurait parfaitement conscient bien que son corps protestât violemment de la brutalité du procédé. Mais il avait réussi. Il savait qu'il avait réussi, et sur ses traits tournés vers le sol se dessina un sourire de satisfaction. Des mains compatissantes le saisirent et le transportèrent, toujours étendu, sur le trottoir où il fut couché de tout son long.

On l'invita à rester comme il était jusqu'à ce qu'un médecin l'eût examiné. Des badauds faisaient cercle et le regardaient avec curiosité. Cela lui était égal. Enfin, une ambulance à chevaux arriva. Un interne se pencha sur lui et le palpa sur toutes les coutures. Sa jambe commençait à le faire sérieusement souffrir, la cheville surtout. Il s'en fichait aussi, il en était même heureux. C'était exactement l'endroit qu'il voulait. On peut encore voyager avec un bras en écharpe, tandis qu'avec une jambe blessée ou impotente, c'est bien impossible.

Elle était prête à partir quand ils arrivèrent. Intentionnellement, il avait accepté l'offre d'être ramené chez lui dans l'ambulance (le son lugubre de la cloche, la blouse blanche de l'interne, constituaient une mise en scène de premier ordre) de préférence à l'offre d'un conducteur d'automobile qui s'était mis spontanément à sa disposition. Un retour en auto eût été beaucoup moins impressionnant.

Un soulier à la main, il s'avança à cloche-pied dans la pièce, le pied blessé tenu soigneusement à distance du sol.

Elle eut une grosse émotion, qu'il lui fut cruel de constater ; mais il ne pouvait agir autrement.

— Je suis tombé du tramway, dit-il avec sérénité. C'est de ma faute, je me dépêchais trop pour revenir.

— Ce n'est qu'une bonne entorse, déclara l'interne d'un ton rassurant. D'ici un jour ou deux, il pourra marcher.

Marshall regretta de lui avoir donné l'occasion de dire ça. Il aurait préféré en faire une petite fracture. Désormais, il ne pouvait plus être question que d'une banale endorse.

— Je vous remercie beaucoup, dit-il. Nous pourrons nous débrouiller, maintenant.

Il referma la porte.

— Il va falloir que tu partes sans moi !

Ce furent ses premiers mots. Il ajouta :

— Impossible de faire le voyage dans cet état.

— Mais je ne peux pas te laisser tout seul ! Qui s'occupera de toi ?

— Il faut pourtant que tu partes. L'enterrement de ta mère ne peut être reculé de quelques jours, ni même d'un seul. Il faut que tu sois à New York mercredi. Ne t'inquiète pas, je m'arrangerai. Du reste, il est inutile que je reste couché, et cela simplifie les choses. Tu pourrais voir la femme du concierge. Elle est très aimable. Je suis sûr qu'elle consentira à préparer mes repas et à s'occuper un peu du ménage.

Elle s'y décida à contrecœur. Et seulement en raison du tragique événement qui l'appelait. Rien d'autre n'aurait pu la faire partir.

On envoya chercher un taxi. Le chauffeur arriva et lui prit sa valise.

Elle embrassa Prescott et lui dit au revoir. Il était alors installé dans un fauteuil, sa cheville gonflée de coton à bonne hauteur devant lui.

— Je repartirai immédiatement après la cérémonie. J'ai parlé à Mme Sorenson. Elle m'a promis de s'occuper de tout.

— Achète quelques fleurs supplémentaires en mon nom, quand tu seras arrivée, comme celles que nous avons déjà commandées. Dépêche-toi, chérie, tu manquerais ton train !

Elle l'embrassa de nouveau, courut à la porte, la referma. Quelques secondes plus tard, la porte s'ouvrait de nouveau. Elle réapparut, en toute hâte, courant toujours.

— Dieu merci ! je m'en suis souvenue à temps. Les billets ! Tu devais les rapporter ici, tu te souviens ?

Sans réfléchir, il sortit de sa poche une petite enveloppe qu'il lui tendit. Un geste purement réflexe.

Elle l'ouvrit et regarda dedans. Il n'y en avait qu'un : l'unique billet qu'il avait pris.

Elle parut embarrassée. Elle regarda le billet d'abord, puis Prescott, puis le billet.

— Je ne comprends pas, dit-elle. Puisque tu as pris les billets avant ton accident, ce dont je suis sûre puisque tu m'as téléphoné aussitôt, comment, mais comment pouvais-tu deviner qu'il n'en faudrait qu'un ?

Dans le silence qui suivit et qu'il fut incapable de rompre, le chauffeur du taxi apparut sur le seuil de la porte restée ouverte et appela :

— Madame ! Faut partir tout de suite, si vous ne voulez pas rater votre train...

IX

Un beau matin, un nommé Wise apparut soudain au bureau. Ce fut, du moins, le nom sous lequel Ponds le présenta à la ronde, sans commentaires, sans autres explications que :

— Je vous présente M. Wise.

Pas un mot de plus.

Pas d'avertissements préliminaires ni d'explications. La veille, il n'était pas là, on ne savait rien de lui, personne n'avait entendu dire qu'il venait. Puis tout d'un coup il débarquait, il prenait place à une table, et s'intégrait au personnel en fonction. Aussi brusquement que ça. Par ailleurs, il ne semblait y avoir aucune raison spéciale à sa présence. Personne n'avait été déplacé, pas de départ antérieur, il ne remplaçait personne. Il se surajoutait simplement à l'équipe. Et ce qui rendait le fait encore moins compréhensible, c'est qu'il y avait, non pas davantage de travail, mais plutôt moins. Il n'y en avait même pas assez pour tout le monde. Depuis quelques semaines, c'était frappant. Question de saison, crise passagère, en tout cas c'était le fait.

Pour les autres, la réaction se bornait à un froncement de sourcils étonné, accompagné d'un discret haussement d'épaules, et on n'en parlait plus. Tandis que pour Marshall, c'était comme si une ombre épaisse l'environnait tout à coup.

A la fin de la première journée, le nouveau venu et Marshall, tombant l'un en face de l'autre devant la porte à l'heure de la sortie, échangèrent quelques mots. Il lui apprit qu'il avait été transféré de la succursale de Kansas City. Ce n'était pas dit à la cantonade mais à Marshall seul, qui se trouvait être à ce moment la seule personne à portée de conversation.

Le lendemain, lorsque Marshall demanda à Ponds si la firme avait une succursale à Kansas City, sans préciser pourquoi il désirait savoir ce détail, il fut très frappé, sans être positivement surpris, de l'entendre répondre :

— Non, il n'y en a jamais eu. Et maintenant que vous le mentionnez, ça me donne une bonne idée !

Autour de Marshall, l'ombre s'épaissit encore.

Le surlendemain, Marshall, incapable d'en rester là, chercha à prendre Wise au piège, grâce à quelque autre confidence. Ce qu'il n'aurait pas dû rechercher, puisqu'il en était la première victime, mais il ne put y résister.

Comme par hasard, ils se coudoyèrent de nouveau sur le seuil de la porte au moment de la sortie.

— D'où disiez-vous que vous étiez transféré ?

— De Detroit.

— Je croyais vous avoir entendu parler de Kansas City.

— Impossible ! répliqua Wise catégoriquement. La firme n'y a pas de succursale.

« Il l'a appris depuis, se dit Marshall tristement. Tout comme moi. »

— Je suis persuadé que vous avez dit Kansas City, insista-t-il.

— Si je l'ai fait, c'est que ma langue a fourché.

« Impossible que la langue lui ait fourché sur un sujet pareil, songea Marshall. Il n'y a aucune ressemblance, aucune similitude de consonance, entre les deux noms. On peut dire Portmouth pour Portland, Columbus pour Colombia, mais pas Kansas City pour Detroit. »

— En tout cas, c'est ce que j'ai entendu ! dit-il froidement.

Et ce qu'il pouvait espérer gagner en forçant Wise à en convenir, il n'en avait vraiment aucune idée.

— J'étais sans doute fatigué. Ma première journée, vous comprenez... J'ai dû confondre.

Ce à quoi Marshall répliqua — en lui-même — que tout individu normal sait toujours d'où il vient, aussi fatigué soit-il.

— Vous êtes de Detroit ? demanda-t-il avec circonspection.

— Ma foi, non ! En fait, je n'y suis resté que peu de temps.

Et alors, juste au moment où Marshall pensait qu'il n'y avait rien à en tirer de plus, Wise ajouta, en jetant l'allumette qu'il venait d'utiliser :

— Je suis de New York. C'est mon Quartier Général, depuis toujours. Je ne suis resté que provisoirement à Detroit, en attendant de venir ici.

New York... Danger !

Là-dessus, ils se séparèrent. Un peu froidement, de part et d'autre.

Pourquoi avait-il employé cette expression de « Quartier Général » ? Avec des majuscules, bien sûr ! Cette lueur froide dans ses yeux tandis qu'il prononçait, avec emphase, ces deux mots... Et pourquoi ce terme ? On dit ma ville natale, la ville que j'habite... Pourquoi « Quartier Général » ?

Marshall lui jeta un coup d'œil furtif par-dessus son épaule.

Et il s'aperçut que Wise en faisant autant pour lui.

New York. Attention. Prudence !...

Il ramena cela chez lui. Pour lui procurer de nouvelles insomnies. C'est tout ce qu'il avait gagné, à ce subtil interrogatoire. Il avait échangé un vague soupçon contre un fait précis et indiscutable.

La semaine traîna en longueur. Ils n'eurent pas de nouvelles conversations. Intérieurement, Marshall était sur le qui-vive. Extérieurement aussi, comme il put le constater à une ou deux reprises lorsque Wise eut l'occasion de venir près de lui.

Chaque soir, en rentrant chez lui après le travail, il pensait à Wise. Rien qu'à Wise.

« Il est là pour me surveiller. C'est comme ça qu'ils procèdent. C'est écrit sur toute sa personne. Il suffit de l'observer, quand il ne s'en doute pas, comme je faisais cet après-midi. Il ne fait pour ainsi dire rien. Il passe le temps. C'est de la frime !... »

Il pensait encore à Wise quand il arrivait chez lui et qu'il embrassait Marjorie.

— Ça va, chérie. De la petite moyenne. La journée n'a pas été trop fatigante...

« Il m'évite, maintenant. Il plaisante avec tous les autres, mais il s'écarte tant qu'il peut de moi, comme si je ne l'intéressais pas, ce qui montre au contraire à qui il en a. C'est évident... »

Il pensait encore à lui en se mettant à table et pendant le repas.

— Press !... que fais-tu, pour l'amour de Dieu ? Pas du sel, chéri ! Voilà le sucre. C'est du café que tu es en train de boire !

— Excuse-moi. Je dois être amoureux !

— Tu ne le serais pas de ce café, si tu y avais vidé la salière !

« ... Il m'espionne. Il me guette. Parce qu'ils ne sont pas encore sûrs. Parce qu'ils n'ont pas suffisamment de preuves contre moi... »

Il ressentit brusquement une douleur cuisante au doigt. Il le secoua vivement, souffla dessus, le suça.

— Mon Dieu ! Je t'allume une allumette, je te la passe et tu restes là, à la tenir, jusqu'à ce qu'elle te brûle le doigt. A quoi penses-tu ?

— A toi ! répondit-il sans une hésitation.

C'était si facile de lui mentir !

« ... Je me demande s'il envoie des rapports, de temps en temps. C'est possible, certain même. Il est là pour ça. C'est son travail. Je me demande ce qu'il peut bien y mettre. Et à qui il les adresse.

« Il a tapé à la machine, aujourd'hui. Tiens ! Te rappelles-tu de la façon dont il s'est interrompu, au beau milieu de son travail ? Je l'ai surpris en train de me regarder fixement, comme s'il se creusait la tête sur mon compte. Ensuite, il a baissé les yeux et a continué à taper. Peut-être s'agissait-il justement d'un de ces fameux rapports ?

« Oserait-il faire ça ouvertement, dans la même pièce que moi ?... »

Ce n'était pas un travail qui concernait le bureau. Marshall s'en était rendu compte dès le premier coup d'œil. C'était quelque chose de personnel, de privé : il l'avait vu plier la feuille, la glisser dans une enveloppe et la mettre dans la poche intérieure de son veston. Une lettre officielle eût été mise avec les autres pour être postée. Il y avait un garçon qui ne servait qu'à ça. D'ailleurs, il n'entrait pas dans les attributions de Wise de rédiger le moindre courrier.

Ainsi, les « pour » l'emportaient peu à peu sur les « contre ». Cela progressait un peu chaque fois.

« Si seulement je pouvais jeter un coup d'œil au contenu de sa poche ! Si je parvenais à mettre la main dessus, je pourrais enfin avoir des précisions ! Je pourrais savoir qui il est, ce qu'il fait réellement, et à qui il écrit. »

En conséquence, il se mit désormais à ne plus surveiller la personne de Wise, mais son veston. Le veston dans lequel il l'avait vu glisser cette feuille dactylographiée, ce jour-là.

Une semaine s'écoula, faite non pas de cinq jours de travail au bureau, mais de cinq torturantes années.

Il épiait le veston. Sans arrêt.

Un jour, la bonne occasion se présenta.

Wise l'avait laissé accroché au dossier de sa chaise et était sorti pour aller soit aux toilettes, soit dans le hall fumer une cigarette (il était interdit de fumer dans le bureau). Il faisait chaud, du reste, et tous travaillaient en bras de chemise.

Marshall n'avait que peu de temps devant lui et dut donc improviser rapidement. « S'il me surprend, je dirai que... que j'avais besoin d'un crayon. » Il en apercevait un qui dépassait d'une poche. Il prit le sien, appuya la pointe sur son bureau jusqu'à ce que la mine se casse, puis la jeta de côté et s'approcha rapidement du veston.

Personne ne lui prêtait la moindre attention. C'est l'audace même du mouvement qui en assurait l'impunité, sauf aux yeux du propriétaire. Pour les autres, il ne s'agissait que d'un collègue s'approchant du bureau d'un autre, rien de plus. Il tira le veston par un revers et écarta un pan du dossier de la chaise.

L'étiquette du tailleur, *Sacks et Cie, New York*, aurait constitué la première révélation, si l'intérêt n'en avait préalablement été détruit de la bouche même de Wise. Il savait déjà que Wise venait de New York.

Ses doigts plongèrent dans la poche et en sortirent une enveloppe fermée, avec l'adresse, mais encore sans timbre. Il la sortit juste assez pour découvrir complètement le libellé et l'adresse :

William MacDonald
372, Broadway,
New York, N. Y.

Il laissa retomber l'enveloppe dans la poche. Il entendait déjà les pas de Wise s'approcher de la porte, dehors.

Wise, s'il avait regardé dans sa direction aussitôt la

porte ouverte, aurait pu surprendre Marshall en train de regagner son bureau. Mais par chance son regard alla d'abord dans une tout autre direction et au moment où il se posa sur lui, celui-ci était déjà revenu à sa place et immobile.

Wise s'empara de son veston et ressortit.

Ce geste ne passa pas inaperçu. Un camarade le releva aussitôt — quoique ce fût bien inutile pour Marshall — et interpella Wise, en plaisantant :

— Hé, vieux ! Vous prenez toujours votre veston pour aller aux cabinets ?

— Ça vous dérange ? répondit sèchement Wise en sortant.

« Il s'est souvenu de sa lettre au dernier moment, songea Marshall. Et il tient à ce que personne ne sache ce qu'il écrit.

« J'aurais dû prendre cette lettre, j'en avais le temps. Manque de culot. C'était une occasion unique, impossible à rattraper maintenant.

« En admettant qu'il s'agisse d'un rapport, je suppose qu'il doit en fournir régulièrement. Mais tous les combien ? Tous les mois ? C'est trop éloigné. Une fois par semaine serait plus normal. Nous sommes aujourd'hui mercredi. Il faut que je tente le coup mercredi prochain... si je dure jusque-là ! »

Mercredi vint. Avec une lenteur inimaginable, mais il vint quand même.

Ce jour-là, il surveilla Wise étroitement. Ses yeux ne s'arrêtaient jamais sur lui, et pourtant ne perdaient pas un seul de ses mouvements, un seul geste. Il attendait que Wise se lève de sa chaise et quitte la pièce. Ce que Wise ne fit pas. Il y a certaines choses qui ne se renouvellent pas. La vie ne se répète pas. Wise aurait pu éprouver le besoin de sortir prendre l'air, de griller une cigarette. Mais ce jour-là, Wise ne bougea pas.

Marshall se creusait la cervelle pour imaginer un moyen de lui faire quitter la pièce. Dans la hiérarchie de la maison, tous deux étaient à égalité. Marshall ne pouvait donc l'envoyer faire une course ou porter un message. L'autre aurait refusé. L'inviter à en griller une dehors ou à boire un verre, était faisable, mais ne le menait à rien, car ils se seraient trouvés tous deux dehors en même temps. Et la poche du veston aussi inaccessible que précédemment.

Marshall ne travaillait plus. Il restait immobile sur sa chaise, l'air sombre, plongé dans ses réflexions, la joue dans le creux d'une main, ou le front entre ses deux mains jointes. Et le temps passait... Dans une demi-heure, ce serait l'heure du départ de Wise, et si une lettre attendait dans sa poche, elle disparaîtrait à jamais dans la boîte aux lettres, en bas.

Soudain, dehors, dans la rue, une vague agitation devint perceptible. Tous, dans la pièce, s'en rendirent compte sensiblement au même moment, comme il arrive lorsqu'un bruit persiste depuis un certain temps en augmentant progressivement d'intensité. Il avait atteint son point culminant, dans un *fortissimo* de véhicules et d'appareils divers, dominé par la cloche stridente des pompiers. Tous se précipitèrent aux fenêtres, pêle-mêle, et en une seconde, on ne vit plus d'eux qu'une rangée de dos décapités, à trois par fenêtre.

Tous, sauf Marshall. L'immeuble entier aurait été la proie des flammes qu'il ne s'en serait pas soucié. Lui aussi avait bondi de son siège, mais il ne dépassa pas la chaise de Wise avec le veston suspendu au dossier. Et c'est dans le refuge de la poche intérieure que sa main vola aussitôt, comme un oiseau effrayé s'abrite sous le couvert.

La tentative était beaucoup plus risquée que celle de la semaine précédente. Wise n'était pas à deux mètres de lui, et il lui eût suffi de tourner légèrement la tête. Mais Marshall, avec une audace désespérée, qui confinait à la folie, n'en avait cure. Oui, c'est ce qu'il fut pendant ces quelques secondes : insensé, quant aux conséquences possibles de son geste.

Tout de suite ses doigts trouvèrent l'objet. C'était une autre enveloppe, analogue à la précédente.

William MacDonald
372, Broadway,
New York City.

Il avait la preuve indéniable qu'il s'agissait bien d'une enveloppe différente et non de celle vue la semaine précédente — Wise aurait pu, à la rigueur, l'oublier dans sa poche et ne pas la poster — à cause de la variante de l'adresse. La première portait : *New York, N. Y.* La seconde, *New York City*, tout court (New York, la seule ville d'Amérique suffisamment importante pour ne pas nécessiter à sa suite la mention de l'Etat).

C'était forcément un rapport. Un homme n'écrit pas à un autre, même à un parent, une fois par semaine. Il ne pouvait s'agir que d'une correspondance d'affaire, ayant trait aux activités de Wise.

Il n'avait déplacé la lettre, de l'endroit où elle se trouvait que d'un ou deux centimètres, à peine. L'extraire complètement et la cacher sur lui représentait une distance de plusieurs dizaines de centimètres, une cinquantaine au moins, d'un mouvement indirect en plusieurs temps.

Il fut une fois de plus sauvé par quelque chose qui, si ce n'était une chance aveugle, s'apparentait à la divination. Un sens intuitif, qui lui permettait de déceler une intention à l'état pur, avant son accomplissement.

« Attention !... il va se retourner ! l'avertit ce sixième sens. Ça y est, il tourne la tête... »

La main de Marshall reparut, vide. Et encore, s'il ne fut pas pris sur le fait, ne s'en fallut-il que d'un battement de paupière. La longueur de l'enveloppe, au bout de ses doigts, l'eût infailliblement trahi. Sans parler de sa blancheur particulièrement visible.

— Fausse alerte ! s'écria Wise. C'est la petite chemiserie en face, vous connaissez ? Les pompiers s'en vont déjà.

Avant d'abandonner définitivement la fenêtre, Wise y jeta un dernier coup d'œil, pour être bien sûr que rien ne lui avait échappé. Mais à ce moment, Marshall avait déjà repris sa place.

X

Le nom était marqué au fer rouge à l'intérieur de son crâne, juste derrière le front. L'eût-il voulu, qu'il n'aurait pu l'oublier. Et il ne le voulait certes pas, grand Dieu ! Ce nom le brûlait et le faisait autant souffrir que si réellement on le lui avait appliqué au fer rouge, quoique la brûlure se propageât de l'intérieur vers l'extérieur, et non le contraire.

Il lui fallait découvrir qui était ce William MacDonald domicilié dans Broadway, au numéro 372. Il se répétait le nom dès son réveil, et quelqu'un, ou quelque mécanisme, le lui redisait dans son sommeil. Sans arrêt. Il se substituait au titre de l'article de journal qu'il était en train de lire. Il devenait le nom écrit sur l'enseigne de cette boutique, de l'autre côté de la rue (ce qui le stoppait net, jusqu'à ce qu'il constate qu'en réalité était écrit : *J. MacDonald, tailleur pour hommes*). Il l'apercevait aussi dans les colonnes du grand livre sur lequel il travaillait au bureau, jusqu'au moment où il se rendait compte qu'il avait vraiment inscrit le nom, et qu'il devait l'effacer.

Un jour, au cours de cette période, tandis qu'il rentrait chez lui, il entendit le conducteur du tram crier ce nom, avec une netteté qui le fit sortir de ses méditations. Aussitôt, livide, presque défaillant, il se ruait sur lui, le tirant par la manche, balbutiant :

— Quoi ? Qu'est-ce que vous venez de dire ? Quel nom avez-vous dit ?

Le conducteur se retourna et le regarda froidement :

— Qu'est-ce qui vous prend, monsieur ? C'est pas à vous que je cause !

Il pointa le pouce derrière son épaule :

— C'est à lui ! Vous permettez ?

Regardant dans la direction indiquée, Marshall vit qu'un tram de sens opposé s'était arrêté le long du leur et que les deux conducteurs se trouvaient à hauteur l'un de l'autre. Il supposa que le nom entendu était soit le nom de l'un d'eux, soit celui d'un troisième conducteur, qui se serait appelé MacDonald et que le second remplaçait pour la journée, peut-être parce que c'était son jour de congé.

Marshall se détourna et regagna sa place en vacillant, conscient que tout le monde, dans le tramway, le regardait avec des expressions s'étageant de l'incompréhension au ricanement amusé. Ses jambes étaient encore un peu flageolantes lorsqu'il quitta la voiture.

Ce n'est que le lendemain qu'il trouva la solution qui lui crevait les yeux. Il y avait mis le temps, mais il y aurait certainement pensé plus tôt s'il avait eu tout son sang-froid. L'annuaire du téléphone de New York, classé par professions, pouvait lui fournir le renseignement qu'il brûlait de savoir. L'annuaire ordinaire, indiquant seulement le nom et l'adresse de l'abonné, qu'il connaissait déjà, était sans intérêt.

Tout le problème consistait à s'en procurer un. Bien que la ligne téléphonique San Francisco-New York eût été établie depuis un an, et qu'on pût alors joindre par téléphone n'importe quelle ville des Etats-Unis, de telles communications étaient encore rares. De ce fait, il était assez difficile de trouver l'annuaire d'une autre ville. Il essaya d'abord dans plusieurs hôtels, sans succès. Enfin, et après de multiples hésitations, il s'adressa au Central téléphonique, au guichet des renseignements.

— J'ai un nom et une adresse, à New York, dit-il d'une voix entrecoupée en présentant un morceau de papier préparé d'avance. Pourriez-vous... pourriez-vous... y a-t-il un moyen de connaître le numéro de téléphone correspondant, ainsi que la profession ?

— Nous possédons le répertoire général de New York, lui répondit la jeune fille. On peut vous trouver ça, à condition que cette personne soit inscrite dans l'annuaire ordinaire.

Elle tendit le morceau de papier à un chasseur, avec ses instructions.

— Veuillez attendre un instant, s'il vous plaît.

Marshall, le cœur battant, s'assit sur un banc et fit machinalement tourner le bord de son chapeau entre ses mains.

Après une attente qui lui sembla beaucoup plus longue qu'elle n'avait été en réalité, le chasseur reparut. Marshall bondit sur ses pieds et revint au guichet, s'aplatissant presque dessus. Elle lui tendit son morceau de papier.

— La personne que vous cherchez est inscrite sur l'annuaire classé de New York. Voici votre renseignement.

Il regarda le papier un moment, avec l'impression que ses yeux allaient éclater. Puis il entendit une voix lointaine lui demander :

— Voulez-vous que j'appelle le numéro ?

— Non !... Non, non !... bégaya-t-il, le regard collé au papier comme s'il ne pouvait en croire ses yeux.

Il s'efforça de modifier son expression et murmura, de façon presque incohérente :

— Non, pas maintenant... plus tard, cette semaine... Je reviendrai...

Horrifié, dans sa hâte à sortir, il en oublia de la remercier.

Dehors, il regarda une fois de plus le papier, avant de l'enfouir dans une poche.

On y avait ainsi complété le nom et l'adresse :

MACDONALD, *William... Détective Privé... 372, Broadway.* Suivait le numéro de téléphone.

« Tu voulais savoir, hein ? se dit-il avec amertume. Eh bien ! tu es fixé, maintenant ! »

XI

La nouvelle que lui communiqua Marjorie vint apporter à ses craintes qui couvaient sous la cendre un aliment nouveau, qui les transforma en une panique flamboyante.

Il venait de parcourir, comme d'habitude, la courte distance qui séparait l'arrêt du tram de son appartement. Le trottoir était éclairé par les rayons obliques, couleur feuille morte, du soleil couchant. Jusque-là, rien de spécial. C'est en entrant chez lui qu'il reçut le premier choc. Devant sa porte, grande ouverte, était posté un policeman en uniforme. Il ne faisait pas les cent pas. Il se tenait là, debout, appuyé contre l'encadrement.

La figure de Marshall se vida de tout son sang. Il sentit la peau se rider, comme un citron pressé.

— Vous habitez ici ? lui demanda le policeman.

Il ne put prendre assez de souffle pour répondre, ne fût-ce qu'un mot. Simplement, il inclina la tête.

Le policeman prit un peu en pitié son évidente consternation.

— Pas la peine de vous en faire ! dit-il d'un ton rassurant. Votre dame va vous mettre au courant. Elle est à l'intérieur, en ce moment.

Et d'un signe, il lui donna la permission — ou l'ordre — d'entrer sans plus attendre.

Marjorie se trouvait dans le salon, parlant à un inconnu. Celui-ci inscrivait quelque chose sur un carnet (ce petit geste que Marshall abhorrait et appréhendait tant).

Tous deux se retournèrent.

— Le voilà ! fit-elle.

Elle courut à lui et se serra contre lui, avec l'air de vouloir le consoler.

— Qu'est-ce qui se passe ? Qu'est-ce qui est arrivé ?

Déjà, il calculait comment s'enfuir. « Mon Dieu ! Vient-on m'arrêter ? Je ne peux pas sortir par la porte, avec ce flic qui bouche le passage. Je n'aurais jamais dû entrer... »

— On est entré ! dit-elle. On est venu ici...

Sur le moment, il ne la comprit pas. Elle s'en aperçut et répéta plus clairement :

— Je veux dire qu'un cambrioleur est entré chez nous, Press ! J'avais été à la boucherie vers trois heures et demie, acheter du veau. A mon retour, je me suis aperçue que quelqu'un était entré pendant mon absence. J'ai tout retrouvé comme ça. Regarde !

C'était évident. Ce n'était pas de l'imagination ni des visions. Un seul coup d'œil suffisait.

La pièce n'avait pas été positivement saccagée. A part une ou deux chaises, on n'avait pas touché à grand-chose, mais cela sautait aux yeux étant donné les affirmations de Marjorie.

— Tu vas voir la chambre, ajouta-t-elle. Ça vaut le coup d'œil !

Tous les tiroirs de la commode étaient ouverts, tirés au maximum. On en avait brassé le contenu sans pitié et nombre d'affaires étaient tombées à terre. Les portes de la penderie étaient béantes, laissant apercevoir quelques vêtements qui avaient glissé des cintres et gisaient en tas, à même le sol.

— Tu ne pourras jamais imaginer le coup que j'ai ressenti quand je suis entrée et que j'ai vu tout ça en face de moi ! J'ai téléphoné immédiatement à la police, qui m'a envoyé monsieur.

Un détective !...

Instantanément, il eut la sensation de se trouver, dans cette pièce pas bien grande, en tête à tête avec un cobra gros comme le bras, long de cinq ou six mètres au moins, lové sur lui-même, et fort occupé à prendre des notes sur un carnet.

— Et toutes les fenêtres étaient bien fermées ? demanda le détective à Marjorie.

— Oui, j'en suis sûre, parce que je me rappelle les avoir toutes soigneusement vérifiées, juste avant de sortir. Il y avait de gros nuages et j'ai eu peur qu'il ne se mette à pleuvoir avant mon retour. J'avais mis des rideaux neufs ce matin, tu comprends...

— Ce qui signifie, déclara le détective, que le ou les cambrioleurs sont entrés par la porte, en utilisant une fausse clé ou en glissant un bout de celluloïd dans la jointure de la porte.

— Je n'ai jamais entendu parler de cela ! dit-elle avec admiration.

— C'est un nouveau truc, expliqua le détective d'un ton maussade.

Il prit une fois de plus son carnet, dans le but de dresser un inventaire des objets volés. Qui se prouva stérile.

— Vos bijoux ?

Elle baissa les yeux.

— Je n'en ai pas, excepté ceux que je porte : mon alliance et cette petite montre.

— L'argenterie ?

— Nous nous servons seulement de ce service à manche d'os...

Elle souleva le couvercle de la boîte, pour le lui montrer.

— On n'y a pas touché. Personne ne se donnerait la peine de prendre ça, évidemment.

— Et l'argent ? Rien ne manque ?

— J'avais mon sac sous le bras. Et Press... mon mari ne sera payé que vendredi après-midi. Ah !... attendez ! se rappela-t-elle soudain, j'ai un dollar et demi dans une boîte de levure, dans la cuisine. C'est de l'argent que je mets de côté pour le laitier, à la fin du mois. Un billet d'un dollar et une pièce de cinquante cents.

Elle courut y voir.

Marshall souhaitait désespérément que cet argent eût disparu. Ce qui eût prouvé qu'il s'agissait d'un vrai cambriolage. Bien qu'au fond de lui-même il ne pût y croire.

— On l'a trouvé ! cria-t-elle, effrayée. Le couvercle de la boîte est enlevé et elle est vide !

Tous deux se hâtèrent de la rejoindre. Marshall marchait d'un pas léger, il avait même un sourire de soulagement sur la figure, qu'il pensa juste à temps à réprimer.

— C'était là, exactement... Ah ! Attendez ! cria-t-elle en se baissant. Tenez ! Voilà le billet d'un dollar ! Il était juste à côté de mon pied. Je ne l'ai pas vu à cause du dessin du linoléum.

— Et voilà votre pièce de cinquante cents, ajouta le détective à l'œil de lynx en raflant la pièce devant le fourneau.

— Ils se sont contentés, on dirait, de secouer la boîte et de la retourner, pour voir ce qu'il y avait dedans, dit-elle. Quand l'argent en est tombé, ils n'ont même pas pris la peine de le ramasser ! Voilà ! Mais alors, je me demande bien ce qu'ils voulaient !

Elle regardait le détective avec effarement.

Le cœur de Marshall était atrocement serré. Lui, aurait pu facilement expliquer ce qu'on était venu chercher. Il s'en doutait. Mais c'était chose bien impossible. On cherchait des preuves contre lui, des documents, des lettres. Il en avait une preuve flagrante : on avait dédaigné l'argent. Inutile d'être détective pour...

Celui qui était en fonction eut l'air plutôt découragé, mécontent même de cette perte de temps (et d'une bonne occasion de se distinguer, peut-être).

— Bon ! Alors, maintenant, il faut que je vous quitte ! dit-il avec quelque brusquerie. Etant donné qu'aucun objet de valeur ne vous manque, madame Marshall, j'ai peur que l'affaire ne se réduise à une simple violation de domicile. Et je doute que nous puissions en tirer quelque chose, puisque vous n'avez surpris personne sur les lieux.

Marshall éprouva un grand soulagement de ce départ. Il accompagna le détective jusqu'à la porte, surtout pour s'assurer que la porte était bien fermée derrière lui.

L'inquiétude de Marjorie prit fin lorsqu'il fut établi une fois pour toutes que rien n'avait été volé.

C'est là que celle de Marshall commençait.

« Les cambriolages, se disait-il, ont lieu la nuit. Pourquoi avoir choisi le plein jour ? » La réponse était facile. Parce que lui, Marshall, était absent, alors que la nuit il était là. C'était donc lui qui constituait l'obstacle, personne d'autre. Et l'objectif visé, c'étaient ses affaires.

Soudain, il se rappela que Wise n'était pas venu au bureau, ce jour-là. Il avait téléphoné qu'il était souffrant.

Que demander de plus ? Tout s'expliquait avec une logique implacable.

Il avait la sensation qu'un corset rigide lui serrait la poitrine, tandis que, appuyé contre le chambranle de la porte de la chambre, il la regardait tout remettre en place.

Elle ramassa par terre un reçu du gaz, et une lettre de son père, datant de quelques jours, qu'elle avait conservée.

— Une seconde ! dit-il en faisant vivement un pas en avant. Elle était dans son enveloppe, tu te rappelles ? Je l'ai plusieurs fois remarqué. Maintenant, l'enveloppe a disparu.

— Tiens, la voilà ! dit-elle d'un ton rassurant en ramassant un papier sur le plancher. Je suppose qu'elles auront volé chacune de leur côté, quand on les a jetées à terre.

— La lettre n'aurait pas pu sortir toute seule de l'enveloppe, insista-t-il, haletant d'émotion. Tu sais bien que tu n'ouvres pas les enveloppes comme tout le monde, c'est-à-dire en déchirant le bord supérieur. Je t'ai vue faire trop souvent ! Regarde. Tu les ouvres par le côté, en déchirant un mince ruban.

Il essaya de réintroduire la feuille dans l'enveloppe. Elle se plia, se déforma et il dut tapoter sur l'enveloppe pour lui faire prendre sa place à l'intérieur.

— Je te dis que la lettre a été volontairement sortie, pour être lue, pour voir ce que l'on y disait.

Elle eut un petit rire d'incrédulité.

— Drôles de cambrioleurs, avoue ! remarqua-t-elle. Qui prennent le temps de lire le courrier de leurs victimes !

Il savait de quelle sorte de cambrioleurs il s'agissait. Ceux-là ne cherchaient pas de l'argent, mais d'apparentes futilités. Ils cambriolaient pour trouver des preuves.

Un cambriolage de policier.

Wise.

Quelle ironie, songeait-il, d'avoir eu là, pour enquêter, ce jeune détective !

Un détective qui s'efforce, sans s'en douter, d'annuler le travail d'un confrère !...

XII

A quelque temps de là, Wise apporta un beau jour au bureau un appareil de photo. Marshall, d'habitude si prompt à saisir la moindre menace d'un danger quelconque, pour une fois, n'y vit rien que de très banal. Cela ne lui suggéra rien. Ce n'était qu'un appareil de photo, objet en soi bien inoffensif. Il faut dire qu'à cette époque les méthodes et techniques d'identifications et recherches policières n'avaient pas encore été vulgarisées comme de nos jours. Aux yeux du profane — et Marshall, à part ce qui pesait sur sa conscience, ne se distinguait en rien du commun des mortels — un appareil photographique ne faisait pas penser à un procédé de police. C'était un objet de loisirs et de vacances, qui évoquait la plage, ou un pique-nique dans la Pierce Arrow, ou encore le perron de la maison familiale, un dimanche après-midi.

Il vit donc l'objet et ne s'en inquiéta plus.

L'appareil demeura sur le bureau de Wise toute la matinée. Ce n'était pas la Brownie Box habituel, mais un Eastman Kodak pliant, du plus récent modèle.

A midi, ils sortirent tous pour déjeuner. Marshall quitta le bureau un peu avant Wise. Pas un instant, il ne pensa à lui ou à son appareil. Il se rendit à son petit restaurant habituel, s'installa à sa table solitaire, prit son déjeuner — le déjeuner du gratte-papier — à quarante-cinq cents par tête, plus cinq cents de pourboire. Il revint vers le bureau, avec un certain temps de libre avant la reprise du travail.

La journée était lumineuse, resplendissante de soleil. Le trottoir, devant l'immeuble, était d'un blanc incandescent, les ombres comme passées à l'encre de Chine. Ainsi qu'il le faisait fréquemment, il s'adossa au mur pour se chauffer au soleil en attendant, les mains calées derrière le dos, le visage tourné vers le ciel de façon à recevoir en plein les salubres rayons du soleil. Plusieurs autres de ses collègues vinrent faire de même. Et comme lui, tous tournaient la figure vers la rue. C'était la seule façon de bénéficier du soleil. Ils s'alignaient ainsi, sur le trottoir, trois ou quatre, assez espacés, à l'air libre.

Ils ne parlaient guère, se contentant d'échanger de temps à autre une brève remarque, principalement au passage d'une jolie femme. Ils se voyaient assez toute la journée, dans les bureaux.

Wise surgit tout à coup, son appareil de photo déplié, prêt à fonctionner, calé dans le pli du coude. S'il venait de l'immeuble ou de quelque autre endroit de la rue, Marshall fut incapable de le déterminer par la suite, faute de l'avoir repéré en temps voulu.

— Je vais prendre un groupe de vous, les amis, proposa-t-il. Serrez-vous un peu que je puisse tous vous avoir.

Les autres, sans hésiter, avec ce sourire fat qu'ont toujours les gens lorsqu'on leur propose de les prendre en photo (s'imaginant que cela implique qu'ils sont particulièrement intéressants), se rapprochèrent, épaule contre épaule. L'un arrangea ses cheveux, un autre remit d'aplomb son nœud de cravate, un troisième astiqua furtivement son soulier sur la jambe de son pantalon.

C'est en cet instant *in extremis* que Marshall conçut tout à coup de graves soupçons. Rien qu'à voir Wise l'utiliser ainsi sans motif, sans la moindre raison valable.

« C'est à moi qu'il en veut, se dit-il. Il veut ma photo. Il en a besoin dans son dossier. Il veut la leur envoyer, pour une identification. »

— Approchez-vous, Marshall, vous aussi ! dit Wise s'apercevant qu'il ne faisait aucun mouvement pour se rapprocher des autres.

— Non, pas moi ! répondit-il d'un ton maussade, en

s'écartant de façon à se mettre nettement hors de portée.

— Bien sûr que si ! Pourquoi pas ?

— Parce que je n'aime pas...

Il changea d'idée au milieu de sa phrase. Elle pouvait induire à des conclusions trop dangereusement proches de la vérité. Il se reprit :

— ... parce que je suis vraiment trop moche en photo.

— Il n'y a pas d'Apollon, vous savez ! plaisanta Wise. Pourquoi seriez-vous pire que les autres ?

Marshall en avait profité pour s'éloigner si largement que Wise n'aurait certes pas pu le prendre avec les autres. Néanmoins, il remarqua (peut-être parce que c'était à lui que Wise s'adressait et qu'il se tournait vers lui à ce moment) que c'était lui que l'appareil avait l'air de viser et non le groupe.

Cela ne fit que fortifier sa conviction. « C'est ma photo qu'il cherche, se dit-il, excédé. La mienne et non celle des autres. Il n'a parlé de les photographier que pour me donner le change. S'il me prend dans le groupe il fera une croix au-dessus de ma tête ou m'entourera d'un cercle, et il l'enverra à...

— Je ne veux pas, vous m'entendez ! lui cria-t-il violemment, presque férocement, en mettant l'avant-bras devant sa figure comme un écran, pour empêcher un instantané-surprise.

— Ça vous fait peur ? plaisanta quelqu'un.

Il n'avait pas grand-chose à répondre.

— Je n'ai pas peur. Il se trouve que je n'ai pas envie d'être photographié aujourd'hui, voilà tout.

— Comme il voudra ! Laissons-le tranquille ! Je vais vous prendre, conclut Wise, découragé.

Marshall, en sécurité loin de l'objectif, surveilla attentivement la manœuvre. Il eut la nette impression qu'aucune photo n'avait été prise, que Wise n'avait pas déclenché le bouton.

Il se tourna, décrivit un large cercle, prenant bien

garde à passer derrière Wise et son appareil, et s'apprêta à entrer dans le bâtiment.

— Hé... Marshall ! l'appela Wise brusquement.

Sans défiance, il tourna la tête, incapable de se contrôler à temps. Wise l'appareil en position, le prit à cet instant précis.

— Merci ! lui lança-t-il. Je vous ai eu, cette fois-ci !

Quelques rires fusèrent. Son premier mouvement fut de revenir sur ses pas, d'arracher l'appareil des mains de Wise et de le piétiner sur place. Mais il se contint. Trop brutal, trop révélateur. Cette façon de faire laisserait supposer qu'il avait de plus sérieuses raisons qu'un simple caprice à ne pas se laisser photographier.

Il continua son chemin. Epouvanté. Devant l'ascenseur, il se détourna et guetta Wise. Ce dernier serait-il resté tant soit peu dehors — le temps nécessaire pour aller chez un photographe faire développer son film — qu'il serait presque certainement ressorti, et se serait sans doute lancé dans quelque tentative désespérée, pour l'en empêcher ou déjouer ses plans. Mais Wise, avec les autres, venait sur ses talons. Marshall fut donc certain, quant à cela du moins, que la pellicule se trouvait encore dans l'appareil.

Ils prirent tous ensemble l'ascenseur. Wise tenta de s'excuser (peut-être en constatant sur les traits de Marshall les traces encore visibles de sa défaite) :

— Vous savez, mon vieux, en réalité je n'ai pas pris votre photo ! dit-il d'un ton conciliant. Ce n'était qu'une plaisanterie.

« Il ment, se dit Marshall. Il voudrait que je ne me tienne plus sur mes gardes. Ce qui montre combien c'est important pour lui de me faire croire qu'il ne m'a pas pris, alors qu'il la fait. Jusqu'à ce qu'il ait ma photo en main et, grâce à elle, un point de départ solide. »

Wise replaça l'appareil sur son bureau, où il était resté toute la matinée, et chacun se remit au travail.

Marshall ne pouvait en détacher ses yeux. Ils y

revenaient sans cesse, furtivement, sous ses paupières baissées. Sa perdition, sa mort, reposait en cet instant au fond de cette boîte oblongue, aplatie, inoffensive, et si proche de lui !

« Non, songeait-il, je ne lui permettrai pas de l'emporter ce soir avec lui. Tant qu'elle contient ça, il n'est pas question qu'elle s'en aille hors de ma portée. Sinon, je suis fini. Mais comment faire ? Comment ? »

Vers trois heures, Wise fut appelé, pour une raison quelconque, dans le bureau de Ponds. L'appareil resta où il était.

Marshall était debout avant même que la porte fût complètement fermée.

En passant à côté de la table, il s'empara discrètement de l'appareil et l'emporta vers la fenêtre inondée de soleil.

Tournant le dos aux autres, de façon à leur masquer ce qu'il était en train de faire, il ouvrit l'appareil et tira le soufflet, comme pour prendre une photo du paysage, à travers la fenêtre ouverte.

Il regarda dans le viseur de verre rouge. Il portait le numéro 5. Ce qui signifiait, soit que Wise avait pris quatre photos et tourné la pellicule en place pour prendre la cinquième, soit qu'il avait pris les cinq photos sans avancer, ensuite, la pellicule.

Marshall abaissa le déclic du pouce et, comme pour prendre une pose, laissa passer les rayons du soleil à travers l'objectif jusqu'à ce que le film prenne une teinte laiteuse parfaitement inutilisable.

Puis il revint en arrière et fit de même avec les photos 4, 3, 2 et 1. Finalement, de peur qu'il ne vienne à l'idée de Wise de le prendre sans prévenir, il fit revenir le film jusqu'au numéro six, qu'il exposa également. Il n'y en avait pas plus sur les films ordinaires qu'on vendait dans le commerce, il le savait : six photos.

Il referma alors l'appareil et le reposa sur le bureau.

La boîte de Pandore était désormais inoffensive. On pouvait l'ouvrir, rien n'en sortirait.

XIII

Le vendredi 20 de ce mois-là : deux jours avant « l'événement ». Wise, la journée terminée, s'en allait. Il était environ cinq heures. Il passa contre le bureau de Marshall sans même lui dire au revoir. Comme s'il ne l'avait pas vu. Puis tout à coup, la main sur la poignée, la porte déjà ouverte, la tête déjà dehors, il stoppa, se retourna vers lui et dit, comme quelque chose qui vous revient par hasard à l'esprit :

— Dites, Marshall, vous aimez le canotage ?

« Pourquoi avoir attendu d'être arrivé à la porte pour me poser cette question ? Pourquoi ne pas l'avoir fait une seconde plus tôt, quand il est passé près de mon bureau ? C'est trop voulu, prémédité, à la dernière seconde, pour être innocent. Pourquoi me choisir, moi, et pas les autres ? »

— Hein ?... Quoi ?

— Je vous demande si vous aimez faire du canotage ?

— Du canotage ?

« Faut-il dire oui ? Non ? Gagner du temps, d'abord. »

Wise feignit de s'impatienter jovialement :

— Oui. J'essaye d'élucider si vous aimez aller en bateau pour ramer, chacun à tour de rôle ?

— Pourquoi me demandez-vous cela ? répliqua Marshall.

— Je cherche quelqu'un pour me tenir compagnie dimanche prochain.

« Faux ! C'est à moi seul qu'il tient. Refuse ! »

— Je ne pense pas que ce soit possible dimanche.

Il secoua pensivement la tête.

— Non, vraiment...

Il secoua de nouveau la tête, et finalement atteignit le refus catégorique auquel il s'était déjà décidé :

— Non, impossible !

Et il ajouta en regardant attentivement Wise :

— Pourquoi ne pas demander aux autres ?

— C'est ce que j'ai fait. Personne n'est libre.

« Vraiment trop facile ! Je n'ai rien entendu, en tout cas. »

Wise haussa les épaules :

— Tant pis. J'irai tout seul.

La nuque de Wise, ses talons, disparurent dans l'entrebâillement de la porte.

« Le fera-t-il vraiment ? Ira-t-il tout seul ? »

Quelqu'un passa, en direction de la sortie.

— Au revoir, Marsh !

— Dites, Horton ! Wise vous a-t-il proposé d'aller canoter avec lui dimanche ?

— Pas que je sache !...

Un autre passa.

— A lundi, Marsh !

— Rogers ! Wise vous a-t-il demandé d'aller canoter avec lui, dimanche ?

— S'il l'a fait, je ne l'ai pas entendu !...

« Deux sur deux. Essayons encore une fois. »

— Blaine, Wise vous a-t-il parlé d'une partie de canotage, dimanche prochain ?

— Parfaitement.

Marshall soupira profondément.

— Et vous avez refusé ?

La réponse qu'il obtint fut catastrophique.

— Pardon ! Il ne m'a rien demandé. Il savait bien que cela me serait impossible, parce que May est au lit à cause d'une entorse. Tout ce qu'il m'a dit, c'est qu'il se demandait si vous pourriez venir avec lui.

« Moi. Démontré. Il en avait même parlé à d'autres. C'était moi seul qu'il voulait inviter.

« Irait-il seul ? Quand même ?

« C'était fort possible. De toute façon, il ne serait peut-être pas aussi seul qu'il pourrait le croire... »

XIV

« ... Peut-être pas aussi seul qu'il pourrait le croire... »

— Vous désirez, monsieur ? lui demanda le marchand d'articles de sport.

— Ne vous dérangez pas, je regarde simplement. Je vous ferai signe, si je vois quelque chose qui m'intéresse.

Marshall ajouta :

— Ne vous occupez pas de moi. Je déteste être bousculé.

Il passa en revue des chemises de chasse en lainage épais, en écossais bleu et rouge écarlate, des réchauds portatifs, des gamelles de fer-blanc...

Il revint vers lui. Après avoir fait le tour complet du magasin, au lieu de revenir tout droit.

— Combien vaut ceci ?

— C'est une hachette pour couper le petit bois, monsieur. Qualité supérieure.

— Je m'en doute. Je vous ai demandé combien.

Le marchand le renseigna. Marshall s'étonna :

— Tant que ça ? Je ne croyais pas que c'était si cher.

Il la reposa et se dirigea vers la porte avec l'air de ne plus y porter aucun intérêt. Le marchand, cependant, ayant détecté cette étincelle d'intérêt, aussi faible fût-elle, s'efforça de tout son pouvoir de la ranimer avant qu'elle ne s'éteignît tout à fait. Pour l'unique article qui avait réussi jusque-là à retenir l'attention de ce client.

— Attendez une seconde... que je vous fasse voir... Regardez-moi ce tranchant. L'acier est merveilleux.

Il le suivait, l'outil à la main, pour le lui faire examiner de près.

— Tout ce qu'il y a de pratique pour le camping...

— C'est exact. Mais ce n'est pas pour ça que je suis venu...

— Voyons ! C'est indispensable. Faites-vous beaucoup de camping... ?

En définitive, quand il sortit du magasin, il avait acheté, ou plutôt on lui avait vendu, une hachette. Pour couper le petit bois.

XV

Deux heures plus tard, il était de retour, la hachette dans son même paquet curieusement plat, en forme de coin, que le marchand avait confectionné lui-même dans un épais papier brun. La ficelle n'avait même pas été enlevée.

« Deuxième phase : décrocher maintenant ce qu'en réalité je voulais dès la première fois. »

Le marchand perdit une nuance de son affabilité première.

— Navré, mais je ne puis vous rembourser votre achat... Je vous comprends... mais la question n'est pas que le paquet ait été déballé ou non. Quand un article est vendu, il est vendu. Il n'y a plus à y revenir.

Ils épiloguèrent longuement sur ce sujet.

Enfin, le marchand céda :

— Non, il n'est pas question que cet achat constitue pour vous une perte sèche. Le mieux que je puisse faire, c'est de porter la somme à votre crédit pour un autre achat. Si vous voyez quelque chose qui vous plaise, dites-le-moi.

Là-dessus, le marchand prétendit l'aider dans son nouveau choix, lui proposant des articles d'un prix considérablement plus élevé que la hachette d'origine, de façon à réaliser pratiquement une seconde vente, plus importante que la première, au lieu d'un simple échange.

— Que diriez-vous de cette canne à pêche ?

— Je ne pêche pas.

— Vous ne chassez pas, non plus ?

— De temps en temps. Pas souvent.

— Ceci pourrait-il vous servir à quelque chose ?

Le marchand lui tendit l'objet, posé en travers sur ses deux bras.

— C'est une merveille de précision.

Marshall y jeta un coup d'œil surpris, comme si c'était la dernière chose à laquelle il eût pensé.

— Oui, mais...

— Attendez !... Prenez-moi ça en main une seconde... dit le marchand d'un ton traîtreusement persuasif.

Tout mâle est invinciblement attiré par de tels outils ; il ne peut résister, s'il en a l'occasion, à la tentation de les manier, de les palper avec amour.

— Soupesez-moi ça... Passez votre main là-dessus !...

Quand Marshall ressortit, pour la seconde et dernière fois, le paquet qu'il portait était plus long et plus mince. Ce n'était pourtant pas le client qui avait décidé d'acquérir une carabine. C'était le vendeur qui avait réussi, grâce à son adresse et à sa faconde, à le persuader d'en acheter une, presque contre son gré.

Nuance !

XVI

Lentement, le jour se leva. Jamais, il n'avait mis si longtemps. Jamais, depuis les premières aubes préhistoriques, depuis que le premier homme avait épié, à la lumière indécise de l'aurore, sur la rive du premier lac, sa première proie — une proie de même race que lui.

La surface du lac, curieusement plate du haut de cette colline boisée, passa par toute la gamme des bleus, de l'indigo au bleu sombre, à l'outremer, à l'azur, virant enfin, dans le grand jour, à l'argent poli. Plus de couleur, plus rien qu'un miroir étincelant.

Il ne bougeait pas. Immobilité absolue. Il attendait, là-haut, dans ce lieu sombre et froid qui dominait le lac. Respirer seulement, rien d'autre. Respirer, fonction vitale. Attendre, nécessité vitale. Se tenir caché, nécessité vitale. Tout ce qu'il faisait était vital. *Vital*... le contraire de *mortel*.

Il attendait, allongé à plat ventre à même le sol, sur un tapis d'aiguilles de pin et de branches à feuillage persistant, dont il avait dressé un écran devant lui, avec juste deux trous pour regarder à travers. Deux trous, et plus tard, au moment voulu, un troisième pour la mort. La mort, qui reposait à son côté, dans son appareil d'acier bruni, enduit de noir de fumée, de peur qu'un rayon de soleil, tombant à l'improviste, ne vienne le révéler lorsqu'enfin on le déplacerait, on mettrait en joue et qu'on viserait.

Là-bas, en dessous, sur le rivage opposé, deux hommes descendirent un sentier qui menait à la rive. Des hommes de la taille d'une épingle. L'un d'eux ouvrit une porte, face à la terre et donc invisible, d'un garage à bateaux. Tous deux disparurent pendant un moment. Puis la porte à double battant donnant sur le lac s'ouvrit. Chaque battant fut poussé à fond pour dégager le chemin. Les deux hommes, portant un canot entre eux, allèrent jusqu'au bout d'une petite jetée. Ils mirent le canot à l'eau et négligemment jetèrent une corde autour d'un pieu planté sur la jetée, pour l'amarrer. Ils en amenèrent un second, puis un troisième.

Du haut de son observatoire, il guettait. Respirer, rien d'autre.

Les deux hommes allaient et venaient, avec une activité quelque peu incohérente. Parfois, l'un se trouvait dans le hangar tandis que l'autre était dehors, parfois tous deux se trouvaient dehors quelques instants, ou à l'intérieur. L'un d'eux sauta dans un des bateaux et y bricola interminablement, puis en sortit et revint dans le hangar.

Le guetteur, la Mort en personne, s'octroya un peu de nourriture. A travers les branches, une main se déplaça lentement et vint fouiller dans une poche. Elle en sortit une tablette de chocolat. Il mordit dedans. Il avait rabattu le papier de façon que ses doigts puissent tenir le chocolat sans se tacher. Quand il eut fini, le papier vidé, il dévora les parcelles tombées dans les plis de sa main, les attrapant avec la pointe de la langue, comme un fourmilier.

Il creusa ensuite un petit trou dans la terre avec deux doigts et y enfouit l'enveloppe rayée de papier glacé et le papier d'argent, puis recouvrit soigneusement le tout.

Mort et enterrement d'une tablette de chocolat... Tout à l'heure, mort d'un homme. Quelle différence ? La mort ne change jamais de visage.

Un homme seul descendit le sentier, en direction du hangar à bateaux. Il avait la taille d'une épingle, mais sa silhouette était celle de Wise, sa démarche était celle de Wise. Son complet bleu marine était celui de Wise, de même que son chapeau, un canotier de paille à bords plats. Dans une main, il tenait une petite corbeille d'osier, carrée, à poignée, comme on en utilise pour emporter son déjeuner. Sous le même bras, coincé sous l'aisselle, il portait un objet plat, assez petit ; Marshall devina qu'il s'agissait d'un livre.

Le guetteur ne faisait plus un mouvement. Il se contentait de respirer.

Wise pénétra dans le hangar. Il en ressortit presque aussitôt avec les deux hommes. Ils restèrent un moment en groupe, dans une attitude amicale, familière, regardant le lac, le ciel, ou les bateaux, hochant la tête.

Ensuite, Wise tendit quelque chose à l'un des hommes. Le loueur de bateau l'empocha et lui rendit de la monnaie. Wise déposa sa corbeille, le livre par-dessus, dans l'un des bateaux. Puis il monta dedans, un peu gauchement mais hardiment.

Il se tint debout un instant et enleva son veston, le plia, doublure en dehors, et le rangea sur la corbeille. Il garda son chapeau sur la tête, en prévision sans doute des ardeurs ultérieures d'un soleil à cette heure encore bien pâle.

Alors, il détacha le bateau et s'installa aux rames. Les deux hommes, après avoir observé sa dextérité un moment, revinrent au hangar, l'un gratifiant l'autre d'une bourrade, comme pour l'inviter à se réjouir.

Wise était seul sur le lac, au milieu de cette vaste surface argentée. Il ramait avec délices, à longs traits mesurés, souples, sans à-coups, sans efforts apparents. Et malgré l'éloignement, Marshall croyait l'entendre soupirer d'aise chaque fois que les rames arrivaient en suspens au-dessus de l'eau, avant de les y plonger de nouveau. Un homme qui ramait, sans autre but que le plaisir de ramer.

Wise fit une pause pour dénouer et enlever sa cravate, qu'il plaça sur son veston. Il ouvrit ensuite le col de sa chemise et remonta les manches au-dessus du coude. Alors, avec une volupté renouvelée, il reprit ses rames.

Un second bateau, protégé d'un parasol, monté par un jeune couple, s'aventura à ce moment sur le lac. Puis un troisième, celui-là avec un homme et un petit garçon. Et d'autres encore.

Bientôt s'éloigna du rivage une véritable flottille, disposée en V, dont le bateau de Wise, parti le premier et conservant sa distance, représentait la pointe avancée. Chaque embarcation laissait sur la surface unie de l'eau, troublée pour la première fois de la journée, un sillage en éventail qui en multipliait le nombre. En réalité, il n'y en avait guère dehors plus d'une demi-douzaine.

Cette formation en escadrille ne tarda pas à se briser, lorsque l'enthousiasme du début commença à se refroidir. Certains restèrent sur place à se prélasser nonchalamment, d'autres s'écartèrent et décrivirent un circuit divergent (dû peut-être au fait que le rameur n'appuyait pas avec une force égale sur ses deux avirons) qui n'aboutissait nulle part. Seul le bateau de tête continuait résolument son chemin, piquant droit à travers le lac, vers la rive opposée, comme assoiffé de solitude.

Sous le soleil qui montait rapidement, l'eau prenait une teinte de cuivre liquide. Elle réverbérait une lueur jaune, phosphorescente, sur le tronc des pins et des sapins qui, par-delà les pentes rapides, s'aventuraient à pousser sur son extrême bord ; elle projetait par en dessous, sur leurs branches en surplomb, des disques lumineux, aux formes lentement mouvantes de méduse.

Au bout d'un moment, les rames cessèrent de faire jaillir des volées d'étincelles. Wise les déposa au fond du canot. Il prit son livre et s'installa, les omoplates calées contre le banc de rame à un bout, les talons sur un deuxième qui se trouvait à l'autre bout. Dans cette position, seules les deux extrémités de sa personne restaient visibles au-dessus du plat-bord, même vu de très haut. La tête et les épaules à la proue, les pieds et les chevilles croisées l'une sur l'autre à la poupe. Dans l'intervalle, il disparaissait.

Il tenait son livre un peu incliné en avant, le bord inférieur sur sa poitrine, de façon à pouvoir lire commodément sans avoir à redresser la tête. Et son canotier, pour empêcher le soleil de lui taper dans les yeux, était posé très en avant, le bord butant presque sur l'arête du nez.

Du pied de la colline où guettait la Mort, s'avançait

un promontoire, la crête jonchée d'aiguilles de pin. Il rejoignait presque l'autre rive, divisant le lac en deux parties communiquant seulement par un étranglement exigu. D'un côté, le lac principal, vaste, parsemé de bateaux. De l'autre, un lac minuscule, écarté, masqué à la vue par cet éperon, et à cette heure parfaitement désert. Cependant, malgré l'immobilité apparente de l'eau, un léger courant s'établissait du plus vaste vers le plus petit, à travers le détroit en chas d'aiguille, car le bateau, laissé à lui-même, dérivait le long du promontoire et se rapprochait lentement du détroit.

La Mort, de sa position qui commandait les deux côtés, attendit. Car d'un côté se trouvaient de nombreuses embarcations, de l'autre aucune. Pas de renforts, pas de témoins à craindre.

La proue s'orienta lentement vers le détroit miniature et pendant quelques instants, même de l'endroit où guettait la Mort, on eût dit que le bateau avait été englouti ou s'était échoué. Enfin, il montra son nez de l'autre côté, puis apparut dans toute sa longueur et flotta là, à la dérive, solitaire.

L'homme qui lisait s'en aperçut sans doute, mais ne fit rien pour modifier sa direction. Peut-être préférait-il se trouver là, à l'écart, pour lire... En tout cas, c'était mieux pour mourir.

Une nouvelle branche vint s'ajouter aux autres, une branche qui n'était pas là auparavant. Une branche sans feuilles, sans sève, sans nodosités. Noire, d'acier coulé, avec à son extrémité un tragique orifice, et la mort pour floraison.

Le petit bateau flottait de plus en plus près, posé, fond contre fond, sur un autre petit bateau gravé sur le miroir de l'eau. Son occupant plongé dans sa lecture. La branche noire fermement tenue.

La Mort s'éclaircit légèrement la gorge, étendue à plat ventre derrière la mire du fusil, dans la position la plus confortable. Ce bruit banal avait quelque chose de familier, d'attendrissant et de dramatique.

Le petit bateau se rapprochait de plus en plus. La branche noire le suivit sur la surface du lac, comme un instrument de géomètre-arpenteur, mais se déplaçant avec une telle lenteur qu'on aurait pu la croire immobile.

Détonation.

Les yeux de la Mort clignèrent et la tête eut une secousse en arrière, brouillant la vision.

Les branches formant écran s'agitèrent, pâlirent sous la fumée, puis reprirent leur teinte sombre naturelle. Le coup de fusil se répercuta contre la pente, en face. On aurait cru que le bruit primitif en provenait et que l'écho se faisait sur la colline.

Dans le bateau, pas de choc, pas de secousse brutale, pas de modification spectaculaire. A peine si l'on aurait pu deviner qu'il s'y était passé quelque chose. L'homme s'était paresseusement retourné le long du plat-bord. Au lieu de lire, il regardait l'eau qui courait le long du bateau, mais de tout près, comme s'il était myope. Un bras passait par-dessus la tête et traînait dans l'eau. Le livre était tombé dans l'eau et disparaissait peu à peu, à mesure qu'il s'immergeait plus profondément, comme si ses couleurs se délayaient. Le chapeau était également tombé du bateau, mais il continuait à flotter, tel un nénuphar orné d'un ruban. Le bateau dérivait toujours avec placidité.

La Mort se dressa et prit la fuite, courbée en deux, la tête basse, l'arme parallèle au sol, agile et légère comme elle l'est toujours, décrivant d'astucieux lacets parmi les fûts des arbres, pour disparaître définitivement sous le couvert.

XVII

Le lendemain matin, au bureau, lorsque la porte s'ouvrit, elle sembla en même temps lui vider tout le sang du visage.

Sa figure devint comme du papier. La blancheur et le cassant du papier.

Un complet bleu marine, comme celui de Wise. Un canotier, comme celui de Wise. C'était Wise, en chair et en os.

— Bonjour, Marshall ! dit-il.

Marshall ne répondit rien. Un homme en papier ne peut pas, ne doit pas répondre. Wise, derrière son dos, continua, d'une voix lointaine qui semblait venir de l'autre monde :

— Vous semblez mal fichu, ce matin. Mais aussi, pourquoi diable ne sortez-vous pas, le dimanche ? Vous auriez dû venir avec moi hier, comme je vous l'avais proposé. En fin de compte, je n'ai pas été ramer. Un ami est venu me chercher et j'ai été, à la place, me refaire un peu la main au golf.

XVIII

Il levait le bras pour accrocher son chapeau à la patère quand, par-derrière, elle l'entoura de ses bras, lui emprisonnant les épaules.

Quelque chose l'enchantait, c'était facile à voir.

— Qu'est-ce qui se passe ? demanda-t-il en souriant.

On voyait tout de suite que c'était quelque chose d'agréable, rien donc qui pût l'alarmer. En conséquence, il n'était pas inquiet le moins du monde.

— Une surprise ?

— Quoi donc ?

Pour toute réponse, elle passa deux doigts sur les joues de Prescott.

— Avant toute chose, il faut que tu te rases.

— Me raser ? s'étonna-t-il. Maintenant ?

Elle lui donna une poussée entre les deux épaules :

— Immédiatement !

Dans la chambre, sur le lit, il fit une autre découverte.

— Ma parole, mon complet neuf !

— Je le sais, monsieur, dit-elle d'un ton guilleret. Et il ne vous reste plus qu'à l'enfiler illico !

Il revint sur le seuil et lui ordonna :

— Raconte !

Elle joignit les mains, presque dans un geste de bénédiction :

— Nous sommes invités !

« C'est Mme Bennet, au dernier étage », pensa-t-il aussitôt avec quelque condescendance.

— Chez Mme Bennet, au dernier étage ? dit-il sur un ton condescendant.

— Non, ce n'est pas quelqu'un de la maison. Il s'agit d'une vraie invitation. De l'extérieur. Nous sortons. Prépare-toi. Je te raconterai tout au moment de sortir.

Quand il fut prêt, il se mit à table à côté d'elle et lui suggéra patiemment :

— Si tu me mettais un peu au courant, maintenant ?

— Tu ne devines pas ? demanda-t-elle, ravie.

— Ma foi, non ! répondit-il avec flegme. Sinon, je ne te le demanderais pas.

— Wise, ton collègue du bureau ! C'est chez lui que nous sommes invités. Pour un bridge, ce soir...

Une croûte de pain se coinça au fond de sa gorge. Il réussit à la faire passer en toussant et en buvant un grand verre d'eau.

— J'admets que tu puisses être surpris, mais je ne comprends pas que tu sois tellement stupéfait...

— Il nous a invités ? demanda-t-il faiblement.

— Pas lui. Elle.

— Elle ?

— Sa femme, Mme Wise. Tu sembles ne pas savoir qu'il est marié !

« Jusqu'ici, en effet, je l'ignorais, pensa-t-il. Et je n'en suis pas encore très sûr... »

Une femme-détective, sans doute. Qui l'aide dans son travail. A mon sujet.

Elle bondit tout à coup de sa chaise, n'ayant pour ainsi dire pas touché à son dîner.

— C'est plus amusant de manger dehors, déclara-t-elle. Et cela fait si longtemps que je n'en ai eu l'occasion ! Je vais me préparer. Je veux être resplendissante ce soir. Toi, reste où tu es. Non... pas de vaisselle aujourd'hui !

Elle disparut dans la chambre.

Il sortit une cigarette qu'il oublia d'allumer. Il la serrait entre ses lèvres, machinalement, perdu dans ses pensées.

« Il faut que je me tire de là... Je ne veux pas y aller. Je ne peux pas. C'est comme si... comme si j'allais de mon plein gré au commissariat faire une déposition. Comme si on jouait la comédie trois heures de rang. Seulement là, c'est sous le feu d'une lampe de bridge, au lieu des ampoules de la rampe. »

Marjorie babillait comme un oiseau le premier jour du printemps. Son bonheur jaillissait.

— Il y a si longtemps que je n'ai joué au bridge, Press ! Quand y as-tu joué, la dernière fois, toi ?

Il fit un effort de mémoire.

— Je crois que c'était avant notre mariage. Chez toi, je pense.

— Quel air tu as ! Tu es lugubre. Théoriquement, c'est pour s'amuser. Le bridge n'est qu'un prétexte, bien sûr !

« Ça, tu peux en être certaine ! » lui répondit-il en lui-même.

— Moi, ce qui me plaît surtout, ce sont les conversations autour de la table, les sandwiches après la partie, les derniers mots, sur le seuil de la porte, quand on s'en va... Tu sais : « Maintenant que vous connaissez le chemin... ne manquez pas de revenir... » et enfin le geste d'adieu.

Elle poussa un grand soupir en conclusion qu'il entendit distinctement malgré la distance.

« Elle a soif de mondanités. Elle est lasse de la solitude, de l'exil. Quand on n'a pas peur, on aime la compagnie de ses semblables, c'est normal. Quand on n'a rien à se reprocher, on la recherche.

« Mais quand on... »

Elle entra, l'air animé, toute prête, les mains tendues devant elle, ajustant quelque chose à son poignet.

— Vraiment, il faut que je me décide à acheter une nouvelle paire de gants. Ça va ? Comment trouves-tu ma coiffure ?

Il se couvrit les yeux avec une main et fixa la table.

— Je n'y vais pas... Je... Téléphone-leur et dis-leur que cela nous est impossible. Trouve une excuse. N'importe quoi... que je suis souffrant, par exemple. Ou plutôt, non... attends... Je vais le faire de ta part...

Il se leva de sa chaise.

Elle avait un air pitoyable, les traits figés, les joues blêmes. Elle était déçue. Plus que cela, même. Elle était découragée, impuissante, vaincue par quelque imprévisible mystère, qu'elle ne pouvait pénétrer, mais auquel elle ne pouvait échapper.

— Ils ne nous inviteront plus jamais ! murmura-t-elle d'une voix à peine perceptible. C'était l'occasion de nous lier, de...

Elle le regarda avec des yeux suppliants, presque hallucinés. Jamais il ne leur avait vu une telle expression.

Cependant, il décrocha l'appareil.

— Allô ! Mademoiselle ? Donnez-moi...

Elle demeura un instant appuyée contre son épaule.

— Press ! lui chuchota-t-elle, ne fais pas ça...

Et puis, elle eut un petit geste bizarre. Sa main monta lui caresser le côté du bras, au-dessus du coude, presque jusqu'à l'épaule, pas plus haut. Il en comprit parfaitement la signification. Il comprenait toujours si bien Marjorie ! Cette caresse n'était pas une prière pour le faire revenir sur sa décision. C'était exactement le contraire. C'était un geste qui lui pardonnait d'avance ce qu'il allait faire, ce qu'il était déterminé à faire. Puis, sans ajouter un mot, elle alla dans leur chambre, laissant la porte entrebâillée derrière elle.

Une voix d'homme, la voix de Wise, résonna brusquement dans l'écouteur, le timbre agressif.

— Allô ! Allô !... Qui est à l'appareil ?

— C'est vous, Wise ? dit-il. Attendez une seconde...

Il lâcha l'écouteur, le laissant pendre au bout de son fil, et vint à la porte de la chambre, qu'il poussa.

Elle était étendue sur le lit, la figure enfouie dans un oreiller. Bien qu'il n'eût fait aucun bruit, elle sentit qu'il la regardait. Elle dressa aussitôt la tête.

— Je ne pleure pas, Press ! affirma-t-elle vaillamment. Je t'assure que je ne pleure pas. Je... je me repose une minute. Je vais aller faire ma vaisselle.

Il savait, bien que, de l'endroit où il se tenait, il ne pût le constater, que c'était vrai, que ses yeux étaient réellement secs.

« Mais les larmes qui ne montent pas aux yeux, pensa-t-il avec remords, sont les plus amères de toutes. »

Il tourna les talons sans dire un mot et revint au téléphone.

— Wise ! dit-il. Ici Marshall ! Je voulais seulement vous prévenir que nous partons à l'instant et que nous serons chez vous dans une petite demi-heure.

XIX

Ils sonnèrent puis, côte à côte devant la porte, se livrèrent à toute une série de petites rectifications précipitées, les retouches de la dernière seconde. Pour elle, ce n'était qu'une question de bonne présentation. Chez lui, s'ajoutait le souci de sa sécurité personnelle. Il rectifia le nœud de sa cravate, tira et secoua les poignets de sa chemise, remit en place le col de son veston. Elle, fit bouffer une boucle, en lissa une autre, tapota son réticule en tissu pour lui donner meilleure allure, ajusta le col de son manteau, de façon qu'il s'étale et tombe comme il faut.

— Resonne! dit-elle après une attente insupportable.

Insupportable pour lui, en tout cas.

Avant qu'il puisse déterminer si oui ou non il en aurait le courage, et il craignait que non, c'était devenu inutile. Une femme d'environ cinquante ans apparut à la porte, un sourire de bienvenue aux lèvres. Elle était très menue, nettement plus petite que Marjorie, les yeux brillants, et quoique bienveillants et chaleureux pour le moment, révélant une sagesse et une expérience qui n'augurait rien de bon pour Marshall et ne l'inclinait pas non plus à revenir sur ses présomptions.

« C'est une sorte de femme-détective, se répétait-il. Elle n'est sûrement pas la femme de Wise, jamais de la vie ! »

Sa chevelure était un mélange d'or pâle et d'argent. L'or était évidemment le fait de quelque procédé artificiel, interrompu depuis un certain temps, mais les poussées argentées n'avaient pu encore entièrement l'effacer. Elle portait une robe de mousseline pêche et un rang de perles autour de la gorge. Elle manquait totalement du raffiné et de l'élégance qui émanait irrésistiblement de Marjorie. Ses gestes étaient brusques, presque maladifs. C'était la brusquerie de quelqu'un qui suit certaines instructions précises et définies qui exigent de ne jamais hésiter.

— Enfin, enfin ! dit-elle d'une voix trop éclatante. Vous voilà arrivés ! Entrez donc ! Nous vous attendions...

Disant cela, elle se saisit de la main de Marjorie et l'étreignit. Avec trop de vigueur, trop d'enthousiasme.

— Que je me présente d'abord ! Je suis Jeannette Wise.

— Et voici mon mari ! dit Marjorie avec réserve.

La voix de Marjorie, songea-t-il, avait la douceur d'un froissement de papier de soie, à côté des tons cuivrés de l'autre.

Mme Wise le regarda, d'un regard appuyé qui lui balaya la figure, lui picota les joues, comme ferait une gifle.

— J'ai beaucoup entendu parler de vous ! déclara-t-elle avec conviction sans le quitter du regard. Par Bill ! ajouta-t-elle.

« Je n'en doute pas une seconde ! » admit-il en lui-même, le cœur serré.

— Mais donnez-vous la peine d'entrer, voyons ! Ne restez pas devant la porte, comme des étrangers !

Elle passa son bras à l'épaule de Marjorie et toutes deux le précédèrent.

Il grillait d'envie d'attraper ce bras et de lui faire lâcher prise. Sur quelles épaules s'était-il posé de cette façon ? se demandait-il. Sur quelles chapardeuses de grand magasin, sur quelles ivrognesses ? Et maintenant, c'était sur elle, elle que se disputaient les salons les plus fermés de New York ! Par sa faute, à lui...

Wise vint à leur rencontre.

— Chéri, voici sa femme ! dit Mme Wise.

Marshall ne manqua pas de relever intérieurement l'expression. Elle n'avait pas dit « Mme Marshall », ou « la femme de ton ami Marshall ». « Sa femme. »

Comme si Marshall venait de faire l'objet d'une récente conversation, dont le « sa femme » représentait une involontaire référence, ou l'épilogue.

Dernières recommandations, ultimes décisions tactiques, et puis ce : « Chéri, voici sa femme ! »

Wise se montra plein de prévenance et d'amabilités envers Marjorie. Il regarda Marshall d'un air interrogateur, songea celui-ci. D'un air qui signifiait à peu près : « D'une classe bien supérieure à la vôtre. Comment diable avez-vous fait pour la décrocher ? »

Marshall préféra traduire : « Que connaît-elle de vous ? à quel point l'avez-vous mise dans vos confidences ? »

Ils se serrèrent la main avec une certaine contrainte.

Ils n'attendaient personne de plus, on le voyait tout de suite. Quatre chaises étaient disposées autour d'une table de bridge. Sur celle-ci, un jeu de cartes, un crayon et un bloc de bridge.

Marjorie et Mme Wise s'étaient rendues dans une pièce voisine. Elles reparurent, Marjorie sans ses gants et sans son chapeau.

— Je vois que vous avez facilement trouvé votre chemin ! proclama Mme Wise. Nous n'avons pas eu besoin d'envoyer une voiture de police pour vous chercher !

Le temps qu'il se remette de son émotion, plusieurs phrases étaient passées. Mme Wise disait :

— Je lui ai dit tout de suite : « Mon cher ami, ne crois pas me faire mener ici une vie d'ermite. Autant en prendre immédiatement ton parti. » Messieurs nos maris voudraient tellement nous faire mener une vie de prisonnière au cachot...

« Pourquoi, inconsciemment, use-t-elle d'images comme ça ? Allusion ? »

— Et la première chose qu'il m'a répondu, c'est : « Invite donc M. et Mme Marshall. »

« Que me faut-il de plus ? Le premier nom qu'il suggère à sa femme. Le seul, également. »

— Enfin, vous voilà ! conclut brillamment Mme Wise. Alors, nous commençons une petite partie ?

Ils se dirigèrent vers la table de jeu.

— Asseyez-vous ici, ma chère ! dit la maîtresse de maison en tapotant le dossier d'une chaise. Et vous ici, monsieur Marshall.

— Non ! ordonna Wise d'un ton brusque. Mets-le donc ici et moi, je me mettrai là !

Marshall étudia la position avec circonspection. C'est à cause de la lampe, pensa-t-il. Dans cette chaise, je l'aurai en plein dans la figure. Wise a calculé ça exprès, de façon qu'elle soit derrière la chaise qu'il veut avoir pour lui.

Les deux femmes étaient installées et Wise avait pris d'autorité la troisième chaise avant qu'il ait pu l'atteindre, de sorte qu'il dut, malgré lui, prendre la seule place qui restait.

Il détourna la tête avec une grimace.

— Cette lumière vous gêne ? demanda Mme Wise. Recule un peu la lampe, chéri !

— On en a besoin ! répondit Wise inflexible, sans bouger la main. Tirons une carte pour la donne, ajouta-t-il.

La carte la plus haute échut à Marshall. Il battit le jeu avec nervosité, extériorisant ainsi, par ses doigts tremblants et fébriles, la tension nerveuse à laquelle il était soumis.

Il avait à peine commencé à les distribuer qu'on l'arrêta :

— A gauche ! corrigea Mme Wise avec un sourire pointu. On donne toujours à gauche.

— Il faut excuser Press, intervint Marjorie. Il est un peu rouillé, depuis le temps...

Wise le regarda.

— Il pense peut-être à autre chose...

« Pourquoi m'a-t-il regardé de cette façon en disant ça ? se dit Marshall. Et toujours ces phrases à double sens, qu'il sait que moi seul comprends et sur lesquelles il insiste lourdement ! »

Il termina la donne, fit son annonce et la partie fut jouée.

Une autre suivit.

Ses mains tremblaient. Il maniait maladroitement ses cartes, en essayant de les ranger dans sa main.

— Vous avez laissé tomber une carte, le prévint charitablement Mme Wise.

Il se pencha pour la ramasser, inclinant son jeu disposé en éventail.

— Attention, vous montrez vos cartes ! lui dit vivement sa partenaire.

Wise sourit avec une froide supériorité :

— Qu'est-ce que ça peut faire ? Il ne peut rien me cacher. Je le tiens. Il n'a pas de secret pour moi !

Marshall frissonna sous le choc. De nouveau, Wise l'observait. « Pourquoi me harcèle-t-il ainsi ? Comme le chat qui joue avec la souris... »

— Comme tu transpires, Press ! lui dit Marjorie d'un ton compatissant une seconde plus tard. Ne te fais donc pas tant de mauvais sang.

Elle allongea le bras et lui tamponna le front avec son mouchoir.

Pour une fois, Wise ne fit pas de commentaire. Marshall, recroquevillé dans sa chaise, l'attendit vainement. Lorsqu'il lança un coup d'œil furtif à Wise, il surprit au coin de sa bouche un petit sourire en triangle, avec la pointe de la langue au milieu.

— Pourquoi ne m'avez-vous pas soutenu ? se plaignit Mme Wise peu de temps après, tandis que leurs adversaires leur raflaient encore une levée.

Ce fut Wise qui se chargea de répondre pour lui :

— C'est de ma faute. Je le trouble. Je le trouble depuis le début.

En énonçant cela, il ferma les yeux en arquant les sourcils.

Cette froide allégation tombait tellement juste que Marshall en aplatit son jeu sur la table, cartes retournées, la main crispée dessus, comme s'il voulait l'incorporer au tapis. Il cherchait surtout à égaliser sa respiration et, fixement, regardait les lignes blanches que formaient les plis de la peau au niveau des articulations de ses doigts.

« Combien de temps pourrai-je tenir ? Pourquoi est-ce que je ne lui renverse pas carrément la table à la figure, en prenant la porte ? Alors que tous les nerfs de mon corps m'y invitent.

« Marjorie... Elle est là, assise. Je ne peux pas. Je ne peux pas la leur laisser en otage. »

Marjorie surprit le regard qu'il posait sur elle et elle lui sourit, confidentiellement. De l'air de lui dire que, bien que jouant contre lui, elle restait de son bord. Elle était toujours son alliée.

« Mais le jeu, lui expliqua-t-il en son for intérieur, n'est pas dans les cartes. C'est un autre jeu qui est en train de se jouer. Un jeu dont tu ignores tout. »

Nouvelle partie. Les cartes furent distribuées.

— Police ! cria Mme Wise paisiblement en considérant son jeu.

— Ne l'appelle pas dans cette maison ! lui rétorqua son mari avec un petit rire joyeux.

Cela sonnait comme la plaisanterie classique du ménage.

— Et pourquoi pas ? riposta-t-elle avec une moue dédaigneuse. En aurais-tu peur, par hasard ?

Wise lui renvoya la balle :

— Non, murmura-t-il. Et toi ?

— Je trouve que, de ta part, cette question vient vraiment trop tard, tu ne crois pas ? lui répondit-elle avec un sourire furtif.

Wise se racla la gorge, en guise d'avertissement. Avec l'air de dire : « Tu es allée assez loin comme ça. Ne dépasse pas les bornes. »

Marshall saisissait parfaitement la nuance. « Ils appartiennent tous deux à la police, c'est là qu'est le sel de leur plaisanterie. As-tu peur de la police ?... Non, et toi ?

« Si seulement je pouvais sortir de cette pièce ! Si seulement je pouvais en sortir !... »

A chaque nouvelle manche, il s'efforçait de combiner ses annonces de façon à obliger sa partenaire, Mme Wise, à prendre le jeu. Pour être le mort et pouvoir s'échapper. Il la soutenait tant qu'il pouvait, doublait, triplait son annonce, quel que soit son jeu. Mais Wise, comme s'il perçait à jour ses intentions et avec un égal entêtement pour le retenir, renchérissait d'autant. Mme Wise, perdant alors courage, laissait passer et Marshall, en fin de compte, restait bloqué sur sa chaise.

Enfin pourtant, comme il est vraisemblable que cela se produise au cours de n'importe quelle partie, le jeu se distribua avec une telle inégalité que Mme Wise et lui se partagèrent tous les honneurs. Et la chance continua à lui sourire car, de la façon dont ils étaient placés, ce fut Mme Wise qui fit l'ouverture.

Quand l'enchère eut monté jusqu'à cinq, Marshall retint sa respiration, en attendant de voir la réaction de Wise.

— Très bien, allez-y ! dit-il d'un ton maussade.

Alors, avant que Marshall eût pu enfin respirer largement à la liberté qui s'offrait à lui, Wise fit un geste du menton en direction de Marjorie :

— A vous de jouer, s'il vous plaît !

— Je vous demande pardon, c'est à vous ! lui dit vivement Marshall.

Malgré lui, il se sentit pâlir, comme s'il se fût agi de la plus atroce injustice du monde, et non d'une simple entorse à une règle de jeu de cartes. Mais ce l'était pour lui, à ce moment-là.

— C'est Mme Wise qui a fait l'annonce, je n'ai fait que soutenir.

— Jamais de la vie ! dit Wise en secouant vigoureusement la tête. C'est vous qui avez annoncé en premier. Donc c'est vous qui faites et c'est elle qui étale son jeu.

Il était non seulement agressif, mais menaçant, remarqua Marshall. Comme s'il disait : « Je vous tiens. Vous resterez où vous êtes, ou vous direz pourquoi. Même si je dois tricher. »

Soudain, Marjorie parla, de sa voix claire et posée.

— C'est Mme Wise qui a fait l'annonce. Je l'ai entendue.

Marshall ne chercha pas à en savoir plus long. Avec un crépitement, il étala ses cartes sur le tapis d'un geste sec, repoussa sa chaise et sauta sur ses pieds.

— Excusez-moi une minute, j'ai besoin de me dégourdir les jambes.

Il pivota sur ses talons et s'éloigna posément vers une porte ouverte, qu'il avait repérée depuis quelque temps et qui donnait dans la pièce voisine. Après cette guerre des nerfs qu'il venait de subir, il se sentait éreinté. Sa colonne vertébrale fléchissait comme un bâton de guimauve. « Si je pouvais avoir une minute de tranquillité, une petite minute loin de ses yeux, je pourrais me reprendre. Allons-y doucement. Ne marche pas si vite... »

— A l'assassin !... s'écria Mme Wise d'une voix aiguë, en examinant le jeu sensationnel que lui apportait son partenaire.

— Il se défile ! observa Wise d'un ton lugubre en désignant Marshall du pouce, par-dessus son épaule.

Marshall buta contre le pied d'un fauteuil qui se trouvait sur son chemin. Il dut s'accrocher au bras pour conserver son équilibre.

Il se redressa puis, d'un pas mécanique et rigide, entra dans la pièce. Enfin à l'abri, derrière cette bienheureuse cloison, après laquelle il soupirait tant !

La chambre était noyée dans une pénombre gris perle. Sur le mur, en face de lui, la porte ouverte se projetait en un panneau rectangulaire clair, couleur jaune paille. A l'intérieur de ce rectangle, se profilait, en ombre chinoise, la silhouette de Wise, à la table de bridge. Parfois, elle s'agitait, et, à d'autres moments, ses bords se découpaient avec la netteté d'une gravure au burin. De temps en temps, une main monstrueuse, gonflée, boudinée, se projetait sur l'écran, déposant ou emportant quelque chose, de la taille d'une tuile ou d'une ardoise, et qui n'était qu'une carte à jouer. Par intervalles, la silhouette prenait une allure satanique. Une masse enchevêtrée de minces serpents s'échappait de sa bouche et de ses narines et montait en se tortillant jusqu'au sommet du panneau. C'était la fumée du cigare.

Marshall se pencha sur le bord biseauté d'une coiffeuse qui se trouvait là, comme pour se comprimer le ventre au maximum. Une ou deux gouttes de sueur dégoulinèrent lentement sur son front incliné et tombèrent.

Les voix semblaient aussi proches qu'avant. Presque derrière son dos. Il entendit le petit rire triomphant de Marjorie :

— Je croyais que vous le conserviez dans votre manche !

Puis Mme Wise :

— Sait-il où est le bouton ? Dis-lui où se trouve l'interrupteur, Bill.

Wise l'interpella :

— Hé ! là-bas !... Avez-vous besoin de lumière ? Voulez-vous que je vous montre le bouton ? Il se trouve juste derrière la porte, en entrant.

— J'ai trouvé ! répondit-il.

Merveilleux ! On l'aidait dans ce qu'il avait l'intention de faire...

Il alluma l'électricité. Le panneau lumineux, qui avait l'avantage de lui signaler l'approche de Wise, disparut. Rien ne pouvait le prévenir à temps.

Il éleva la main au niveau de sa nuque et en deux coups rapides, à rebrousse-poil, se dépeigna.

« S'il me tombe dessus, se dit-il, je cherche un peigne. »

Il ouvrit sans bruit un des tiroirs de la coiffeuse. Le

peigne était là, dans le premier qu'il ouvrit. Il le dissimula sous le papier qui garnissait le fond du tiroir.

Il vit la brosse qui allait avec, des mouchoirs, une paire de bretelles, dont l'élastique était usé jusqu'à la corde, un crochet à bottines.

Il referma le tiroir avec précaution et tira celui du dessous. C'était visiblement un tiroir qui appartenait à Mme Wise. Il le referma et ouvrit celui du côté opposé.

— Enlevez vos mains de là ! cria brusquement Mme Wise, d'une voix aiguë. C'est à moi !

Marshall fit un saut de côté, faillit tomber par terre et crut mourir sur le coup. Mais ce n'était qu'aux cartes qu'en avait Mme Wise.

La partie devait tirer à sa fin. Bientôt, il lui faudrait reprendre sa place. Il n'y avait pas de temps à perdre.

Il continua ses recherches. Dans un autre tiroir, il découvrit un ou deux bouts de papier où quelque chose était écrit. Peu de chose, mais c'était plus intéressant. En fait, c'est ce qu'il recherchait. Il inventoria un calendrier de poche, en cellulo, avec les compliments d'un commerçant local, une note d'un blanchisseur chinois, surmontée de sa griffe commerciale, et un relevé succinct de quelques dépenses, visiblement incomplet, griffonné au crayon sur le dos d'une enveloppe :

Repas, à 1 dollar 50 par jour	45 $
1 mois location appartement meublé.......	35 $
Blanchissage, coiffeur, divers	2 $
Télégramme New York.................	0,40 $

Ce dernier article lui accrocha l'œil. De toute évidence, il ne s'agissait pas d'un compte de ménage ordinaire. Donc, Wise ne travaillait pas pour Ponds, comme il le prétendait, mais pour quelqu'un de New York.

Une carte postale, envoyée d'un certain endroit

appelé « Sharon Springs », de quelqu'un qui se prénommait Jim. Rien de plus qu'un bonjour un peu exubérant et une signature. Mais ce bonjour en lui-même en disait long : *Salut ! poulet de mon cœur...*

Poulet... N'était-ce pas ainsi qu'on appelait les policiers, en argot ? Il se rappelait avoir déjà entendu cette expression.

La carte ne portait pas l'adresse actuelle de Wise, mais celle de son domicile précédent, à Detroit, et il l'avait emportée, pour une raison quelconque. Oubliée peut-être dans une poche.

Rien d'autre à voir. Rien qui soit écrit, en tout cas.

Dans le tiroir du milieu, il découvrit une vieille boîte recouverte de cuir, pour les boutons de col. Pourquoi y regarda-t-il ? Impossible de le dire, mais il eut l'impression, sans savoir au juste la raison, que sa main y était directement amenée.

Elle contenait les boutons prévus. Une ou deux épingles de cravate fantaisie, avec un vide à l'endroit où s'insérait la pierre en simili. Une paire de boutons de manchettes. Quelques boutons de nacre dépareillés, venant de chemises ou d'ailleurs.

Il vit aussi une plaque en métal argenté, terni, grisâtre comme de l'étain. Il la prit et l'examina.

Il reconnut les armes de la ville de New York, avec au-dessus et au-dessous une rangée de lettres : PRÉFECTURE DE POLICE NEW YORK. Suivie d'un numéro matricule.

Il posa les deux mains dessus pour la cacher. Pour la supprimer de sa vue, la masquer, annuler sa réalité.

Un policier, appartenant au corps de police de New York ! Quel indice plus probant aurait-on pu imaginer ? Là, sous ses deux mains... Et lui, Marshall, se trouvait dans sa maison. Marjorie était sa partenaire au bridge, la partenaire du chasseur d'homme qui le traquait ! A la même table que lui, dans la pièce à côté...

Il remit l'insigne dans la boîte, la referma, poussa le

tiroir et pesa dessus les deux mains, désespérément, de toutes ses forces, comme si cela était nécessaire pour l'empêcher de s'ouvrir.

Il réussit à s'éloigner de la coiffeuse. Il s'avança, prenant appui sur tout ce qui lui tombait sous la main, dans la salle de bains adjacente. D'un pas chancelant. Aussi lourd que s'il traînait au pied le boulet de fonte du forçat.

Il alluma l'électricité, ouvrit un robinet, s'inonda le front d'eau fraîche.

Il ouvrit le battant d'un placard et jeta un coup d'œil à l'intérieur. Sa main y plongea et en ressortit. Le contenu du placard ne l'intéressait plus. Il regardait sa main.

Il tenait une bouteille trapue, remplie d'un liquide opaque. La tête de mort, sur l'étiquette, vira lentement de gauche à droite, tandis qu'il faisait tourner le flacon entre ses doigts. Ce léger mouvement parut subitement l'animer.

Ce qu'il lut sur cette bouteille n'était pas marqué sur l'étiquette.

Il y lut le passé. Son passé... Sa fuite furtive, son cœur déchiré. L'écroulement de ses ambitions, son mariage mutilé, cette interminable partie de cache-cache avec des ombres. Il y lut aussi son avenir. Sa jeunesse gâchée, sa situation brisée, l'isolement du hors-la-loi avec son inéluctable cortège de misère et de hontes, conséquence de ce perpétuel vagabondage, de ce déracinement continuel, enfin les affres d'une vieillesse solitaire, condamnée au ruisseau...

Des mots flamboyèrent dans son cerveau.

« Je suis fatigué d'avoir peur. Je suis malade de peur. Je ne veux plus avoir peur. J'ai besoin de trouver la paix.

« J'ai besoin d'aller là où la police n'a plus de raison d'être. Où il fait si sombre qu'elle ne peut vous suivre. Si loin qu'elle ne peut vous en ramener.

« Où enfin je puisse être seul. »

Il y avait une timbale retournée, sur la tablette de verre au-dessus du lavabo.

Il la prit et y versa le contenu de la bouteille. Puis il remit la bouteille en place et referma le placard. Elle ne lui appartenait pas, après tout.

Un filet d'eau coulait du robinet. Il mit la timbale dessous. Comme pour faire un whisky.

Alors, il éleva la timbale et regarda dedans. Avec détachement, avec l'impression de se regarder agir, de s'observer lui-même. Il attendit la suite.

Son poignet se décontracta, tourna, la timbale avec. Et son courage à mourir prit le même chemin que son courage à vivre : le tuyau de vidange du lavabo.

Un bruit léger lui fit tourner la tête. Sans qu'il l'eût soupçonné ni entendu arriver, Wise, derrière lui, le fixait du seuil de la porte, la figure vide de toute expression. Peut-être pensait-il à quelque chose ? En réalité, il n'existait pas de regard suffisamment perçant pour le déceler.

Marshall lui adressa un sourire timide.

— Il faut laisser couler un petit moment, conseilla Wise d'un ton aimable. L'eau qui vient au début est tiède.

Il ajouta :

— Vous auriez dû me le dire. J'aurais été vous en chercher à la cuisine. Elle y est beaucoup plus fraîche.

Marshall repensa au passé et à l'avenir.

— Je n'ai plus du tout soif ! dit-il avec un fatalisme résigné.

— Venez donc ! l'invita Wise. Ces dames nous attendent. C'est à vous de donner...

« Non, ce n'est pas à moi de donner les cartes. C'est à vous, ça sera toujours à vous ! pensa tristement Marshall. Moi, je les accepterai, telles qu'elles seront ! »

Wise, au moment de se retourner pour sortir, eut un geste du bras que Marshall, instinctivement, anticipa. Il s'aplatit peureusement contre la boiserie de la porte. Le choc, quoique faible, fut perceptible.

— Non... ne faites pas ça ! dit-il d'une voix mourante.

— Mais... je voulais simplement vous faire passer devant ! protesta Wise avec un étonnement sincère.

— Je croyais que vous vouliez...

« Je croyais que vous vouliez me mettre la main sur l'épaule. Comme pour une arrestation... »

Wise lui lança un coup d'œil surpris, mais ne lui demanda pas de s'expliquer. Il fit un pas en avant.

— Vous venez ?

Puis, il s'avança sans attendre la réponse.

Marshall demeura seul. Il se passa la main sur les yeux. Il savait ce qui lui restait à faire, ce que maintenant il ne pouvait s'empêcher de faire. Il boutonna nerveusement son veston — qu'il portait d'habitude ouvert — jusqu'en haut, et comme si ce n'était pas suffisant, il le maintint serré avec une main.

Alors, il s'avança et traversa le salon où étaient ses hôtes et sa femme d'un pas déterminé, ferme, sans leur accorder ni un regard ni un mot. Pâle, les muscles des mâchoires contractés au maximum, comme un moulage anatomique. Il alla d'une porte à l'autre, comme un étranger qui se serait égaré dans la maison et eût coupé à travers la pièce pour sortir.

La femme qui répondait au nom de Mme Wise se tenait à une petite table, au milieu de la pièce, le dos tourné vers lui, et garnissait un plateau de sandwiches.

Marjorie et Wise avaient repris leurs places, à la table de bridge, l'un en face de l'autre. Tous deux se tournèrent vers lui.

Au passage, il entendit Wise murmurer à Marjorie quelque chose comme :

— Il n'a pas l'air bien...

Il comptait s'enfuir directement. Il ouvrait déjà la porte d'entrée lorsque la voix de Marjorie l'arrêta. Elle l'avait suivi hors de la pièce.

— Press, nous t'attendons pour... Que fais-tu, Press ?

L'aspect de sa physionomie l'inquiéta. N'importe

qui, du reste, l'aurait remarqué du premier coup d'œil. Elle le rejoignit précipitamment.

— Qu'est-ce qui se passe ? Tu es souffrant ?

— Il faut que je parte, Marjorie. Je n'en peux plus... Il faut que je m'en aille !

— Mais qu'est-ce que je vais dire ? Qu'est-ce que je vais leur dire ?

— Vite, je t'en prie... il faut que je m'en aille. Je ne peux plus respirer ici. Ma poitrine...

— Viens au moins leur dire bonsoir...

— Je ne peux pas. Ne me demande pas de revenir dans cette pièce... Je ne peux pas !

Elle retourna au salon. Il l'entendit dire :

— Il est malade. Il faut que nous rentrions tout de suite... Non, je ne sais pas... C'est la première fois que...

En fait, il était réellement malade. Inutile de jouer la comédie. Debout, la figure tournée vers le mur, s'y appuyant d'une main, un long frisson, une sorte de tremblement convulsif, lui parcourait tout le corps à intervalles réguliers. Il entendit Wise lui demander :

— Dites, voulez-vous un peu de whisky ? Cela vous ferait-il du bien ?

Il ne put parvenir à lui répondre. Toujours tourné contre le mur, il secoua négativement la tête.

— Vite, Marj !... implora-t-il d'une voix étouffée. Vite !...

— Oui, mon chéri, tout de suite ! dit-elle pour essayer de le calmer. Je vais chercher ton chapeau et mes affaires. Je reviens dans une seconde.

Wise et sa femme se tenaient sur le seuil de la porte du salon, l'air embarrassé, lui regardant Marshall, elle, tournait la tête de l'autre côté pour regarder Marjorie.

Marjorie reparut, courant presque.

— Dis-leur au moins bonsoir ! lui chuchota-t-elle d'une voix pathétique. Tu ne peux pas partir sans leur dire bonsoir.

Elle faisait semblant, en même temps, de lui ajuster le col de son pardessus, pour se donner une raison de lui parler à l'oreille.

— Bonne nuit, monsieur Marshall ! dit Mme Wise en marquant une légère hésitation. J'espère que ce ne sera rien. Je suis très heureuse d'avoir fait votre connaissance.

Wise tendit la main :

« Je ne peux pas, se dit Marshall. Je ferais mieux de ne pas essayer... Je ne peux pas ! »

— Press, Wise te tend la main !

Il dut alors baisser la tête et feindre d'apercevoir cette main à l'instant seulement. Il entra en contact avec elle.

Une brutale contracture bloqua sa colonne vertébrale. Il eut l'impression qu'une paire de menottes se refermaient sur ses poignets avec un claquement. L'illusion fut si précise qu'il en ressentit un pincement de la peau à ce niveau.

Ses yeux chavirèrent et durant une seconde il crut qu'il allait tomber. C'est sans doute ce que Marjorie crut également, car elle s'empressa de le soutenir.

Elle dut le conduire ainsi jusqu'à la porte.

Puis, ils se retrouvèrent dans la rue, marchant côte à côte à pas rapides.

Elle lui rendit son chapeau, qu'elle avait gardé à la main jusque-là.

Ils arrivèrent à la station de tramway. Il jeta un coup d'œil derrière lui, pour mesurer la distance qui le séparait de la maison. Ils n'en étaient pas très éloignés. On pouvait encore la distinguer dans la pénombre.

Il l'entraîna plus loin, sans attendre le tramway et ils rentrèrent à pied. Elle marchait à côté de lui, sans poser la moindre question, sans dire un mot.

Elle ne lui demanda pas d'explication. Elle ne lui demanda rien. Une de ses plus grandes qualités, c'était le tact. Fût-ce à ses propres dépens.

La seule chose qu'elle dit, lorsqu'ils eurent fait un peu plus de la moitié du chemin, fut simplement :

— Tu te sens mieux, maintenant ?

Il leva les yeux vers le ciel sans nuages. Il soupira, en hochant la tête, savourant les délices de la liberté...

— Oui, dit-il, bien mieux !

Elle murmura, sur un ton d'immense regret, plus pour elle que pour lui :

— Ils ne nous inviteront plus jamais...

Elle poussa un soupir, qui rappelait celui qu'il avait poussé devant la porte de la salle de bains, chez les Wise. Un soupir de patiente résignation.

— J'aurais tant aimé avoir une amie...

XX

Il émanait d'elle une sorte d'excitation contenue. Il y avait du nouveau dans l'air, une surprise qu'il fallait taire jusqu'au moment voulu. Avec son hypersensibilité à saisir de telles nuances, il le détecta immédiatement, la porte à peine franchie, son chapeau à peine accroché au portemanteau.

Il le décelait à de multiples détails, rien de précis et toutes sortes de choses en général. Elle souriait plus fréquemment, elle déployait une plus grande activité, il y avait plus d'entrain dans son baiser. Elle avait changé les rideaux des fenêtres. Elle avait allumé davantage de lumières, comme pour une soirée ou un réveillon de Noël. Elle-même brillait plus fort, son teint était plus coloré, ses yeux plus étincelants que de coutume. Une joyeuse animation flambait en elle.

Elle avait même préparé un plat spécial pour le dîner, une sorte de plat du dimanche. Un gigot d'agneau, avec des câpres et des pommes de terre frites.

Au moment précis où elle avait entendu le bruit de sa clé dans la serrure, elle avait mis en marche leur petit Victrola, comme si elle avait calculé de faire commencer le disque juste à ce moment-là et pas avant. Quelque chose de gai, d'entraînant, la nouvelle danse à la mode, appelée fox-trot.

Il fut accueilli par une voix rauque, au timbre métallique de perroquet : *Bon-jou-ou-ou-ou-our Frisco-o-o-oh...*

— Que se passe-t-il ? demanda Marshall.

— Ce qui se passe ? Tu arrives, voilà ! N'est-ce pas suffisant ?

Elle le prit par le bras.

— Viens t'asseoir.

Elle l'installa elle-même à table, lui avança sa chaise devant son assiette.

— Maintenant, donne-moi ton assiette.

Elle le servit, puis ajouta :

— Et maintenant, mange ton agneau tranquillement.

— Pourquoi ne me mets-tu pas au courant ? dit-il. Il faut que je sache. Cette attente me tue !

— Mais que veux-tu que je te dise ? déclara-t-elle. Veux-tu insinuer que je ne suis pas aussi aimable tous les soirs ? Méchant ! Moi qui me prenais pour l'épouse idéale !

Cela continua ainsi durant tout le dîner, taquineries, ripostes, comme cela ne s'était pas produit depuis l'époque où il lui faisait sa cour.

— Pitié pour ce disque ! ne put-il s'empêcher de s'écrier en entendant le dixième salut consécutif à San-Francisco.

Elle bondit de sa chaise et arrêta le phono.

— J'ai peur de l'user rapidement. Je l'ai acheté aujourd'hui. Soixante-quinze cents. Une folie, tu ne trouves pas ? Mais il faut dire qu'on a un paquet d'aiguilles en prime. Et cela fait si longtemps que je n'ai eu un nouveau disque !

Elle lui avait même préparé son dessert favori.

— Ce n'est pas moi qui l'ai faite, avoua-t-elle précipitamment, parce que je n'arrive pas encore à réussir les tartes. Mais elle est garantie toute fraîche. je l'ai prise chez Mueller, la boulangerie viennoise du coin. Mme Mueller fait toute la pâtisserie elle-même.

Quand ils eurent terminé, il voulut se lever :

— Je vais t'aider à faire la vaisselle.

— Non. Installe-toi sur ce fauteuil, ici.

Elle l'y conduisit d'un air solennel :

— Là ! Fume ta cigarette en m'attendant. Tiens, voilà une allumette.

Elle souffla dessus pour l'éteindre, de la façon baroque et gauche qu'ont la plupart des femmes avec les allumettes. Elle dut s'y reprendre à deux fois pour y arriver.

— Mais je t'aide bien, les autres soirs ?

— Ce soir, dit-elle d'un ton mystérieux, c'est spécial. Ne bouge pas, je reviens tout de suite.

Sa vaisselle finie, elle reparut et se posta derrière son fauteuil, lui caressant les cheveux d'une main. Il attrapa la main et l'attira à lui sans regarder. Il l'amena devant lui. Elle plia les genoux et s'assit par terre à côté de lui, comme une petite fille docile.

— Alors, qu'est-ce que c'est ? Veux-tu me mettre dans le coup, maintenant ?

Elle parut trouver dans l'expression quelque chose de particulièrement amusant.

— Peut-être « te mettrai-je dans le coup », mais il faut d'abord que j'y réfléchisse.

Il attendit.

— Et alors ? demanda-t-il.

— Une minute ! Je veux d'abord te dire ceci. Il y a dans la vie d'un homme, tu le sais, un moment où il trouve ses mots de façon particulièrement difficile. C'est quand il fait sa demande en mariage. Dans la vie d'une femme, il y a un moment comme cela, aussi.

— Tu veux me demander en mariage ? dit-il avec un petit rire. Tu t'y prends un peu tard, il me semble !

D'un hochement de tête, elle passa outre.

— Nous allons bientôt avoir de la compagnie !

Il fut surpris, plutôt désagréablement. Il se dressa sur sa chaise, comme mû par une poulie à laquelle on aurait imprimé une violente secousse.

— Je vois ! C'est ton père. Tu as reçu de ses nouvelles ? Il a télégraphié ?

Elle secoua la tête d'un air ravi.

— Non ! C'est quelqu'un que tu n'as jamais vu. Plus jeune.

A son simple et banal étonnement, succéda un sentiment autrement pire et profond, qu'elle n'aurait jamais pu imaginer. Une frayeur indicible le submergea.

— Comment le sais-tu ?...

— Je devrais être la première à le savoir. Je suis sa mère.

Il l'attira à lui et lui cacha la figure contre sa poitrine ; elle ne comprit pas que c'était un geste de protection, de sauvegarde vis-à-vis d'un danger à venir. De la façon dont on serre quelqu'un contre soi pour le protéger d'un danger qui le menace, que l'on connaît mais dont l'autre ne se doute pas.

Il abaissa son bras libre, sans la déranger, ramassa la cigarette qui venait de tomber sur le tapis et la mit de côté.

Son visagé était hagard. En vérité, il se trompait : il cachait la figure de sa femme, sereine et joyeuse, et il laissait à découvert celle que l'on n'aurait jamais dû voir, la sienne, qui était pâle, contractée, consternée.

Sa langue dut humecter une ou deux fois ses lèvres, pour décoller les mots qui se refusaient à sortir d'eux-mêmes.

Il ne fit pas un long discours. Ces mots, dictés par son seul instinct de conversation ; il les lança d'un ton calme, inflexible. Ils avaient la dureté et la densité du granit. Ils la condamnaient sans appel.

— Nous ne pouvons pas. Nous pouvons être obligés de déménager brusquement. Il faut que nous soyons libres de partir d'une minute à l'autre. Nous ne pouvons pas être bloqués quelque part. Pendant des mois et des mois, nous serions cloués ici. Comme si nous avions une pierre autour du cou. Jamais je ne pourrais le supporter. Je ne pourrais pas vivre. Je ne veux pas de cela pour toi. Je ne te laisserai pas... Quand l'as-tu su ? Quand l'as-tu appris ?

Elle ne répondit pas. Cela lui était impossible. Son cœur, rien que pour continuer à fonctionner, subvenait à peine à sa tâche.

— Nous irons voir un autre docteur. Ensemble. J'en trouverai un. Je t'y mènerai moi-même, le plus tôt possible. Avant qu'il ne soit trop tard...

Ensuite, il baissa les yeux. Il y avait un immense rond humide sur sa chemise, à gauche. Marjorie était partie, mais la tache demeurait. Juste au niveau où son cœur était supposé battre.

XXI

Marjorie était obéissante. Un Cafre ou un Japonais aurait pu envier Marshall. Elle était l'abnégation en personne. Ses désirs, à lui, étaient ceux de sa femme. Plus que cela, même. Elle n'avait pas de désirs, sauf un : être l'instrument destiné à accomplir les souhaits de son mari.

Elle était assise à côté de lui, sur le cuir craquelé et fendillé d'un canapé, dans la salle d'attente d'un docteur. Cet autre docteur, objet de ténébreuses enquêtes et de discrètes confidences. Une salle d'attente aux rideaux tirés. Aucune plaque à la porte.

Pas de scène, pas de larmes, pas de regards suppliants. Il lui tenait la main. Mais seul il eût pu dire si c'était pour l'encourager ou pour la contraindre à l'obéissance.

Ils étaient seuls dans la pièce. C'était un endroit où les patients viennent un par un. Et tiennent énormément à ce qu'on les suppose abandonnés et délaissés.

La porte s'ouvrit. Une infirmière parut.

— Le docteur va vous recevoir.

Marjorie pâlit légèrement, sans plus. Elle baissa les yeux d'un air pensif, comme si, jusqu'à la dernière minute, elle attendait qu'il prononçât le mot, le mot unique et magique du dénouement, qui romprait cet horrible maléfice, ce sinistre et irréel envoûtement.

Il resta muet.

Il se contenta de serrer plus étroitement sa main, comme s'il craignait qu'elle ne vienne à se dégager et à s'enfuir.

— N'aie pas peur ! dit-il.

— Je n'ai pas peur, répondit-elle.

— Mais bien sûr, qu'elle n'a pas peur ! affirma l'infirmière d'un ton professionnellement encourageant.

Elle s'approcha et saisit Marjorie par le bras. Il vit Marjorie frémir, ses paupières battre, mais elle ne proféra pas une syllabe. Elle avait l'air de dire : « C'est ma propre épreuve, que personne ne peut partager avec moi. Je ne peux m'en prendre à personne. »

— Avez-vous apporté vos affaires ? demanda l'infirmière.

Il indiqua du doigt une petite valise, qui était jusque-là restée sur le parquet, entre eux.

L'infirmière la prit.

— Si vous avez oublié quelque chose, nous vous le fournirons, déclara-t-elle.

— J'espère que non, dit Marjorie d'une voix lasse. Je préfère... me servir de mes propres affaires.

— Maintenant, rentrez chez vous, monsieur, dit l'infirmière à Marshall. Aucune inquiétude à avoir.

Votre da... heu... votre fiancée pourra repartir demain matin, à neuf heures, disons. Vous pourrez venir la chercher. Vous feriez bien d'amener une voiture. Nous avons votre numéro de téléphone, en cas de besoin... si...

Elle ne termina pas cette phrase-là.

Elle mit son bras autour de l'épaule de Marjorie, pour l'éloigner de lui, et elle l'entraîna à l'intérieur.

Ils ne s'embrassèrent pas.

Elle ne lui dit qu'une chose :

— Dis à l'infirmière que je suis ta femme, Press. Elle a dit « fiancée », tout à l'heure.

— Elle est ma femme, dit-il à l'infirmière.

— Bien sûr, qu'elle est votre femme ! dit l'infirmière d'une voix sans expression. Je le pensais bien. C'est ma langue qui a fourché.

— Pourtant, vous ne le croyez pas ! entendit-il Marjorie dire à l'infirmière, tandis qu'elles franchissaient la porte.

Elle semblait y mettre son point d'honneur. Tout était perdu, fors l'honneur...

La porte se referma sur elles.

XXII

Dans le taxi qui la ramenait à la maison, le lendemain matin, elle ne desserra pas les dents. Un « oui » tranquille à son « Ça va bien ? », un « non » tranquille à son « Es-tu fatiguée ? »

Rentrée chez elle, elle ne dit rien non plus. Elle ne parlait que lorsqu'il l'interrogeait, pas autrement, et encore n'utilisait-elle que deux mots : oui ou non, suivant le cas.

Rien de plus ce jour-là, et le suivant, et encore le suivant.

Enfin, à mesure que les jours s'ajoutaient, devenaient une semaine, puis deux, elle se reprit à parler un peu plus, et sans qu'il fût obligé de la solliciter directement. Mais quelques mots, et seulement l'essentiel, jamais davantage. Des choses qu'une femme, dans une maison, ne peut s'empêcher de dire à quiconque se trouve avec elle. Des choses personnelles et en même temps impersonnelles, intimes et pourtant abstraites.

— Le dîner est servi. Approche ta chaise.

— Si tu cherches une chemise propre, il y en a une sur cette pile.

— Il pleut. Nous serons obligés de prendre le tram, au lieu d'aller à pied.

Elle ne reparla plus de ce qui s'était passé. A croire que cela n'avait jamais existé.

Si. Une fois. Une fois seulement. Quand il voulut l'embrasser, pour la première fois après. Elle détourna la tête, tranquillement.

— J'ai perdu plus que mon bébé, Press. J'ai perdu aussi... mon amour pour toi.

XXIII

Le tramway tardif dont Prescott Marshall venait de descendre, brillamment illuminé, comme par un incendie intérieur, poursuivit son chemin et décrivit une courbe derrière lui. Il disparut dans une rue latérale en pente, mais même hors de vue, l'air continua à frémir, parcouru d'éclairs jaune orangé qui montaient dans le ciel et se propageaient lentement à la façon d'un feu d'artifice.

Tout en marchant, il leva les yeux au ciel et eut un sourire lent, satisfait. Un sourire de complicité entre le ciel et lui.

« Les étoiles brillent dans le ciel, se dit-il. Et je me sens bien. L'univers entier va bien. »

Il hocha la tête avec insouciance. « Les étoiles ne se préoccupent pas de nos actions. Elles ne prennent pas parti. Elles sont pour celui qui tombe... jusqu'à ce qu'il soit par terre. Alors, elles sont pour celui qui reste debout. Et elles seront pour lui tant qu'il restera debout. Tu n'as qu'à rester debout et elles brilleront pour toi. Tombe, et elles disparaîtront. »

Il arrivait devant sa porte. Il prit une dernière aspiration, une dernière bouffée de cet air nocturne. La nuit sentait bon. Un sacrilège de rentrer chez soi, d'abandonner cette odeur fine comme celle du mélilot, savoureuse, un peu humide, comme après une ondée, mais tellement salubre...

Bah ! Il y aurait d'autres nuits, des quantités d'autres. Ne l'oublions pas, c'est lui qui restait debout ! Ce n'était pas lui qui était tombé.

Il sortit sa clé et entra. Il ferma la porte derrière lui avec précaution, au cas où elle aurait été endormie.

Mais elle ne l'était pas, car au bout d'un moment, sa voix lui parvint, un peu plaintive :

— Press !

Elle apparut à la porte de la chambre, dans une robe de chambre qui lui recouvrait une épaule — ses douces épaules à fossettes ! — mais qui n'était pas encore entièrement tirée sur l'autre. Sa chevelure était comme il l'avait toujours prétendu : encore plus ravissante en désordre que bien coiffée pour la journée.

Elle accepta passivement son baiser, ainsi qu'elle faisait depuis ces derniers temps. Elle ne s'y refusait pas, mais ne le rendait pas.

— T'ai-je réveillée ? demanda-t-il.

— Je lisais dans mon lit, répondit-elle. Cela passe le temps, quand on ne peut dormir. Mme Sanger, tu sais cette gentille dame qui habite en face de nous, m'a prêté un livre nouveau, qui vient juste de paraître :

Monsieur Britling y voit à travers, de H. G. Wells.

— Il est plus tard que je ne pensais, constata-t-il en dénouant sa cravate.

Elle ne fit pas de commentaire.

— Comment s'est passée la soirée ?

— Quelques-uns étaient assez éméchés !

Il enleva ses boutons de manchettes et les jeta sur la commode, contre laquelle ils tintèrent.

— C'est toujours comme ça, dans ces réunions d'hommes.

— Toi, tu n'as pas beaucoup bu, n'est-ce pas ?

— Comment le sais-tu ? demanda-t-il, étonné.

— Tu ne sens pas l'alcool, je l'ai remarqué.

— Impossible de penser clairement quand on a bu, répondit-il sentencieusement, sans s'expliquer plus avant.

— Veux-tu manger quelque chose ?

— Ne te dérange pas. Pourquoi ne retournes-tu pas te coucher ?

— Cela ne me dérange pas. De toute façon, je ne dormais pas.

Un moment après, ils vinrent tous deux à la cuisine et s'installèrent à la petite table, recouverte d'une toile cirée, lui pour manger, elle pour lui tenir compagnie et le servir. Il avait enfilé une robe de chambre sur son pyjama.

— Je trouve ça charmant, ce petit réveillon à la cuisine ! déclara-t-il.

Elle sourit poliment, comme à un invité qui vous ferait un compliment.

— La marche m'a ouvert l'appétit, expliqua-t-il. Ces réunions se tiennent en dehors de la ville, dans une espèce d'auberge routière, une combinaison de ferme et de restaurant, qui s'appelle « chez Webster ».

Il mordit joyeusement dans un sandwich.

— Le tramway extra-urbain s'arrête soi-disant tout près. J'en ai pris un pour l'aller. Mais pour le retour, j'ai attendu indéfiniment, et sans succès. Finalement, j'y ai renoncé et je me suis décidé à rentrer en ville à pied.

— Tu as fait tout ce trajet à pied ? s'étonna-t-elle.

— Non. Heureusement, il y en a un qui m'a rattrapé au bout d'une vingtaine de minutes. Il a consenti à s'arrêter pour me prendre. J'ai sauté dedans pour finir le reste du trajet.

— Mais certains de tes collègues étaient en auto. Pourquoi n'as-tu pas profité d'une voiture pour rentrer ?

— Cela m'ennuyait de le demander, répondit-il laconiquement. D'autant que personne n'avait l'air décidé à partir, sauf moi, de sorte que je me suis éclipsé à l'anglaise, tout simplement. Et puis, je n'avais guère confiance dans les chauffeurs. Quelques-uns étaient plutôt pompettes, ils se tenaient par les épaules en chantant en chœur. Tu vois ça d'ici !

Quand il eut fini de manger, il alluma une cigarette et tira une bouffée, l'air songeur.

— Après tout, ce n'est pas un patelin si désagréable !... observa-t-il soudain, à propos de rien.

Elle soupira. Il comprit qu'elle ne répondrait rien à cette remarque.

— En tout cas, c'est l'effet que ça me fait pour le moment. J'aurais voulu que tu voies toutes ces étoiles, quand je suis rentré.

Il souffla au plafond un long jet de fumée, avec recueillement.

— La tranquillité d'esprit, que c'est bon, mon Dieu !

Il essaya de prendre sa main. Elle venait de la retirer, une fraction de seconde avant.

— Qu'est-ce qu'il se passe, nous deux, depuis quelque temps ? lui demanda-t-il doucement. Il y a une telle distance...

— Je ferais bien de laver cette assiette et ce verre...

Il les éloigna d'elle, les mit hors de son atteinte.

— Quand je t'embrasse, je... ce n'est plus toi qui es là... je ne rencontre que ta figure.

Les yeux de Prescott se mirent à briller. Il les abaissa

un moment sur sa cigarette, encombrante, qu'il éteignit de quelques petits coups précis.

Elle serra plus étroitement autour d'elle son déshabillé, le faisant joindre au-dessus de sa poitrine et le retenant avec ses doigts.

Il releva les yeux vers elle. Elle baissa les siens, comme sous l'action d'un contrepoids. Il allongea les bras et l'attira vers lui.

— Viens près de moi... dit-il avec une douceur brûlante.

Il la prit sur ses genoux, l'enlaça et colla ses lèvres sur les siennes, en un baiser prolongé qui rejeta sa tête en arrière, contre le bras qui la serrait aux épaules.

— Dis, qui est-ce qui t'aime ? haleta-t-il, quand il relâcha son étreinte. Qui est-ce qui t'aime à la folie, dis-le ?

Elle tourna la tête pour cacher la rougeur embarrassée qui lui brûlait les joues.

— Ne t'en va pas ! lui dit-il d'une voix rauque et tendre. Nous sommes mariés ! Quel mal y a-t-il qu'un mari embrasse sa femme ?

Il lui fit tourner sa figure vers la sienne et recommença à l'embrasser, longuement, plus ardemment encore.

Soudain, à travers le bourdonnement qui emplissait déjà leurs oreilles, retentit une sonnerie aiguë, perçante, qui leur vrilla le tympan. Pendant un instant, ils se regardèrent tous deux dans le blanc des yeux, avec stupeur, incapables de comprendre ce qui se passait.

La sonnerie reprit. Elle provenait de quelque part au-delà de la pièce voisine, et se répercutait dans l'appartement silencieux comme une cascade de verre brisé.

Elle s'arracha de lui, bondit sur ses pieds, trop contente de cette interruption pour la laisser passer.

— Attends ! C'est le téléphone, dit-elle. Tu n'as pas entendu ?

— Bon Dieu ! murmura-t-il en faisant un geste pour

la retenir. Laisse-le donc sonner ! Il s'arrêtera bien tout seul !

La sonnerie recommença. Cette fois, Marjorie lui échappa pour de bon et sortit.

Son absence dura. Ce n'était pas une erreur de numéro. A l'inflexion de sa voix, il devina que, dès les premiers mots, elle avait reconnu son interlocuteur. A cause du silence qui régnait, il ne perdait rien de cette conversation téléphonique (plutôt décousue, du fait que l'on n'entend que la moitié des répliques).

— Oui, il est rentré. Il y a déjà un moment...

— ...

— Oh, non ! pas très longtemps... Une demi-heure, environ.

...

— Je n'en sais rien. Voulez-vous que j'aille lui demander ? Attendez, je vais lui demander...

— ...

— Mais non, ça ne fait rien, il n'est pas encore couché.

Entre-temps, il s'était rendu dans la chambre, sans l'attendre plus longtemps à la cuisine.

Elle vint à la porte, l'air interrogateur. La lampe était restée allumée, du côté de Marjorie. Elle était éteinte du côté de Prescott.

— Press ? dit-elle en essayant de percer l'obscurité.

Il était déjà au lit, assis, les genoux pliés devant lui, sous les couvertures.

— Press ? dit-elle en essayant de percer l'obscurité.

Il était déjà au lit, assis, les genoux pliés devant lui, sous les couvertures.

Non seulement il n'eut pas l'air intéressé mais, peut-être parce qu'on l'avait dérangé, un peu mécontent. Et par-dessus tout, tombant de sommeil. Il répondit à travers un bâillement :

— Je suis parti seul. Il était encore là. Et très éméché, par-dessus le marché.

Il se passa les doigts dans les cheveux, se laissa

tomber sur le dos, étendant ensuite lentement ses jambes. Il ajouta :

— Et d'abord, pourquoi vient-elle nous embêter, celle-là ? Je n'ai pas été là-bas avec son mari, n'est-ce pas ? Alors, pourquoi ne s'adresse-t-elle pas aux autres ?

— Elle dit que c'est ce qu'elle a fait. Elle leur a tous téléphoné, nous sommes les derniers. Personne ne semble être rentré avec lui. Elle ne sait plus quoi faire, la pauvre !

Quand elle revint, un instant plus tard, il était vraiment endormi, les lèvres entrouvertes, la respiration râpeuse, avec ce relâchement musculaire total que seule l'inconscience du sommeil peut procurer, et qu'on ne peut simuler. Un sommeil profond, sans rêves, de parfaite détente cérébrale. Le sommeil d'une conscience sans tache. La paix de l'esprit.

XXIV

Il eut un sursaut de tout le corps, brutal, convulsif, apeuré, et esquissa à travers le lit un mouvement de fuite, à l'horizontale. Loin de ce poids sur son épaule, loin de la lourde main du châtiment, qui s'abattait sur lui dans son sommeil.

Il se retourna, se débattit, cherchant instinctivement une issue, avant même d'ouvrir les yeux.

— Press ! dit-elle en retirant ses doigts, posés bien légèrement sur son épaule. N'aie donc pas peur ! C'est moi, Press ! Tu vas être en retard. Terriblement !

Il ouvrit tout grands les yeux.

— Que c'était lourd ! épouvantablement lourd !... murmura-t-il en regardant la main souple et fragile de Marjorie.

— Il est vingt, passées... le pressa-t-elle.

Quand il la rejoignit à table, peu de temps après, il était parfaitement normal, très à son aise, exactement comme tous les jours.

— Quel temps magnifique ! dit-il en regardant par la fenêtre. Que dit le journal ? Du nouveau ? demanda-t-il d'un air indifférent, sans se donner la peine d'en prendre lui-même connaissance.

— On n'y voit que du sang ! répondit-elle d'un ton découragé. Je finis par détester les journaux. Toujours les mêmes noms, qui vous semblent d'abord si bizarres et qu'à force de voir, jour après jour, on entend sans arrêt vous sonner dans la tête : Douaumont, le fort de Vaux, la cote 304, le Mort-Homme...

Oui, on y voyait en effet tant de sang, se répéta-t-il. Quelle différence y ferait une petite goutte de plus ?

— Oui, je voudrais moi aussi que le front bouge un peu, ne serait-ce que pour que nous ayons quelques noms nouveaux, lui accorda-t-il avec une petite grimace écœurée. Mais on dirait que c'est impossible. Veux-tu me passer la confiture, s'il te plaît ?

Là-dessus, ils laissèrent le sujet.

Elle ne fit qu'une brève allusion aux événements de la nuit précédente... le dernier en date, plus exactement.

— Ce pauvre Wise ! dit-elle tout à coup, je parierais qu'il en a pris pour son grade, ce matin !

— Oui, j'imagine ! admit-il d'un air absent, sans montrer le moindre intérêt. Bigre ! Il faut que je me dépêche ! s'écria-t-il.

Il posa sa serviette, embrassa hâtivement Marjorie et se dirigea vers la porte. Départ classique de l'employé de bureau, du banlieusard surtout, tel qu'on le représente traditionnellement au théâtre et dans les journaux comiques. En réalité, ce départ précipité à la toute dernière minute était tout à fait à l'encontre des habitudes de Marshall.

— Ne te presse pas trop, c'est mauvais pour la digestion ! lui recommanda-t-elle sur le seuil de la porte. Quelques minutes de plus ou de moins n'ont pas grande importance. Je parierais que certains, Wise par exemple, ne se montreront pas de la journée.

Il s'arrêta net et lui lança par-dessus l'épaule un coup d'œil oblique surpris, avec l'air d'avoir mal entendu, ou mal compris ce qu'elle venait de dire. Un regard comme ça, vague et néanmoins pénétrant. Puis, comme s'il eût enfin compris ce qu'elle voulait dire, il se contenta d'incliner affirmativement la tête et poursuivit son chemin, d'un pas rapide. Un soleil matinal baignait la rue d'une lumière très blanche, comme saupoudrée de farine.

Il croisa par hasard le concierge de son immeuble, qui venait à sa rencontre sur le même trottoir et serait passé sur un simple bonjour si Marshall ne l'avait arrêté en l'appelant par son nom et en faisant un pas en arrière pour lui faire face.

— Monsieur Sorenson ! Justement, je vous cherchais.

L'homme, à son tour, recula d'un pas.

— Vous vouliez me voir, monsieur Marshall ?

— Oui ! Pour vous dire que mon appartement va être libre. Ne le faites pas encore visiter, pour ne pas déranger ma femme, mais vous pouvez considérer que c'est fait.

— Vous quittez la ville ?

— Oui, nous partons.

— Où allez-vous ?

— Rien n'est encore fixé. Je ne le saurai pas avant ce soir.

Il jeta un coup d'œil à sa montre.

— Je suis en retard. Excusez-moi, il faut que je me dépêche.

Il sauta dans le tramway qui le menait à son bureau, mais descendit deux stations avant son arrêt habituel. Il se rendit d'abord à sa banque. Il consulta son chéquier, recopia le dernier solde du crédit sur un chèque, asséchant son compte jusqu'au dernier centime et le présenta.

Le caissier lui adressa ce regard lourd de reproche, très professionnel, tenu en réserve pour semblables circonstances.

— Pourquoi ne laisseriez-vous pas un dollar en compte ? suggéra-t-il. Ce serait suffisant pour le tenir ouvert, au cas où vous en auriez besoin par la suite.

— Non, il ne me sera d'aucune utilité, dit Marshall catégoriquement.

Il empocha l'argent, jeta le carnet de chèques annulé dans une corbeille à papier placée sur son chemin et se rendit à son travail.

Il se comporta exactement comme les autres jours. Il ne chercha pas à voir Ponds pour l'avertir de son départ, et ne lui écrivit pas de lettre officielle de démission. En fait, il se montra plus actif, plus appliqué, que la plupart de ses collègues, comme s'il cherchait à expédier tous les détails jusque-là négligés.

Une douce torpeur, conséquence directe des festivités de la veille, submergeait les bureaux. On bâillait sans arrêt, tout le monde avait l'air somnolent et abattu. Wise n'était pas là, mais à part quelques sourires entendus en direction de son bureau vide, on ne fit aucune allusion à son absence.

Au bout de deux heures de cette morne léthargie, vers le milieu de la matinée, le bureau voisin, qu'occupait la collègue chargée de recevoir les visiteurs, présenta quelques signes d'agitation. Deux hommes furent directement introduits dans le bureau privé de Ponds, sans l'attente habituelle qui était de règle.

Marshall les remarqua. Ils passèrent sans accorder un regard à personne, ni à droite, ni à gauche. A la suite de la jeune fille, ils entrèrent et s'enfermèrent dans la pièce. Marshall nota une autre particularité : elle s'était dérangée pour les conduire à destination, ce qu'elle ne faisait jamais d'habitude, se contentant d'indiquer, de son siège, la direction à prendre.

Marshall entendit un collègue dire à son voisin immédiat :

— Ils ont déclaré à Helen qu'ils étaient de la police. C'est elle-même qui vient de me le dire.

Il s'arrêta de travailler et mit de côté ce qu'il était en train de faire. Il resta ainsi à son bureau un grand moment, sans se retourner pour jeter un coup d'œil sur la porte de Ponds impénétrable, à l'encontre de nombre de ses collègues qui la considéraient avec une sorte de curiosité ingénue.

— Est-ce qu'un copain aurait fait hier soir un truc défendu ? chuchota quelqu'un en aparté, d'un ton railleur.

Marshall quitta brusquement sa chaise, pâle, l'air absorbé et se dirigea vers les toilettes, situées de l'autre côté de la salle d'attente réservée au public.

Il fuma une première cigarette, puis une seconde, en faisant les cent pas, les yeux rivés au sol.

Lorsqu'il se décida à revenir, il tomba juste sur les deux visiteurs qui s'en allaient. Il les croisa à la porte qui donnait dans la salle d'attente. Il dut s'aplatir en arrière pour leur laisser passage. Ils le frôlèrent, sans un mot ni un regard. Les revers de leurs vestons frottèrent contre les siens. A son tour, il entra.

Il y avait de l'excitation dans l'air, c'était évident, mais personne n'aurait pu dire pourquoi, ni ce qui continuait à la produire, maintenant que les visiteurs étaient partis. Les têtes se relevaient trop vivement au moindre bruit, un grincement de chaise, le raclement d'une gorge, même le bruit mat d'un registre qu'on referme. Et même quand il n'y avait aucun bruit, chacun se retournait trop fréquemment, comme s'il guettait quelque chose. Pour son compte, Marshall demeurait plus calme que tout le monde, la tête inclinée, l'air perdu dans ses pensées, comme prêtant intensément l'oreille à quelque chose que lui seul était capable d'entendre, que lui seul saurait interpréter.

Depuis la visite des deux hommes, personne n'avait vu Ponds, ni entendu parler de lui.

A midi, chacun s'en alla déjeuner.

Sur le chemin de la sortie, Marshall s'arrangea pour accoster Helen Strom, qui se préparait à quitter son bureau, à la réception.

Il lui demanda, comme s'il s'agissait d'une idée subite, suggérée seulement par cette rencontre imprévue :

— Dites !... qui c'était, ces deux types qui sont venus il y a une demi-heure environ ?

Aussitôt, son visage s'anima et elle chuchota :

— Le croiriez-vous !... Ils m'ont montré une espèce d'insigne, très vite. J'ai à peine eu le temps de voir ce que c'était, mais je suis presque sûre que c'est un insigne de police.

— Que viendraient-ils faire ici ? dit-il en haussant les épaules délibérément.

Il jeta un coup d'œil par-dessus son épaule, comme s'il venait juste de s'apercevoir de la place vide, au bureau de Wise.

— Je me demande ce qui a bien pu arriver à Wise, aujourd'hui. Il ne s'est pas montré.

— Il est probablement malade, après la nuit dernière. Oh ! excusez-moi, voilà Frances...

Elle venait d'apercevoir, traversant le hall en direction de la rue, une camarade, employée comme elle, et qui l'intéressait davantage que Marshall. Elle le quitta sans rien ajouter.

Il sortit derrière elles.

Il ne déjeuna pas. A la place, il fit une promenade. Une promenade à pas lents, dont le but était cependant précis.

Il aboutit devant la gare.

Il leva tout à coup les yeux devant le bâtiment et le contempla, comme s'il le voyait pour la première fois. Il entra.

Il ne se dirigea pas vers le guichet des billets, comme lorsqu'on est fixé sur sa destination et le train que l'on va prendre, ni vers le guichet des renseignements, comme lorsqu'on est fixé sur sa destination mais que l'on ignore encore quel train on va prendre. Il se rendit à la salle d'attente, comme on fait lorsqu'on est seulement sûr que l'on va partir. Il s'assit là, désœuvré, avec l'air de vouloir simplement se reposer un moment, passer l'heure du déjeuner.

De temps à autre, une voix sépulcrale résonnait, comme psalmodiant un hymne funèbre dans une vaste catacombe :

— Les voyageurs pour Ogden, Salt Lake City, San Francisco, en voiture, s'il vous plaît !

Il ne cherchait pas à se cacher. Il restait assis à sa place, l'air renfrogné, pensif, les bras croisés sur la poitrine, la tête penchée vers le sol parsemé d'écorces de cacahuètes, de pelures d'oranges et de ce papier brillant qui enveloppe le chewing-gum.

— ... Salt Lake City, San Francisco, en voiture !

Il contemplait le sol, à ses pieds, sans paraître rien entendre, rien voir de ce qui se passait autour de lui.

— ... San Francisco, en voiture, s'il vous plaît !

Puis, il se leva brusquement, comme fatigué de perdre son temps. Rien de plus. Il alla au guichet des billets. Comme lorsqu'on est fixé sur sa destination et son train.

— ... San Francisco, deux billets.

— Pullman ou ordinaire ?

— Ordinaire.

— Simple ou aller et retour ?

— Aller simple. Pas de retour.

— Cela nous fait treize... Vingt-six dollars soixante.

— Voici trente dollars.

— Soixante-dix, soixante-quinze, vingt-sept dollars et trois qui font trente. Vous feriez bien de vous presser. Le train part dans cinq minutes.

— Je ne prends pas celui-là. Je ne pars que demain, ou après-demain. Les billets seront encore valables, n'est-ce pas ?

— Sûr ! Ils sont valables pendant trente jours.

— Bon, alors j'ai tout le temps ! dit Marshall. Trente jours !

Et lorsqu'il se fut éloigné du guichet, il se répéta à voix basse :

— Valables pendant trente jours !

Il retourna au bureau.

Il aperçut de loin, devant la porte d'entrée, un groupe de personnes qui stationnaient sur le trottoir. Les gens n'entraient pas, ne sortaient pas. Ils restaient agglutinés devant cette porte, en demi-cercle, et toutes les têtes convergeaient à l'intérieur, comme attendant quelque chose. Un policeman, les bras ballants, montait la faction à côté de la porte. Et quand des yeux interrogateurs se posaient sur lui, son regard dédaigneux venait planer au-dessus des têtes.

Marshall recula avec la tentation soudaine de tourner les talons et de s'enfuir pour revenir d'où précisément il arrivait. Mais il se reprit, ralentit prudemment le pas, se rapprocha du mur et s'arrêta, le corps à moitié tourné, de sorte qu'on n'aurait pu définir dans quelle direction il avait l'intention d'aller, en avant ou en arrière.

Marshall se rapprocha peu à peu, et le policeman prit soudain la parole :

— Allons, circulez ! Il n'y a rien à voir. Inutile de rester là. Circulez !

Le croissant ondula sur les bords, mais le noyau resta intact, ce qui n'eut pas l'air de surprendre le policeman. Ses yeux balayèrent dédaigneusement l'espace, au-dessus des têtes, parfaitement vides, comme s'il préférait ne pas constater cette insubordination passive.

— Que se passe-t-il ? se hasarda à demander Marshall à l'épaule anonyme voisine. Qu'est-ce qui se passe à l'intérieur ?

— J'en sais rien. J'ai entendu dire qu'il y avait eu

un accident dans la maison. J'ai vu tout le monde devant, alors je fais comme les autres.

Marshall, rassemblant son courage, joua des coudes et s'avança vers la porte.

— Où allez-vous ? demanda le policeman d'un ton bourru.

— C'est ici que je travaille.

— Bon. Alors, entrez ! dit le policeman.

Un autre policeman était posté au bout du hall, à côté de la grille de l'ascenseur.

L'ascenseur descendit.

Il en sortit un homme qui portait une veste blanche. Puis une civière sur laquelle était allongée une forme indistincte, entièrement recouverte d'un linceul. Un second homme en blanc sortit derrière. Ils firent décrire un tour complet à la civière, et l'ascenseur fut libre.

Marshall entra. Le liftier se tourna vers lui et le regarda en face, fixement. Marshall se demanda pourquoi. Un regard curieux ou interrogateur, il ne put le déterminer au juste. Il se sentit pâlir, de tout le corps, et pendant une seconde regretta affreusement d'être revenu et d'avoir pris cet ascenseur. Il baissa les yeux. Peut-être le garçon eut-il l'intention de lui dire quelque chose, mais en tout cas, il le garda pour lui.

L'ascenseur était déjà arrivé à destination que Marshall tremblait encore.

Il y avait pas mal de gens sur le palier. Certains appartenaient à des bureaux voisins, quelques-uns venaient des autres étages de l'immeuble. Ils se tenaient par petits groupes de deux ou trois, désœuvrés, chuchotants, l'air assez troublé. Ils rappelaient à Marshall ces spectateurs qui s'attardent à discuter dans la salle, après le spectacle.

Il ouvrit la porte et entra.

Helen était à son poste. Elle pleurait sans bruit, mais avec une persistance voisine de la crise de nerfs, un mouchoir en boule pressé sur la figure. Sur le bureau, il remarqua un verre d'eau, apporté sans doute par une âme compatissante. Intact. Quelqu'un qui n'avait pas pris le temps de le lui faire absorber.

— Helen ! murmura-t-il d'une voix pressante, en regardant autour de lui pour voir si on ne l'observait pas. Helen !...

Elle leva la tête et le regarda avec des yeux rouges et gonflés, où les larmes continuaient à couler sans interruption.

— Helen ! reprit-il. Helen !...

— Vous étiez parti ? demanda-t-elle à travers son mouchoir. On ne vous a rien dit ?

— Quelqu'un en bas, dans la rue, m'a parlé d'un accident. Est-ce ici ?

— Ce n'est pas un accident, dit-elle en reprenant difficilement son souffle. On nous a interdit d'en parler, en dehors du bureau. Ils ne veulent pas qu'on le sache, vous comprenez, à part ceux qui se trouvaient là.

— J'ai été... je suis sorti déjeuner. Je rentre à l'instant.

— Vous avez de la chance, déclara-t-elle. Moi, je me trouvais ici, à mon bureau. Justement aujourd'hui j'étais revenue plus tôt que d'habitude, après le déjeuner. D'ordinaire, je suis la dernière à rentrer, vous le savez. Mais c'est moi qui ai été obligée d'aller les chercher...

Elle remit son mouchoir contre sa figure, sans pleurer cette fois. Plutôt comme si elle avait mal au cœur.

— Monsieur Ponds, dit-elle d'une voix sourde. Il s'est suicidé, là !

En face d'elle, Marshall se penchait sur le bureau, les paumes à plat sur les coins. En entendant cela, sa tête descendit d'un cran, une plongée brusque, comme sous l'effet d'une émotion violente. Mais le soulagement peut produire un geste semblable.

— J'ai entendu le bruit à travers la porte. J'ai pensé

que c'était la ficelle d'un store qui avait craqué et que le store était tombé. C'est déjà arrivé, vous vous rappelez ? Tout de suite après, on a téléphoné et j'ai répondu machinalement. J'ai entendu sa voix. Elle était calme. Il m'a dit : « Helen, appelez la police ! » Exactement du même ton que pour me demander une fiche ou un dossier. Je lui ai demandé : « Qu'est-ce qu'il y a, monsieur Ponds ? Ce bruit, c'était dans votre bureau ? » Il m'a répondu : « Ne bougez pas, Helen ! Quand ils seront arrivés, dites-leur de venir dans mon bureau, mais vous, restez où vous êtes. » Le temps d'être là, il était mort...

Marshall ne répondit rien, pas un mot.

— A cause de Wise ! chuchota-t-elle, les yeux horrifiés.

Marshall ne dit rien, pas un mot.

— Ce n'était pas un employé, comme nous, continua Helen. C'était un détective, paraît-il. Un détective privé.

Marshall regarda posément les interstices du plancher, les paumes à plat sur le bureau.

— Il avait disparu depuis la nuit dernière. On l'a retrouvé ce matin à neuf heures, au fond d'un ravin, à mi-chemin entre ici et l'endroit où votre soirée avait lieu. Il était mort, la tête écrasée sous un gros rocher. C'est sa voiture vide qui a attiré l'attention. Elle avait été abandonnée pas bien loin de là, sur la route. J'ai entendu les policiers en parler. Ils ne savaient pas s'il avait glissé et perdu l'équilibre, dans l'obscurité, et en tombant, détaché un rocher qui lui aurait roulé dessus, ou s'il avait été poussé dans le ravin et qu'un gros bloc avait été volontairement jeté sur lui.

— Mais... Ponds, qu'est-ce qu'il vient faire là-dedans ?

— C'est sur lui que Wise enquêtait. Peut-être qu'il a détourné des fonds. Un client, ou le bureau central a dû avoir des soupçons... Mais ça m'est bien égal ! Pauvre M. Ponds ! ajouta-t-elle avec une loyauté fidèle. Je l'ai connu quand j'avais dix-sept ans. J'ai travaillé pour lui depuis dix ans... Chut!... dit-elle brusquement pour l'avertir, en tournant la tête.

Un policier en civil, un de ceux qui étaient déjà venus le matin, sortait du bureau de Ponds et s'approchait.

— On vous a défendu de parler de cette affaire, mademoiselle! reprocha-t-il à Helen.

Il se tourna vers Marshall :

— Votre nom? lui demanda-t-il.

— Prescott Marshall.

— Asseyez-vous là-bas, s'il vous plaît. Et pas de bavardages! Nous pourrons avoir besoin de vous interroger, tout à l'heure.

Marshall prit place à son bureau, mais son attitude n'avait rien de comparable avec celle de la matinée, ou de la salle d'attente, à la gare.

Il était détendu, calme, parfaitement à l'aise. Il s'amusait à faire rouler sur son bureau un bout de crayon. D'une chiquenaude légère, gravement, paisiblement, il l'envoyait et le renvoyait d'un bord à l'autre du bureau. Avec une patience en apparence inépuisable, illimitée.

XXV

Sorenson ne tint pas parole.

Ils étaient en train de dîner lorsqu'on sonna à la porte. Sans réfléchir, il la laissa se lever pour ouvrir.

L'angoisse, quand elle reparut, se lisait sur ses traits. Jamais encore il ne lui avait vu une telle expression. Elle avait un air frappé, comme lorsque les murs de la maison s'écroulent autour de vous. Comme lorsque le toit vous dégringole sur la tête. Comme lorsqu'on apprend brusquement que l'on n'a plus de chez soi.

— Qui était-ce ? demanda-t-il.

— Un jeune couple, répondit-elle, le souffle court, la figure couleur de craie. Sorenson était avec eux. Il voulait... il les amenait visiter l'appartement...

Il plia sa serviette avec un soin méticuleux, en quatre puis en huit, bien serré. Comme s'il y avait une importance capitale à ce que les plis soient bien égaux.

— C'est moi qui le lui ai dit. Nous partons... Nous allons à San Francisco.

Son angoisse ne diminua pas. Le concierge, à la porte, n'y était pour rien, il le savait. C'est ce qu'annonçait cette visite qui effrayait Marjorie.

Elle n'avait pas encore repris haleine. Pourtant, elle n'avait pas couru, ne s'était pas dépêchée. Elle n'avait fait qu'aller à la porte et revenir.

— Mais pourquoi ça ? Pourquoi ?... pourquoi ?...

— Oh ! je ne sais pas ! répondit-il d'une voix traînante, en dessinant sur la nappe, de la pointe de sa fourchette, un invisible diagramme.

— Mais il faudrait pourtant que tu le saches ! répliqua-t-elle vertement. C'est absolument indispensable, pour toi autant que pour moi !

— Eh bien... heu... c'est assez difficile à dire...

— Il faut bien que tu le dises, pourtant !

— Assieds-toi...

— Non !

Elle resta debout, se cramponnant au dossier de sa chaise, l'écoutant avec une attention qui la faisait légèrement ployer en avant.

— Maintenant que Ponds est mort, ce ne sera plus la même chose. Pourquoi rester ici ?

— Mais il sera remplacé. La firme ne va pas être dissoute. Et les autres ne partent pas, eux !

— Je sais. Mais Ponds a dilapidé de grosses sommes. Pour autant qu'on en sache, il peut très bien y avoir une liquidation. Ou une réduction du personnel. Pourquoi attendre ?

Elle ouvrit une main, puis la referma sur le dossier de la chaise.

— Et pourquoi ne pas attendre, voir ce qui va arriver ? Rien ne s'est encore produit et chaque semaine de salaire, c'est autant de gagné. D'accord, nous partirons s'il le faut, mais pourquoi avant ?

— J'en ai assez d'être ici. J'ai envie d'aller ailleurs.

— Mais tu n'es plus un gosse. Tu es marié. Tu as une femme, une maison. Tu ne peux quand même pas... partir comme ça, tranquillement, chaque fois que tu as assez d'être quelque part !

— Moi, c'est comme ça que je suis ! déclara-t-il d'un ton absent.

Son petit dessin parut requérir un trait plus appuyé. Il saisit son couteau.

— Oui, c'est bien vrai ! répondit-elle, lui laissant le soin de comprendre par lui-même l'allusion.

Il ne répondit pas à cela et poursuivit :

— Tous les jeunes mariés se déplacent, les premiers temps de leur mariage. Comme nous ! Quelques-uns beaucoup, d'autres moins. Cela ne tire pas à conséquence. Quel mal y a-t-il à ça ?

— Non ! dit-elle d'un ton ferme en faisant claquer ses doigts pour appuyer sa phrase. Précisément non ! Pas comme nous. Pas brusquement, sans avertissement, sans raison, du jour au lendemain ! Tel jour, rien de spécial, pas mention de ça. Le lendemain, les bagages sont faits, en route !... en voiture ! Les réfugiés de Belgique et du nord de la France n'ont pas dû faire autrement en 1914. Mais nous ne sommes pas en guerre, nous ! Pourquoi ferions-nous comme eux ?

— Quelquefois, c'est important de changer, pour améliorer sa situation, dit-il imprudemment.

— Non, répliqua-t-elle, cela ne tient pas debout. A New York, tu te faisais cinquante-cinq dollars par semaine, et au bout de peu de temps mon père t'aurait donné la possibilité de prendre une charge d'agent de change à toi. Il te l'avait dit lui-même. Au lieu de ça, tu n'y es jamais revenu. Pas même pour me laisser faire mes bagages. Tu es venu ici, avec quarante-cinq dollars par semaine. Un an plus tard, tu avais cinquante, mais c'était toujours cinq dollars de moins qu'à New York. Maintenant, tu veux aller ailleurs, où tu ne trouveras pas tout de suite du travail, où tu devras attendre plusieurs semaines probablement avant de mettre la main sur quelque chose. Tu appelles ça de l'avancement ?... une amélioration ?

Impossible de répondre à cela.

— Regarde dans quel état tu te mets ! biaisa-t-il. Et juste après avoir mangé, encore ! Tu vas te rendre malade. Allons, assieds-toi. Bois un verre d'eau...

Elle se cramponnait toujours avec entêtement à sa chaise, comme à une grille infranchissable qu'il aurait dressée entre elle et lui et qui le mettait hors de son atteinte.

— Non, dit-elle avec lassitude, je ne m'assoirai pas. J'ai trop souvent cédé déjà. Quand tu me diras ce que j'ai le droit de savoir, alors je m'assoirai de nouveau à côté de toi.

— Mais que veux-tu que je te dise ? Nous allons à San Francisco. Il n'y a pas de raison particulière. Que veux-tu savoir de plus ?

Marjorie resta debout.

— Sois loyal avec moi, Press. Je l'ai toujours été avec toi.

— Mais en quoi suis-je déloyal ?

— Tu appelles ça de la loyauté, ce que tu fais en ce moment ?

Enfin, elle lâcha la chaise, mais ce ne fut que pour traverser la pièce. Elle lui tourna le dos.

Il se passa la main sur les yeux, l'air désespéré.

— Cette discussion ne nous mène nulle part. Nous y passerons la nuit...

Elle ne répondit pas. Elle tenait un rideau entre ses doigts et le faisait glisser sur sa tringle, feignant d'en examiner chaque pli, l'un après l'autre.

— Tout ce que je peux faire, dit-il, c'est te répéter ce que je t'ai déjà dit. J'ai pensé qu'il y aurait plus de possibilités pour moi à San Francisco. Je... je pensais y trouver certains avantages. Je suis fatigué de vivre ici, je sens que je m'y encroûte. Je... j'ai envie de tenter ma chance ailleurs, voilà tout.

— Et tu t'y décides, sans crier gare, un jeudi, à sept heures du soir! Lundi, mardi, mercredi, tu n'en souffles pas un mot. Ce matin encore, du reste. Tu payes la note d'électricité sans demander qu'on arrête le courant. Tu as même demandé à Sorenson qu'on change l'évier parce que le nôtre fuit. Pourquoi? Pour les deux ou trois jours qui nous restaient à passer ici?

Elle revint à sa chaise, et posa les avant-bras sur le bord du dossier, les mains jointes avec une sorte d'amère résignation.

— Qu'est-ce qui t'a pris, tout d'un coup?

Il regardait la table, devant lui. Elle ajouta :

— Dis-moi la vérité, ou alors, ne me dis rien, ça vaudra mieux.

« Comment le pourrais-je? » allégua-t-il en silence, tristement.

Elle secoua la tête, et poursuivit :

— Veux-tu que je te dise? Il y a quelque chose entre nous qui ne marche pas.

« Dieu! Nous y voilà! cria-t-il en lui-même. Tu finis toi-même par t'en rendre compte! »

— Je ne sais pas ce que c'est, mais je sais que c'est une chose néfaste, qui nous fait souffrir tous les deux. Tant de fois, je l'ai sentie et niée en moi-même, en m'enfouissant la tête dans le sable, comme l'autruche. Mais ce soir, je veux savoir. Je veux regarder cette chose-là en face, pour la première fois.

Il baissa un peu plus la tête, comme si on lui appliquait un poids sur la nuque.

— D'ailleurs, qu'est-ce que j'ai à perdre? continua-t-elle. Il me reste si peu de chose! Si peu, vraiment.

Oui, ce soir, pendant que nous y sommes, je veux faire les comptes. Et qu'est-ce que je trouve, au total ?

Il ferma les yeux.

— Est-ce vraiment tout ce que je dois jamais avoir ? Cette vie étriquée, ce fantôme de vie, ce néant ? Crois-tu que ce soit cela que j'attendais du mariage ? Je ne parle pas de l'argent, je me moque de ne pas en avoir. Je n'en ai pas souffert un seul jour, depuis que nous sommes mariés ! Mais il devrait y avoir entre nous au moins des racines, des bases. Nous devrions être en train de construire quelque chose et je devrais sentir que je t'y aide. C'est la seule idée qui pourrait m'aider à supporter toutes ces journées artistes et solitaires. Mais dès que je réussis à démarrer tant soit peu, tu viens par-derrière et tu démolis tout ce que j'ai fait, et toutes mes tristes journées sont perdues. Voilà maintenant que tu veux m'emmener ailleurs, pour que j'y reconstruise quelque chose, qu'ensuite tu détruiras. Et je n'ai rien. Rien. Tu ne me laisses rien !...

Un sanglot s'étrangla dans sa gorge, mais elle n'eut pas une larme.

Ce n'était pas une tirade. Elle parlait à voix basse, d'un ton amorti, comme si elle se parlait à elle toute seule. Ce qui n'en était que plus poignant.

— Tu m'as séparée de mes parents. La femme doit suivre son mari, c'est certain, et je le désirais sincèrement. C'est une des lois du mariage. Mais tu en as fait un exil permanent, tu m'as complètement isolée d'eux. Entre-temps, pas la moindre petite visite, pour adoucir l'épreuve de cette séparation, pendant que maman était encore là ; et pourtant, cela lui aurait fait tant de plaisir ! Tu m'as tenue éloignée d'elle et maintenant, elle est morte. Jamais plus je ne la reverrai. Elle est morte avant que j'aie pu la revoir vivante une dernière fois. En réalité, pour moi, elle est morte le jour où je me suis mariée. Et ce n'est pas juste, parce que j'aimais maman.

« Tu m'as pris quelque chose de plus, Press, à

laquelle j'avais droit. Inutile de préciser, n'est-ce pas ? Nous savons tous deux de quoi il s'agit. Encore un visage que je ne verrai jamais... »

Dans ses yeux brillants, se lisait un lourd reproche, et sa voix devint plus grave :

— Qui es-tu donc, mon Dieu ? De quel droit m'avoir infligé cela ?

— Non, je t'en prie !... chuchota-t-il en inclinant sa tête de côté d'un geste convulsif, comme si son oreille, du côté où Marjorie se trouvait, le faisait tout à coup atrocement souffrir.

— Non ?... Facile à dire ! Je ne te l'ai jamais dit, moi, et pourtant je souffrais peut-être autant que tu souffres, toi, en ce moment ! Une douleur que tu m'infligeais volontairement. Je t'ai trop souvent cédé, Press. Et si moi, je t'avais dit « non », aurais-tu eu pitié de moi ? Ce « non » me rendra-t-il ma mère ?... et le bébé que je pourrais en ce moment tenir dans mes bras ? Sera-t-il capable de me rendre ces années qui auraient pu être si belles, si heureuses, si comblées, à New York, et qui ont été gaspillées et empoisonnées ? Ces premières années de notre mariage !... Tu as pulvérisé tous mes rêves, toutes mes illusions. J'ai l'impression de les entendre craquer sous tes souliers quand tu t'approches de moi.

L'épisode de la salle de bains, chez les Wise, lui revint à l'esprit, et il songea que rien de ce qu'elle lui reprochait n'était faux ni injuste.

Elle l'avait rejoint, rattrapé. Autrefois, dans l'amour. Aujourd'hui dans la tristesse et le désespoir.

— La vie, à elle seule, ne peut faire tout le mal que tu m'as fait. Elle n'a pas cette cruauté, qui est tienne. La vie peut vous déposséder de certaines choses, mais du moins elle vous en apporte d'autres en échange. Elle offre toujours une compensation quelconque. Si elle vous prend vos illusions de jeunesse, elle vous donne à la place la fortune, par exemple. Si elle vous refuse la fortune, elle vous donne peut-être l'amour. Et si elle vous le refuse, alors, elle vous laisse au moins tranquille dans votre petit coin, avec le même paysage à vos fenêtres, les mêmes figures familières autour de vous, qui vous aident à supporter la fuite des jours. Même les plus déshérités, ceux qui logent dans les taudis les plus sordides de la Première ou de la Deuxième Avenue, conservent leurs toits. Personne ne vient les en déposséder. Ils sont chez eux et ils y restent. Tout le monde a quelque chose. Personne n'est totalement démuni... Personne, sauf moi...

Il cacha brusquement sa figure entre ses mains jointes.

Elle leva sur lui des yeux secs et tristes, des yeux qui ne pouvaient plus pleurer. Elle continua :

— Ce n'est pas une réponse. Pour une petite larme que tu verses, moi j'ai pleuré pendant un an. Tu vois, tu relèves déjà la tête, tu allumes une cigarette... C'est fini ! Tes yeux brillent encore un peu... Ça y est, tes larmes ont séché ! Qu'elles ont peu duré, ces larmes qu'une cigarette suffit à sécher ! Je voudrais pouvoir en faire autant...

— Faut-il que je t'aime, dit-il tristement, pour tant souffrir !

— Alors, imagine combien moi j'ai pu t'aimer !

— Tu ne m'aimes plus ?

— Je souffre, et on ne peut pas aimer et souffrir à la fois. C'est l'un ou l'autre. Je me demande parfois si tu n'es pas aveugle ? Peut-être ai-je trop bien joué mon rôle ?... me suis-je trop bien cachée ? Ne vois-tu pas ce que tu as fait ? Ne vois-tu pas en quel enfer tu as transformé notre ménage ?

Elle abandonna sa chaise, comme si cette chaise l'avait enfin vaincue : barrière qu'elle s'était montrée incapable de franchir.

— Moi, j'étais partie du fait que j'étais ta femme. Mais c'était faux. En réalité, je n'étais qu'une étrangère vivant sous ton toit, couchant dans ton lit. Prépare les valises, Marjorie ! Nous prenons le train de cinq heures et quart... Inutile d'en dire plus long à une étrangère, n'est-ce pas ? C'est tout ce qu'elle a besoin de connaître. Tu l'as déjà fait une fois. Une seconde fois, c'est trop !

Elle se dirigea vers la porte.

— Attends ! lui dit--il tranquillement.

Il tapota le bout incandescent de sa cigarette dans une soucoupe en porcelaine qui traînait sur la table. Machinalement, il comptait en lui-même chacun de ces petits coups, qui tombaient comme les grains d'un sablier, définitifs et irrévocables.

— Je vais te dire ce que tu veux savoir. Je vais tout t'expliquer.

Cela ne la fit pas revenir d'un pas.

— Attends-moi. Je ne serai pas long.

Elle le vit repousser sa chaise et se diriger vers la porte opposée.

— Où vas-tu ?

— Je vais jusqu'au coin de la rue acheter une bouteille et je reviens. Ce que j'ai à te dire, je... je ne puis le dire comme ça, à froid.

— Alors, il te faut maintenant de l'alcool pour me parler à cœur ouvert ? murmura-t-elle. Comme nous devons être proches l'un de l'autre !

La porte de la rue claqua sur lui.

XXVI

Il était dans la cuisine, seul, à califourchon sur une chaise, le corps affaissé, le regard morne, et il buvait avec l'air d'ingurgiter la plus amère des médecines. Etreignant son verre à le briser, grimaçant d'une répulsion où le goût n'était pour rien, s'obligeant à avaler l'alcool gorgée par gorgée, jusqu'à ce que son verre fût vide. C'est l'alcool qui raconterait l'histoire à sa place et serait l'instrument de la réconciliation.

Il s'arrêta au bout de trois verres. Il prit alors la bouteille, la vida dans l'évier et la posa à terre avec un tintement et une légère oscillation.

Il rejoignit Marjorie dans la chambre. Il ne s'inquiéta pas de savoir si elle dormait. Après ce qui venait de se passer, il savait que c'était impossible.

— Maintenant, Marjorie, déclara-t-il d'une voix ferme, je vais tout te dire.

Elle ne lui répondit pas.

Il referma la porte de la chambre, supprimant encore la pâle lueur qui eût pu encore filtrer de l'extérieur. Alors, seul avec elle dans les ténèbres, il chercha le fauteuil, celui qui se trouvait dans le coin le plus éloigné de la pièce, loin d'elle, loin de leur lit, et s'y laissa tomber avec le manque d'assurance pénible de l'accusé en face du tribunal qui tient son destin entre ses mains, lorsqu'il vient lui dire les mots suprêmes, avant le verdict.

XXVII

Les teintes opalines qui annonçaient l'aube, des traînées gris nacre et blanc laiteux, tachetées de rouge sang, de rose et d'écarlate, envahirent peu à peu la pièce et les retrouva tels que la nuit les avait laissés. Lui, dans le fauteuil, à un bout de la chambre. Elle, pelotonnée dans son lit, les paupières closes.

Tous deux inertes. Tous deux les yeux fermés. Pourtant, ne dormant ni l'un ni l'autre, chacun percevant terriblement la présence de l'autre, à leur briser les nerfs.

« Elle ne m'a pas dit de venir auprès d'elle. J'ai passé la nuit à attendre ce mot qui n'est jamais venu.

J'aurais pu, j'aurais dû... Mais j'avais besoin de ce mot, en signe de pardon, de compréhension, tout au moins... Ce mot unique qu'elle n'a pas voulu dire !

« Elle n'a pas ouvert la bouche lorsque, ce terrible aveu achevé, je me suis tu. Comme si elle n'avait rien entendu. Je suis pourtant sûr qu'elle n'en a pas perdu un mot. Je l'ai deviné à sa respiration. Accélérée à certains moments, ralentie à certains autres, parfois complètement suspendue. Puis reprenant, mais comme le souffle d'un grand blessé qui lutte pour la vie...

« Inutile, maintenant, de lui parler. Il est trop tard, le moment du pardon est passé. Quel avantage aurais-je à crier son nom, maintenant ?

« Je vais la laisser seule. Le temps qu'elle se reprenne. Peut-être à mon retour, sa peur sera-t-elle calmée, son amertume adoucie. Son horreur pour moi amoindrie.

« Alors seulement je dirai son nom, et elle dira le mien, et nous nous retrouverons dans les bras l'un de l'autre. Comme avant. »

Il se mit péniblement debout, le corps engourdi et glacé. Il fit d'abord jouer ses jambes, avant d'ouvrir les paupières, tenues fermées depuis si longtemps. Il réunit ses affaires, les entassa sur un bras et les emporta avec lui, pour achever de s'habiller hors de la chambre. Il quitta la pièce sans lui accorder un coup d'œil. Il savait qu'elle n'ouvrirait pas les yeux, qu'elle ne bougerait pas. Mais il était certain qu'elle avait conscience de son départ.

Avant de partir de chez lui, il prit une feuille de papier et lui griffonna un message qu'il déposa bien en vue sur la table.

Marjorie, nous partons cet après-midi à San Francisco par le train de cinq heures. Prépare les bagages. Je serai de retour à quatre heures, au plus tard. Press.

Il prit ensuite son chapeau et sortit.

XXVIII

Il fit tourner la clé et ouvrit largement la porte. La première chose qu'il vit, dans le vestibule, ce fut leurs trois valises. Celles de Marjorie, la plus grande, accompagnée d'une toute petite qu'elle utilisait également, et la sienne à lui, bouclée, toute prête, avec son pardessus soigneusement plié, dont en cette saison il ne se servait pas.

Et quand il s'avança dans la pièce qui avait été jusque-là leur petit salon et qui n'était plus maintenant qu'un banal petit salon d'un appartement anonyme, il remarqua du premier coup d'œil que les quelques accessoires qui leur appartenaient et ne faisaient pas partie du mobilier avaient été enlevés et avaient disparu. Ces petites choses qui donnaient à la pièce toute sa saveur, qui permettaient de dire : « C'est Marjorie et Press qui habitent là et personne d'autre. Cette pièce est bien à eux. » Les rideaux des fenêtres, style « chalet suisse », pas bien luxueux, un peu passés, mais toujours pimpants et nets. Un chemin de table, pour masquer et agrémenter le vide de la table. Un châle mexicain de petite taille, cloué à plat sur le mur à la façon d'une tapisserie en réduction, rayé de couleurs vives, émeraude, fuchsia et orange. Ce bol bas, évasé, à l'émail d'un vert profond, qu'il avait déniché un jour et lui servait de cendrier, dont il ne se séparait plus. C'était peu de chose, mais essentiel. Il ne restait que des meubles massifs, style « mission américaine » et un tapis indéfinissable. La pièce ne leur appartenait plus.

Il fut satisfait, sans toutefois être exagérément surpris. Il n'avait jamais vraiment douté qu'elle suivrait son ordre. En dehors du fait qu'elle était maintenant au courant, qu'est-ce qui aurait pu la retenir, dans cet appartement ?

Il l'appela, comme il se l'était promis :

— Marjorie ?...

Et elle répondit à son appel, comme il l'avait supposé :

— Press ? J'arrive !

Exactement comme si la confession de la veille n'avait pas eu lieu. Comme si cette nuit-là n'avait pas existé. Comme si aujourd'hui faisait suite à hier...

Elle sortit de la chambre à coucher un instant après, le chapeau déjà sur la tête, son sac à main sous le bras, s'efforçant d'enfiler ses gants.

— Ça y est ! dit-elle, et ses yeux se posèrent sur lui un moment, sans aucune gêne, sans même un souvenir de gêne, puis se reportèrent sur les boutons de ses gants.

— Les bagages sont finis ! Tout y est, sauf ceci.

Elle pointa l'index vers le phono portatif, le petit Victrola. Il n'avait pas servi depuis cette soirée où il avait joué sans relâche *Bonjour Frisco.*

— Tu as oublié de me dire ce que tu comptais en faire...

— Tiens, je l'avais complètement oublié, moi aussi ! admit-il. Il est resté si longtemps dans un coin...

— La femme du concierge — qui était ici il y a un instant — en cherche un depuis très longtemps. Elle m'a dit qu'elle en parlerait à son mari. Nous pourrions en tirer quelque chose.

— Bah ! Fais-leur en donc cadeau ! dit-il avec un geste de la main. De toute façon, cela nous embarrasserait trop.

Il se détourna de l'objet. Il étendit les bras dans sa direction, comme une invite directe, et elle ne vit pas ses mains tendues, bien qu'elle le regardât en face.

— Press ! dit-elle sans bouger d'une ligne, je ne t'accompagne pas à San Francisco. Je vais à New York. Oui, nous partons tous les deux, mais nous ne prenons pas la même direction...

TROISIÈME PARTIE

RETOUR À NEW YORK

I

Marjorie était de nouveau à la dernière mode, comme en 1914, quand Press l'avait rencontrée. Elle portait un manteau très analogue à celui qu'elle avait à cette époque, compte tenu des changements qu'un an et demi peut apporter dans la mode. Le tissu en était vert bouteille, garni d'un collet de renard doré, serré au menton. Sur la tête, une toque assortie, ornée sur le devant d'une aigrette noire, toute droite, rappelant un turban de prince oriental. Elle tenait un manchon si minuscule qu'il semblait impossible d'y fourrer les deux mains à la fois. Ses bottines étaient vernies, avec la tige en chevreau couleur champagne, garnie de boutons noirs de jais.

De nouveau New-Yorkaise. C'était écrit sur elle. Elle en portait le cachet, imprécis et pourtant si net que seules deux villes au monde sont capables de donner à une femme, ce lustre, cet éclat qui permettent d'affirmer : une Parisienne, une New-Yorkaise, sans que l'on puisse préciser exactement pourquoi.

Elle se trouvait chez elle, dans le grand salon de la Soixante-dix-neuvième Rue. La grande porte du fond, à double battant, était fermée, de façon à apporter une certaine intimité. Marjorie arpentait la pièce rectangulaire dans le sens de la largeur, comme on fait au cours d'une discussion sérieuse, lorsque l'esprit se concentre, pesant soigneusement chaque réplique.

Lui était assis, la figure grave. Il levait les yeux sur

elle de temps à autre, tapotant le bras de son fauteuil avec la monture de ses lunettes, à petits coups discrets, inquiets.

La conversation durait depuis un certain temps. Elle avait débuté par un simple petit bonjour en passant, un coup d'œil entre deux portes, au moment où elle allait sortir. Mais quels qu'eussent été ses projets primitifs, Marjorie les avait maintenant perdus de vue. C'était cette conversation qui était devenue essentielle et non plus sa promenade. Pareille interversion dans l'ordre des facteurs est monnaie courante.

— En somme, c'est plus ou moins une séparation ?

— Je ne sais que te dire, papa. Il n'est pas avec moi, voilà le fait. N'est-ce pas plus ou moins une séparation, chaque fois qu'une femme revient chez elle sans son mari ?

— En un sens, c'est exact, répondit-il d'un ton doctoral, lorsqu'elle entend par « chez elle » la maison où elle est venue sans lui, et qu'elle désigne sous le vocable « d'habitation » celle où il est resté sans elle. Ce que tu as fait d'ailleurs jusqu'ici.

Elle soupira avec lassitude.

— Papa, ne joue pas au juriste, je t'en supplie !

— Je ne fais que jouer mon rôle de père, Marjorie ! répliqua-t-il tristement.

Les lunettes se remirent à tapoter, les bottines étincelèrent plus que jamais sur le parquet.

— Que me caches-tu, Marjorie ?

De nouveau, elle soupira, cette fois sans protester, comme si c'eût été peine inutile.

— Tu as été élevée, tu as grandi sous ce toit, Marjorie. Je t'assure que je connais bien cette mine que tu me fais : « J'ai cassé ma poupée », disais-tu... Connu aussi ce tremblement du menton : « Je suis tombée avec mes patins à roulettes et je me suis écorché le genou. » Et dans les yeux, cette expression blessée du « Oh ! il y avait à la soirée d'hier un jeune homme tout ce qu'il y a de chic, d'au moins dix-neuf ans et une grande fille de dix-huit ans est venue me le souffler. Il me trouvait sans doute trop jeune pour lui. » Marjorie, je ne peux plus, maintenant, t'acheter une autre poupée, ou te donner une brillante petite pièce de cinquante cents pour te faire oublier tes écorchures, ni te faire cadeau d'une robe neuve, de façon qu'à la prochaine soirée ton fameux jeune homme ne te lâche plus d'une semelle... C'est fini, tout ça. Le temps en est révolu... Mais, du moins, il me reste encore ceci, et je l'aurai toujours, jusqu'au bout !...

Les lunettes tombèrent sur le parquet. Il tendit les mains à Marjorie, l'invitant à venir se faire consoler entre ses bras, comme autrefois.

— Personne ne pourra jamais m'empêcher de faire ça...

Les lèvres de Marjorie frémirent. D'un mouvement instinctif, elle s'avança vers lui, vers le refuge qu'il lui offrait. Puis, elle se retint et détourna la tête pour ne plus voir cette lueur de chaude tendresse qui brillait dans les yeux de son père et l'attirait comme un phare.

— Non, murmura-t-elle en se raidissant, je connais trop bien cette place. Pas d'attendrissement, ce serait ridicule. Il faut que tu m'aides, au contraire.

— Est-ce ridicule d'ouvrir son cœur à son papa ? lui reprocha-t-il affectueusement.

Lentement, presque malgré elle, à pas chancelants, elle s'approcha. En certains moments, il faut bien se reposer sur quelqu'un. Personne ne peut rester totalement seul.

— Tu ne serais pas Marjorie si tu n'étais plus orgueilleuse et loyale. Reste-le pour les étrangers, à la face du monde. Mais es-tu devant un étranger, en ce moment ?

Elle était entre ses bras, maintenant. Il les referma sur elle, paternellement.

— Que t'a-t-il fait ? demanda-t-il.

— Rien papa... rien !...

Blottie dans ce refuge, elle sentit aussitôt les sanglots

jaillir, balayant ses résolutions de courage et de fermeté comme un fétu de paille dans un torrent. Elle se cacha la figure contre sa poitrine. Il lui caressait doucement les cheveux, la serrait contre lui sans rien dire, jusqu'à ce que les sanglots se calment d'eux-mêmes.

— Parle... je te jure que je comprendrai tout ! Ne garde pas ça sur le cœur, ma petite fille ! Je me charge de comprendre pour vous deux. Je t'aiderai, et lui aussi. Je vous aiderai tous les deux. Je suis vieux, moi... Vas-y, parle ! Que je panse ton genou écorché, comme quand tu étais petite, tu te rappelles ?

— Impossible, papa ! dit-elle avec un petit gémissement, en frottant sa joue contre la poitrine paternelle. Si tu savais ! Tu ne peux pas... tu ne peux pas ! C'est impossible, tu ne pourras jamais comprendre ça. Tu ne peux pas l'aider...

— Est-ce donc si terrible, si nouveau ? répliqua-t-il. Un jeune homme et une jeune femme ! Entièrement différents sans doute du jeune homme que je fus, de la jeune femme que fut ta mère, il n'y a pas si longtemps, après tout. Les mêmes cheveux soyeux sous mes doigts, la même tête agitée des mêmes sanglots, et les mêmes mots, que l'on dit depuis un millier d'années seulement : ne pleure plus... ne pleure plus, voyons ! Evidemment, tout est changé, complètement changé !

Et avec un sourire tendrement ironique, il l'embrassa sur le front.

— Voyons un peu. Est-ce qu'il boit ?

— Non, je ne l'ai jamais vu ivre. Pas une fois.

— Bon ! Aurait-il une autre femme, d'autres femmes ?

— Non, non !... Jamais une autre femme que moi n'a compté pour lui. Jamais !

Cette main, qui caressait ces cheveux, suspendit son mouvement, comme s'arrête un balancier d'horloge, graduellement.

— Au lieu de me rassurer, déclara-t-il lentement,

cela m'inquiète doublement. Je te connais trop pour me douter qu'il ne s'agit pas d'un caprice. En d'autres termes, au lieu d'être moins grave que ce que je viens de te suggérer, cela doit être au contraire plus sérieux. Mais qu'est-ce que ça peut être ?

Elle tenta de s'échapper de ses bras, réalisant que sa dernière ligne de défense était tombée, se débattant un peu, essayant de s'esquiver.

— Papa, il faut vraiment que je m'en aille. J'ai promis d'aller voir Caroline...

Il ne desserra pas son étreinte.

— Marjorie, tu ne sortiras pas de cette pièce tant que tu ne m'auras pas expliqué pourquoi tu as quitté ton mari !

Elle se recroquevilla entre ses bras, comme si cet ultime sursaut pour garder son secret, avait eu brusquement raison de ses dernières forces de volonté. Elle ne résista plus.

Quand elle parla, ce fut à voix basse, comme suffoquée de sa propre horreur.

— Papa... c'est un assassin. Il a tué une femme, ici, à New York, le jour même de notre mariage. Moins... moins d'une heure avant la cérémonie. Papa... j'ai vécu pendant près de deux ans avec un homme recherché par la police, un criminel en fuite. Je ne l'ai su que la veille de mon départ...

Il haleta :

— Tu es sûre ? souffla-t-il. Tu es sûre de ce que tu dis là ?

— C'est lui-même qui me l'a avoué, dans l'obscurité de notre chambre, la veille de mon départ. Il s'est forcé à boire du whisky et il m'a tout raconté. Il avait éteint les lumières. Il ne voulait pas que je puisse le voir. Pourquoi n'aurait-il pas dit la vérité ?

— Et le sait-on ?

— La police est au courant, mais ignore qui l'a commis.

— Mon Dieu ! s'écria-t-il amèrement. Dire que tu pourrais avoir un enfant de cet...

— Il n'a pas voulu, dit-elle à bout de forces en s'accrochant lourdement à lui. Il n'a pas voulu. Il m'a menée chez un docteur qui...

— Je t'en supplie, Marjorie, assez !...

Lui-même se tenait la tête à deux mains à ce moment.

— Je ne peux pas en entendre davantage. Pas tout à la fois ! Mon Dieu ! Cette petite fille, que je voulais si heureuse ! Cette jolie et claire petite fille ! J'ai l'impression de la voir, sous mes yeux, sortir d'une bouche d'égout, couverte d'ignobles ordures...

— Que faire ? gémit-elle. Conseille-moi, papa. Tu sais quelle confiance j'ai en toi. Je t'écouterai aveuglément. Dis-moi ce qu'il faut faire.

— J'aurais pu lui pardonner... dit-il d'un air sombre. Non, pas lui pardonner, c'est impossible, mais j'aurais pu me l'expliquer, je l'aurais essayé, si cela était arrivé après le mariage. Ce sont de ces tragédies comme il en arrive parfois, absolument imprévisibles, voulues par la Providence. Mais cela s'est passé avant ! Il avait déjà commis ce crime, et il le savait. Il avait du sang sur les mains et néanmoins, de sang-froid, d'une façon criminelle, bestiale, il a osé s'approcher de toi, se tenir à tes côtés et t'épouser. Moins d'une heure après, mon Dieu !

Elle porta les mains à ses oreilles, pour les boucher.

— Non, ma petite fille ! la victime n'était pas seulement cette jeune femme inconnue, c'était également toi, avec tes espoirs et ton droit au bonheur. C'est tout cela qu'il a tué. En réalité, c'est toi...

— Aide-moi, papa, je t'en supplie !...

— Tu avais raison, tout à l'heure. Je ne puis rien pour lui. Mais toi, je peux encore t'aider. Il n'est pas trop tard. Il doit payer, pour ces deux meurtres. Celui de cette inconnue, et celui de ma fille...

Marjorie nicha sa tête secouée de sanglots contre la poitrine de son père. Celui-ci, d'une main, lui caressa doucement les cheveux, et il avança l'autre vers le téléphone, décrocha l'appareil et dit d'une voix ferme, inflexible, dure comme du granit :

— Allô !... Passez-moi la police, s'il vous plaît ! Allô ? Ici, Barclay Worth... J'habite Soixante-dix-neuvième Rue Est, numéro 19... Oui, c'est ça ! J'ai une information confidentielle à donner à la police. Pourriez-vous envoyer un inspecteur chez moi, s'il vous plaît ? De quelle nature ?... Il s'agit d'un meurtre...

....

— Non !... hurla sauvagement Marshall. Marjorie, empêche-le ! Ne vois-tu pas ce qu'il fait ? Empêche-le, Marjorie ! Non !... NON !...

Et, se dressant de toute sa hauteur, il lança la bouteille qui se trouvait devant lui à travers la pièce, en direction de son beau-père, pour l'assommer, lui faire lâcher le téléphone. Essayant de l'atteindre... de cette lontaine ville de province jusqu'à New York...

La bouteille s'écrasa contre le mur et, comme un liquide corrosif, son contenu sembla laver, dissoudre la scène qui s'était déroulée sous ses yeux. Le décor s'effrita dans tous les sens, en un cercle béant qui grandit lentement. Révélant derrière lui un autre décor, qui n'avait pas cessé d'exister et qui, maintenant, à ce signal, reprenait vie. Une vie un instant figée, qui soudain se dégelait et ruisselait de toutes parts.

— Maintenant, ça suffit, hein ! beugla un garçon en fonçant sur lui tête baissée, dans un nuage de sciure de bois, son tablier claquant contre ses cuisses.

Un consommateur bondit de sa chaise et prit Marshall à revers.

— Vous en faites pas, je vais vous donner un coup de main, moi ! haleta-t-il.

Un autre, quelque part derrière, s'élança également.

Malmené, rudoyé, on le poussa violemment d'un mur à l'autre vers la porte, comme on ferait rouler une barrique.

Un homme, assis contre le mur d'en face, restait immobile, droit sur son siège, livide, flageolant, les yeux écarquillés en boules de loto, les deux épaules saupoudrées d'éclats de verre, comme des pellicules vitrifiées. La muraille, un peu au-dessus de son épaule, transpirait à grosses gouttes qui dégoulinaient à partir d'une tache sombre, et s'arrêtaient à diverses hauteurs. Dessinant une sorte d'énorme araignée écrasée sur le plâtre.

Des voix surexcitées s'élevèrent de tous côtés.

— Vous avez vu ? Il l'a manqué d'un cheveu !

— Et sans la moindre raison. Tout d'un coup, comme ça...

— Allez-y, patron, fichez-le dehors ! Y a pas à hésiter... Tenez, voilà son chapeau !

Les deux battants de la porte, aux vitres d'une couleur laiteuse, claquèrent ensemble, coupant net le bruit. Marshall, environné de silence, s'étala par terre et son menton frappa le sol.

En tournant un peu la tête, il pouvait apercevoir une minable rangée d'ampoules électriques, avec quelques ratés donnant l'impression d'une bouche édentée, qui permettait de déchiffrer, en s'appliquant, l'enseigne : *Aux Montagnes Rocheuses. Café-Bar.*

Et là, dans le ruisseau, dans la boue et les eaux grasses, pustuleuses, il continuait à crier : « Non, Marjorie, empêche-le ! Non, non... » en scandant chaque mot d'un coup de poing sur le sol.

II

Au Churchill, le cabaret situé un peu au-dessous du carrefour où la Quarante-neuvième Rue croise Broadway, sur sa piste de danse étroite, la troupe des Hula Hawaian Girls, vêtues de feuillages, se retirait lentement en une farandole sinueuse, tressant d'imaginaires guirlandes de leurs bras souples dressés au-dessus de leurs têtes.

Cette année-là, Hawaii était à la grande mode dans les

spectacles et les revues. C'était la frénésie du moment. Après le départ des girls, l'orchestre enchaîna sur une explosive cacophonie destinée à faire danser le public.

L'espace minuscule fut instantanément submergé, et au bout d'une seconde, personne ne pouvait plus faire un mouvement, ce que du reste la danse du jour — le shimmy — n'exigeait pas. Les femmes secouaient en mesure les épaules et la poitrine, les messieurs se contentaient de faire du sur place en maintenant contre eux leur cavalière.

Elle et lui, cependant, demeurèrent à leur petite table. Une lampe électrique, garnie d'un petit abat-jour style intime, éclairait doucement leurs figures. La danse est l'apanage des gens heureux. Et ce n'était pas le bonheur qui mettait dans ses yeux cet éclat d'escarboucle.

Il approcha sa chaise, de façon à pouvoir se faire entendre, par-dessus le tintamarre des clochettes et le bramement des trompettes. Il lui emplit sa coupe de champagne.

— Est-ce que j'ai enfin une chance? Je ne puis m'empêcher de l'espérer, puisque vous voilà revenue, puisque vous voilà ici, en face de moi, à cette table.

— Autant être là, puisqu'il faut... de toute manière, je suis bien obligée d'être quelque part ! dit-elle d'un air désenchanté.

— Mais est-ce que j'ai une chance...

— Ne me demandez pas cela maintenant...

— Impossible de ne pas poser cette question, mais je ne vous demande pas de m'y répondre tout de suite. Je peux attendre. Le temps est mon allié.

Il lui versa du champagne.

— Je ne devrais pas boire autant, dit-elle. Je n'en ai pas l'habitude.

— Vous ne buvez pas tant que ça. Et après tout, qu'est-ce que ça peut vous faire? Vous êtes parmi des amis.

Cette dernière phrase la ravit.

— C'est vrai, je suis parmi des amis. Enfin! Vous n'imaginez pas ce que c'est bon à entendre. Etre parmi des amis ! Plus de soucis ni d'inquiétudes. Je me sens maintenant en sécurité. J'ai vécu dans une sorte de cauchemar... Mais le mauvais rêve est fini. Je suis réveillée... J'entends de la musique, et des rires. Et j'ai un ami en face de moi...

Elle leva son verre et le vida d'un trait, avec un petit frisson aussitôt réprimé.

— C'est tellement merveilleux de retrouver un ami véritable, si vous saviez !

Il but quelques gorgées et demanda, d'un ton amer :

— Que vous a-t-il fait ? Cette année vous a marquée. Oh ! cela n'a rien de physique ! C'est dans vos yeux que je le vois, dans le son de votre voix que je l'entends. Que s'est-il passé, là-bas ?

— Ne m'interrogez pas, je vous en prie ! Si je vous répondais, ce serait le champagne qui me ferait parler, pas moi. Et vous n'avez pas envie d'entendre le champagne, n'est-ce pas ?

— Si jamais il a touché à un seul cheveu de votre tête, je le tuerai !

Elle vida sa coupe avec une sorte de voracité, la prenant à deux mains pour la porter à ses lèvres.

— Mon Dieu ! Je vous en conjure, n'employez jamais plus ce mot devant moi ! Je ne veux plus l'entendre. Je commence à peine à l'oublier.

— Ainsi, vous n'aimez pas ce mot ? dit-il d'un air méditatif. Je me demande qui pourrait l'aimer. Je ne l'aime pas, en tout cas ! ajouta-t-il en soulevant son verre. Moi aussi, je ne m'en sers plus depuis un an. Cette année, dont vous parliez, qui fut aussi la mienne.

Brusquement, elle le fixait d'un regard effaré, n'osant formuler la question que néanmoins ses yeux posaient de façon manifeste.

— J'ai peur que ce ne soit le champagne, moi aussi, qui me fasse parler maintenant. Et que ce champagne me fasse dire que vous n'avez rien à m'apprendre. Absolument rien !

Il eut un coup d'œil vers l'estrade d'où partait le vacarme discordant.

— Parfait ! dit-il. Jouez bien fort, le plus fort possible ! Elle entendra quand même. Je ne peux garder ça pour moi plus longtemps. Dites-vous que je suis peut-être au courant, Marjorie, que peut-être je vous comprends, que peut-être il y a trois personnes dans le secret, et non deux seulement.

Le champagne et la lueur rosée de la lampe étaient incapables de mettre la moindre couleur sur un visage d'une telle blancheur. Elle balbutia :

— Que... que dites-vous ? Je ne comprends pas ce que vous voulez dire ?

— Je sais tout, depuis le début. Je l'ai toujours su. Voilà ce que je veux vous dire. Je l'ai su une heure après.

— Et pourtant ?...

— Oui... et pourtant ! dit-il avec regret. Pourtant, j'ai été l'ami, le confident, le perdant, tout du long. J'ai joué au petit jeune homme bien correct. Voilà ce que j'ai été, Marjorie : l'ami fidèle, qui n'a pas ouvert la bouche.

Il frappa un coup de poing sur la table, pour se contredire lui-même :

— En réalité, quel imbécile j'ai fait ! J'aurais pu vous tenir dans mes bras un an plus tôt, si j'avais consenti à trahir...

Elle ne répondit rien. Elle ne le regardait plus, elle regardait son passé. Dans le fond de sa coupe à champagne où restaient quelques flocons de mousse. Non son vrai passé, mais celui qui aurait pu être le sien.

— Pour qui, pour quoi, en définitive ? continua-t-il. Pour voir ce que vous êtes devenue ? Pour soupirer après vous comme je l'ai fait, à m'en rendre malade, tout seul dans mon coin ? Peut-on exiger d'un homme un sacrifice pareil ? Dieu lui-même ne le voudrait pas, et il a raison. Est-ce que je suis un ange, par hasard ?... ou un saint ? Non, je vous le répète, je suis un imbécile, un sacré bon Dieu d'imbécile !

— Et moi aussi, j'en ai peur ! soupira-t-elle.

— Mais vos yeux étaient fermés; tandis que les miens étaient ouverts.

— Comment avez-vous découvert... ?

Elle hésita, puis s'interrompit. Comme si cette question-réflexe ne l'intéressait pas particulièrement, tant elle était tardive.

— J'étais son garçon d'honneur, comme vous le savez. Après la cérémonie, je suis retourné dans la chambre de Prescott. J'avais remarqué, lorsque j'étais passé le prendre, certaines choses qui m'intriguaient. Je suis incapable de vous dire ce que c'était au juste... Une espèce d'atmosphère bizarre, la manière dont il avait bu un verre avec moi, une cigarette qui se consumait sur le coin de la table et qui lui avait presque donné une crise de nerfs. Une cigarette tachée de rouge à lèvres. Bref, je suis revenu, sans trop savoir pourquoi. C'est alors que j'ai découvert le cadavre. Et je l'ai aidé, lui, Marshall. Vous, dans le fond ! Je... je me suis débrouillé pour que personne d'autre ne puisse le trouver. Ne me demandez pas comment j'ai fait. Maintenant, cela importe peu.

— Et en tout cas, je n'ai pas besoin de le savoir. Mon cœur est déjà si lourd ! Il me pèse dans la poitrine comme un bloc de plomb. Là-bas, dans la petite ville où nous étions il m'a raconté ce qui s'est passé avant. Et depuis, pas une heure ne s'est écoulée que je n'aie souhaité n'avoir jamais entendu cette confession.

— Et nous voilà, en face l'un de l'autre, avec cet horrible secret sur la conscience. Il n'est pas là, mais quel trait d'union entre nous trois !

— Que vais-je faire ? Oh, Lance, dites-le-moi ! J'ai peur de reprendre la vie commune. Mais même si je ne le fais pas, cela ne me libérera pas de lui.

— Ne faites rien. Contentez-vous de rester Marjorie.

Et il ajouta, d'une voix si basse qu'elle put à peine l'entendre :

— Laissez aux autres le soin d'agir pour vous.

Un silence morne tomba entre eux. Elle dit enfin :

— Je bois trop. De quoi avons-nous parlé ? Je ne m'en souviens plus très bien, mais... j'ai peur que cela ne me revienne !

— J'ai beaucoup trop bu, moi aussi, répondit-il en vidant son verre. Mais moi, j'ai peur d'oublier...

Elle le vit reculer sa chaise et se mettre debout.

— Voulez-vous m'attendre un instant ? Je vais chercher des cigarettes.

— Mais vous en avez un paquet, sous le nez !

— Je vais chercher une autre marque. Bien meilleure. Ne bougez pas. Et rappelez-vous, rappelez-vous toujours que vous êtes avec des amis. A partir de maintenant, je vous jure qu'il ne vous fera plus souffrir.

Il alla s'enfermer dans une cabine téléphonique.

D'où il se trouvait, il l'apercevait dans la salle. Si belle, si désirable, si prostrée, que le cœur lui en saignait. Il avait besoin d'elle à en crier. Il était essentiel de ne pas la perdre de vue une seconde, essentiel de ne pas regarder ce qu'il était en train de faire.

La pièce de monnaie cliqueta dans l'appareil.

— Allô ! Spring 31-100, demanda-t-il.

Sa voix froide couvrit le tumulte du jazz, assourdi par la porte vitrée de la cabine. Il la buvait des yeux, tandis qu'elle demeurait assise, toute seule, à l'autre bout de la salle, perdue dans cette foule et attendant qu'il ouvre la main pour la prendre. Une madone en robe du soir, un ange grisé de champagne. Son paradis et sa religion...

Marshall saisit par ses longues pattes d'insecte le premier tabouret de bar qui lui tomba sous la main et le balança dans la cabine téléphonique. La porte vitrée se fracassa en morceaux, l'homme qui téléphonait eut un geste du bras pour se préserver la figure.

— Non, je vous le défends ! hurla-t-il. Je vous défends de dire un mot, vous entendez ? Je vous tuerai d'abord, de mes propres mains, s'il le faut !

Il bondit sur Lansing, le saisit à la gorge et l'attira hors de la cabine.

Des mains l'arrachèrent à sa proie, le collèrent contre un mur, par les épaules et par les bras, à plat, crucifié.

Seule, sa tête pouvait bouger encore un peu. Un poing jaillit et s'écrasa contre elle. Elle frappa le mur, derrière, avec un petit bruit mat. Il sera tombé, sur-le-champ, s'il n'avait été maintenu.

— Allez chercher un flic ! cria une voix. Vous n'avez pas trop de mal, monsieur ? Etes-vous blessé ?

Lansing sortit de la cabine, se protégeant toujours la figure du coude. Il laissa retomber le bras, et ce geste sembla transformer sa physionomie comme par magie. Il avait pris une autre figure, vieille, ridée, flasque, les tempes dégarnies, verte de peur.

Et quand, à travers le sang qui lui dégoulinait d'un œil, Marshall voulut regarder Marjorie, il constata qu'elle était partie.

Un policeman apparut et se planta devant lui, écoutant le récit des témoins, l'air judicieux, hochant solennellement la tête.

— Je paierai !... balbutia Marshall d'une voix haletante, terrifiée. Je paierai tout ce qu'on voudra... Le double ! Mais lâchez-moi, pour l'amour de Dieu... Ne le laissez pas m'emmener ! Ne le laissez pas me mettre en prison !...

Et tout en parlant, il s'agrippait à la manche du policeman d'un air suppliant.

— Vous, taisez-vous ! Vous n'avez pas la parole ! lui dit le policeman.

Il se tourna vers un des spectateurs et lui demanda :

— Voyons, c'est vous le propriétaire ? A vous de décider. Déposez-vous une plainte ?

Le propriétaire se gratta le menton d'un air pensif et concentré.

Marshall fouilla dans ses poches et sortit de l'argent, tout l'argent qu'il avait sur lui et qu'il tendit entre ses mains fiévreuses et tremblantes.

— A combien estimez-vous les dégâts ? demanda le policeman avec hésitation.

— Disons... vingt dollars, trancha le propriétaire, bien qu'il me propose le double...

— Qu'en dites-vous, monsieur ? dit le policeman à l'homme qui occupait la cabine. Vous n'êtes pas blessé ?

— Non, bégaya le monsieur, secoué d'émotion. Mais j'ai eu peur ! J'ai eu juste le temps de lever le bras. J'étais précisément en train de téléphoner à ma femme, pour la prévenir que je rentrerais peut-être un peu en retard. Mais je crois que j'ai changé d'avis et que je ferais aussi bien de rentrer immédiatement.

Il se détourna et détala.

— Donnez-lui vingt-cinq dollars, grommela le policeman à Marshall.

Il se chargea lui-même du paiement, lui prit l'argent des mains et le tendit au patron.

— Maintenant, filez ! dit-il. Et que je ne vous repince pas, ici ou ailleurs !

Dehors, au coin de la rue, les plaques accrochées au réverbère, portaient, inscrit sur leurs deux battants : *Pine Street* et *Troisième Rue.* Et pourtant, la musique fantomatique du *Churchill* résonnait encore dans son oreille, de là-bas, de New York, du coin de la Quarante-neuvième Rue et de Broadway...

III

La plus large, la plus lourde main du monde, lui étreignait l'épaule et le pliait en deux. Une main qui le secouait avec la force d'un tremblement de terre. Et secouait le monde entier avec lui. Qui faisait vibrer, tressauter, palpiter l'endroit où il se trouvait, quel qu'il fût. Un tremblement saccadé, disloquant tout.

Il savait, depuis toujours, qu'un moment viendrait où cette main s'abattrait sur lui. Il le craignait depuis des années, anticipant l'effet que cela lui produirait. Et c'était exactement comme il l'avait prévu. Cette impression d'impuissance absolue, de paralysie, vécue un millier de fois auparavant.

La main de Némésis, voilà ce que c'était. La main redoutée de la Vengeance poursuivant le Crime. Cette main accablante, qu'aurait-elle pu réclamer d'autre, avec une telle insistance ?

Les paupières clignotantes, il resserra instinctivement ses deux bras, croisés sur son manteau, pressant contre lui la bouteille logée sous son veston, toute droite, le goulot dans le creux de son aisselle.

— Non !... protesta-t-il machinalement. Non, je n'ai rien fait ! Laissez-moi tranquille ! Allez-vous-en !...

Il jeta un coup d'œil éperdu autour de lui et vit qu'il était bel et bien pris dans un piège tendu par la police. Car, de l'autre côté de la fenêtre, un homme venait droit sur lui à pas comptés, pointant dans sa direction un index inflexible, qui le suivait au fur et à mesure qu'il s'éloignait. Un vieillard à l'œil sinistre, la mâchoire aiguë garnie de favoris et sur la tête un chapeau haut de forme, avec des étoiles brodées sur le ruban.

— C'est vous que je veux ! lui lança-t-il d'un air féroce.

Et ces paroles, incroyablement, au lieu de les entendre, il les voyait, sous forme de lettres.

— Allons, fiston, allons !... Qu'est-ce que vous dites de ça ?

Cette fois, Marshall entendait réellement ce qu'on lui disait. Aucune lettre n'apparaissait. Il tourna la tête vers son interlocuteur et considéra l'uniforme sévère de serge bleue, puis la figure. Elle était également assez âgée, avec des favoris comme la première, mais nettement moins sinistre, avec quelque chose de plus humain. Le couvre-chef était différent, remarqua-t-il. Au lieu du chapeau haut de forme étoilé, c'était un genre de casquette à visière, pas mal défraîchie.

— Ce que j'en dis ? demanda Marshall d'une voix étranglée.

— Oui... Avez-vous un billet, oui ou non ?

Marshall secoua la tête, non pour en disconvenir, mais pour essayer de l'éclaircir, pour assimiler le sens du mot.

— Un billet ? murmura-t-il. Un billet de quoi ?...

— Vous êtes dans le train, fiston. Il faut un billet, quand on est dans le train. Du reste, je ne comprends pas comment vous y êtes, ni comment vous avez pu... Je ne vous ai probablement pas vu, quand je suis passé la première fois... En tout cas, si vous n'avez pas de billet, va falloir venir avec moi.

— Dans le train ! s'exclama Marshall terrifié, en roulant des yeux blancs. Quel train ?... Dans quel train ?

De fait, il constata, bien que la main ne le secouât plus, et se contentât, à présent, de reposer lourdement sur son épaule, que les secousses, les vibrations, les craquements divers, continuaient. L'homme au chapeau étoilé, derrière la vitre, avait depuis longtemps disparu, panneau publicitaire semé loin dans le paysage. Un personnage différent le remplaça, avec un bonnet et des sabots, brandissant une trique, avec la légende : *Guerre aux taudis !*

Le contrôleur le regardait avec un mélange de pitié et de dégoût caractérisé :

— C'est le train pour New York, fiston !

Il détachait chaque mot, et il répéta lentement sa réponse, comme s'il réalisait lui-même la chose terrible, écrasante, que cela représentait. Bien qu'évidemment ce fût impossible.

— Le-train-qui-va-à-New-York-Fiston. Vous avez compris ? A New York !

Le cou de Marshall se tendit brusquement, comme

s'il avait été serré dans un nœud coulant et qu'une trappe se fût brusquement ouverte sur lui. Puis, sa tête s'inclina sur sa poitrine et il se couvrit les yeux de la main.

— New York...! fit-il avec une horrible grimace, de l'air de quelqu'un qui vient de jeter un coup d'œil sur l'enfer et s'en est brûlé les yeux.

— New York...!

— Comment se fait-il que vous ayez pris ce train, si vous ne le saviez pas? interrogea le contrôleur avec curiosité.

Marshall découvrit ses yeux et le regarda avec impuissance.

— Je pense que c'est bien le train que je voulais prendre, sans m'en rendre compte...

Il se passa la main dans les cheveux et murmura :

— J'ai eu tant de cauchemars, ces temps derniers! Pourtant, à la fin de chaque, je me retrouve toujours dans la petite ville, loin...

— Bon! En tout cas, vous n'avez pas de billet. Va falloir que vous veniez avec moi, voir ce qu'en pense le chef de train.

Et la main, jusque-là immobile, qui s'était laissée attendrir un instant et avait abandonné son épaule, se prépara à s'abattre sur lui encore une fois.

Il la regarda de biais, le cou ployé à angle aigu, avec une sorte d'horreur. Comme si ce fait, le contact de cette main, constituait le summum des calamités.

— Non, ne faites pas ça! s'écria-t-il. Une seconde!... Ne pourrais-je pas... Ne pouvez-vous pas me donner un billet?

— Oui, si vous avez de quoi le payer! répondit brièvement le contrôleur.

— Combien?

— Jusqu'à New York, compartiment de jour, dit-il en relevant les yeux pour s'en assurer, ça fait quarante-quatre dollars soixante-quinze.

Marshall fouilla dans sa poche avec une telle frénésie

que l'argent sembla lui sauter dans la main. Quelques billets tombèrent à terre, entre ses pieds, et derrière son siège, dans le couloir.

Le contrôleur l'aida à les ramasser et fit le compte de ce qu'il avait en main.

— Prenez votre temps. Inutile de les semer. J'ai vingt-deux dollars.

— Et moi, trente ! s'exclama-t-il avec extase.

— Je vais vous donner votre billet, fiston ! dit le contrôleur avec un hochement de tête magnanime.

Marshall poussa un grand soupir de soulagement et s'affaissa sur le dossier de son siège.

Les deux pans de son veston s'écartèrent, laissant apercevoir le haut de sa bouteille, nichée contre sa chemise.

— Je crois que je commence à comprendre ! énonça le contrôleur avec sagacité, sans lever les yeux. Voilà votre billet, fiston ! Je vous donnerai la monnaie tout à l'heure. Vous êtes sûr maintenant de vouloir aller à New York ?

— C'est toujours là que je vais dans mes rêves ! lui répondit Marshall avec simplicité. J'obéis, voilà tout !

— Vous feriez mieux de me confier ça, je vais vous en débarrasser, lui chuchota le contrôleur en clignant de l'œil et en enfouissant furtivement la bouteille vide sous son propre veston.

— Où en trouverai-je une autre ? le pressa Marshall d'un ton voisin du désespoir. Où ? Je ne pourrai jamais tenir jusqu'au bout, jamais... sans une autre bouteille !

— Vous pourrez en acheter une à Kansas City. Nous y serons dans une heure et le train a quarante-cinq minutes d'arrêt.

— Je ne veux pas descendre du train. J'aurais trop peur de ne plus pouvoir remonter. Dites, vous ne pourriez pas vous en charger ? Tenez, prenez ça ! Et gardez la monnaie !

Il lui mit de force un billet dans la main.

— Heu... je ne sais pas si... C'est interdit par le

règlement, vous comprenez ? C'est bien parce que vous me paraissez malade ! Et vous n'irez pas le crier sur les toits, je pense. Camouflez-vous dans le couloir, où personne ne fera attention à vous ; comme ça, je vous aurai sous la main. Surtout, n'allez pas dans les compartiments où il y a des femmes et des enfants. Et cachez le flacon sous votre veston, comme vous avez fait. J'essayerai de vous en passer un à Kansas City.

— Merci ! chuchota Marshall avec ferveur. Merci !...

— C'est pas mon genre de faire de la morale, dit le contrôleur en marquant une hésitation, mais je trouve ça quand même malheureux, pour un jeune homme comme vous... Vous feriez bien d'y penser, quand vous serez à New York.

— Quand finira-t-il, mon rêve, cette fois-ci ? lui demanda Marshall d'une voix tremblante d'inquiétude.

— Quel rêve, fiston ?

— Le rêve que je suis dans le train, le train de New York...

— A la gare Grand Central, dernier quai, demain soir, à vingt-trois heures !

IV

Le train expira. Les trains meurent, à la fin de chaque voyage. Celui-ci était mort et gisait dans son cercueil : la gare.

Les voyageurs étaient partis. Le quai était désert, les wagons dépeuplés, pour la plupart obscurs, à part quelques veilleuses de sécurité, qui brillaient ici et là, révélant des rangées de sièges vides et des couloirs fantomatiques.

L'obligeant contrôleur cogna contre la porte.

— On est arrivé, fiston. Faut descendre !

La portière s'ouvrit et Marshall parut, très pâle.

— Tout le monde est déjà parti, dit le contrôleur. Je croyais que vous étiez endormi...

— Je suis réveillé depuis Harmon, déclara Marshall.

— Qu'avez-vous fait des bouteilles ?

— Je les ai glissées sous le siège, là.

— Il faudra que je pense à les enlever, dit le contrôleur. Pouvez-vous marcher ? ajouta-t-il.

— Je ne suis pas soûl, affirma Marshall. J'ai fait tout mon possible, mais je ne suis pas soûl.

Il parcourut le couloir vide, entre les sièges, s'accrochant à chaque dossier.

— Attendez, que je vous aide ! dit le contrôleur. Vous êtes sous ma responsabilité jusqu'à la sortie. Mais c'est bien la dernière fois que je...

— Merci, pour tout ce que vous avez fait ! dit Marshall.

Au bout du couloir, devant la première marche de l'escalier de sortie, Marshall fit un geste de recul involontaire, et rentra les épaules, comme s'il faisait froid. Il retourna le col de son veston.

— Nous y voilà ! dit-il.

— Terminus ! dit le contrôleur.

— Ça sent le froid... Un froid bizarre. Comme dans un tombeau.

— Avancez donc, ça ne vous mordra pas ! dit le contrôleur avec un rire rassurant. Pressez-vous. J'ai à faire, moi aussi. Fallait pas venir, si vous n'en aviez pas envie !

— Je me disais que c'était peut-être un autre rêve. Vous me trouvez ridicule, hein ?

— Mais non... du reste, vous n'êtes pas vraiment soûl, affirma le contrôleur avec une nuance d'ironie. C'est spécial, chez vous...

« C'est vrai, pensa Marshall, c'est spécial. Ce n'est pas d'alcool que je suis ivre. C'est de peur. »

Le contrôleur le soutint par le bras le long des marches étroites qui menaient au quai.

— Maintenant, c'est par là ! indiqua-t-il.

— Je sais, répondit Marshall. C'est par là, je le sais, New York.

Le contrôleur le regarda se redresser et tâter le sol du pied.

— Alors, comment vous sentez-vous, maintenant ? Vous croyez que vous pourrez vous en tirer tout seul ?

— Oui, dit Marshall, ça va. Je me sens très bien.

Le contrôleur le regarda faire ses premiers pas, avec l'anxiété d'un père surveillant les premiers pas de son enfant.

— Vous savez où vous voulez aller ?

— Oui, répondit Marshall. Je le sais.

— Hé bien ! dit le contrôleur, bonne chance !

Et il fit un geste du bras, comme un chef de gare faisant partir un train.

— Répétez-le ! dit Marshall sans tourner la tête. Vous ne le direz jamais assez !

Il s'avança sur le quai immense et vide, tout seul. L'image de sa vie. Sans bagages, sans même un pardessus, sans rien. Rien qu'une ombre, allongée derrière lui. Comme dans la vie, sans bagages, sans rien... Si petit, si perdu, entre ces deux longues files de wagons. Comme dans la vie !

Il monta la rampe... à la rencontre de New York.

V

New York était plongé dans la nuit, à l'heure où il sortit de la gare. Levant les yeux, il aperçut le ciel, noir, appliqué sur la ville comme un couvercle sur un chaudron fumant. Pas d'étoiles dans ce ciel de New York, ni rien qui y ressemblât. Ce serait du gaspillage, dans un endroit qui possède ses propres lumières.

Il était trop tard pour aller la voir le soir même, pour

se rendre directement de la gare chez elle. Même pour lui, son mari. Il risquait de l'effrayer, de l'épouvanter, de se l'aliéner à tout jamais. Et puis, il n'était vraiment pas présentable, les traits tirés d'insomnie, le linge fripé, l'alcool courant encore dans ses veines, sinon dans son cerveau. Demain, oui dès demain. Pour ce soir, un lit. N'importe lequel et n'importe où.

C'était vaste, cahotique, tourbillonnant, à en donner le vertige. D'innombrables taxis, toutes lumières dehors, défilaient par bancs, comme des régiments de lucioles exécutant des manœuvres de haute précision. Il retrouva le son rauque de leurs trompes : couac, couic-couic, coua-ah-ah-ac. Une rame du métro aérien traversa l'espace en direction de la Troisième Avenue, dans un bruit de cymbales.

Il constata qu'il ne savait plus marcher dans la foule, qu'il avait perdu l'habitude de New York. Il s'effaçait, comme partout ailleurs, et immanquablement allait taper dans le voisin. Il avançait ainsi, renvoyé de l'un à l'autre comme une balle.

Il frissonna. Tout lui paraissait si gigantesque... et si dangereux ! Impossible d'y rester longtemps. Il lui faudrait repartir le plus rapidement possible. Demain. Peut-être demain parviendrait-il à la décider... Elle viendrait avec lui... Ils prendraient ensemble un train de nuit pour... pour... n'importe où, pourvu que ce ne fût pas New York.

Rien qu'une nuit. Demain, la première chose à faire serait de se raser et de changer de linge. Une présentation impeccable était indispensable. Ensuite, il irait à sa recherche.

L'hôtel Belmont se trouvait en face, mais il ne pouvait songer à y descendre. Il fit cent mètres en direction est, puis remonta de deux cents mètres et trouva un hôtel dans la Troisième Avenue ; un dollar la chambre. Le genre d'endroit où l'on vous remet une clé en vous laissant le soin de trouver votre chambre par vous-même.

Il s'inscrivit sur le registre, sous le nom de « Davis ».

Il n'alluma pas l'électricité. Il referma d'abord sa porte à clé, puis, à la lueur d'une allumette, trouva le robinet du lavabo. Il repéra un verre à dents, le remplit et but, sans prendre la peine de s'assurer si l'eau était potable ou non. « Impossible qu'elle soit aussi sale que mes tripes », songea-t-il.

Régulièrement, à quelques minutes d'intervalle, la chambre s'embrasait d'une lueur d'incendie ; c'était le métro aérien qui passait sur la droite dans un fracas de ferraille. Puis l'incendie mourait et la pièce retombait dans l'obscurité.

Pour la première fois depuis son départ de là-bas, il enleva son veston et ses souliers.

Alors, il ferma les rideaux et regarda dehors, en soulevant un coin avec précaution. Il contempla New York.

L'ennemie. L'endroit malfaisant et hostile. Le piège.

La souris était dans le piège, mais elle n'était pas encore prise. La porte de sortie restait ouverte derrière elle.

VI

« Curieux, pensait-il, de se mettre ainsi sur son trente et un à l'intention de sa propre femme, après deux ans de mariage. Comme s'il faisait sa cour à une petite amie rencontrée de la veille. »

Certains se seraient apitoyés, y auraient vu quelque chose d'assez pathétique. Lui pas. Il ne voyait là qu'une habile manœuvre stratégique. Il cherchait à utiliser au mieux la seule arme à sa disposition : l'amour qu'elle avait pour lui. En conséquence, il se voulait aussi séduisant que possible. Il fallait qu'elle le retrouve tel qu'il lui était apparu la première fois, et non la dernière.

Il se passa le dos de la main sur ses joues fraîchement rasées, pour s'assurer que la peau était assez douce pour elle. Il se passa la main sur la nuque, pour vérifier si le coiffeur lui avait convenablement coupé les cheveux.

Il sortit son mouchoir et, bien que ses souliers fussent à peine sortis des mains du cireur, il en épousseta le bout encore une fois.

Il fit l'acquisition d'une chemise. Et même d'une cravate.

— Non ! dit-il devant la collection que lui offrait le vendeur, je ne veux pas de rayures. Ma femme aime l'uni, dans une cravate. Et je veux porter celle-ci en son honneur.

Il mit sa nouvelle chemise dans le magasin, derrière une glace qui faisait office de paravent. Il passa sa cravate neuve et demanda au vendeur de la lui nouer.

— Je n'y arrive jamais très bien, avoua-t-il. C'est ma femme qui me fait mon nœud de cravate, d'habitude. Arrangez-moi quelque chose de bien, qui ne coulisse pas toutes les cinq minutes.

Il acheta des fleurs. Deux douzaines de roses, toutes fraîches, qui commençaient à s'ouvrir.

Il ne pouvait rien faire de plus pour se faire aimer.

Alors, en apparence très sûr de soi, mais tremblant d'inquiétude en son for intérieur, il arrêta un taxi et y monta.

— Soixante-dix-neuvième Rue, dit-il au chauffeur. Juste à l'ouest de Madison. Je vous ferai signe quand nous y serons.

VII

Les domestiques n'avaient apparemment pas changé depuis le temps de ses fiançailles. Il reconnut Cochrane, le valet de chambre qui lui ouvrit la porte. Mais il était difficile de dire si le valet le reconnut

— Bonjour, monsieur ! dit-il d'un ton neutre

— Mme Marshall est-elle là ?

Marshall ne put s'introduire de façon aussi délibérée qu'il aurait voulu, du fait que l'homme lui bloquait maladroitement le passage.

— Mme Marshall ? répéta Cochrane, l'air surpris.

— Oui, ma femme, dit Marshall avec un peu d'impatience. Vous vous souvenez de moi, non ?

— Bien sûr, monsieur! répondit brièvement l'homme. Mais mademoi... Mme Marshall ne loge pas ici, pour le moment.

Le bouquet de roses s'inclina, comme un étendard après la défaite.

— Elle n'est pas là ? Alors, où pourrais-je la joindre ?... Où habite-t-elle ?

Un soupçon lui traversa l'esprit après coup et il demanda :

— Dites-moi, est-ce bien sûr, ou vous a-t-on simplement ordonné de répondre cela ?

L'homme ne s'offusqua pas le moins du monde de cette marque de défiance.

— C'est parfaitement exact, monsieur, Mme Marshall passe ici très régulièrement, mais je sais qu'elle a un appartement quelque part en ville.

— Quelle adresse ? interrogea Marshall, retenant sa mauvaise humeur devant ce qu'il croyait une réponse volontairement évasive.

— M. Worth la connaît certainement, monsieur, dit l'homme avec hésitation.

— Parfait ! Est-il là ?

— Vous l'avez manqué d'une demi-heure. Monsieur est à son club, mais je peux lui demander de votre part par téléphone, si vous le désirez.

— Non ! dit Marshall d'un ton sec. Ne téléphonez pas. A personne. Il doit pourtant bien exister quelqu'un, dans cette maison, qui connaisse l'adresse de ma femme ! Peut-être craignez-vous qu'elle soit mécontente, quand elle apprendra que vous me l'avez donnée ? N'oubliez pas que je suis son mari, quand même !

— Je vous assure qu'il ne s'agit pas du tout de cela, monsieur, affirma l'homme d'un ton sincère. La vérité, c'est que je ne connais pas cette adresse et que M. Worth est absent. Mais je vais aller me renseigner auprès de Mme Davis ou de quelqu'un d'autre. Voulez-vous entrer, monsieur ?

— Merci, j'attendrai ici, répondit Marshall d'un ton catégorique.

Il ne voulait rien avoir à faire avec cette maison. C'est elle, seulement elle, qu'il voulait.

Après quelques instants d'attente, Cochrane réapparut à la lourde porte de fer forgé et lui tendit une carte.

— Mme Davis avait le renseignement, monsieur. Mme Marshall habite dans la Quarante-quatrième Rue. Le numéro exact est indiqué. Le numéro de téléphone...

— Inutile ! dit Marshall en s'éloignant d'un pas rapide. Je n'ai pas besoin de m'annoncer !

VIII

Il eut une minute de myopie, pendant laquelle le monde se résuma pour lui en un panneau de bois plein, peint en blanc. Il ne voyait plus que ça. Son cœur venait se presser et battre contre lui, faisant office de marteau. Marshall patienta devant cette porte, son chapeau d'une main, dans l'autre le bouquet de fleurs, tête en bas, enveloppé de son cône de papier-cristal. La mine suppliante.

Il savait qu'il se trouvait à un tournant vital de son existence. Que rien n'avait compté et ne compterait jamais autant. Il priait silencieusement. « Rendez-la-moi... Faites qu'elle me revienne... Vous savez que je ne peux repartir sans elle... »

Enfin, il entendit son pas approcher. Le bouton tourna. Le panneau de bois s'écarta. Il aperçut le visage de Marjorie et l'univers entier vint s'y condenser. Le monde le plus beau qu'un homme puisse rêver... Le visage que représente pour l'homme un reflet de Dieu, le seul parfois qui lui soit octroyé. Le visage de cette femme, qui était sa femme.

Si familier, pourtant si lointain !

Ces douces lèvres, qu'il avait goûtées des milliers de fois, maintenant crispées, dures, comme il ne les avait jamais vues ! Ces yeux, qui avaient pleuré pour lui, souri pour lui, espéré avec lui, maintenant étonnés, comme il ne les avait jamais vus, écarquillés de surprise !

A sa vue, elle en eut la respiration coupée et sa voix lui manqua. Elle chuchota :

— Toi ! C'est toi ! Te voilà à...

— Mais oui, à New York !

— Oh ! Press, souffla-t-elle.

Etait-ce un reproche sous-entendu ?

— Tu ne m'ouvres pas ? supplia-t-il. Tu ne veux pas me laisser entrer ?

Immédiatement, elle ouvrit largement la porte. Néanmoins, il avait fallu qu'il le demandât. Elle ne l'avait pas fait spontanément.

— Bien sûr, voyons ! Comment pourrais-je te refuser ça !

Il nota au passage la teinte de tristesse, dans sa voix. Rien de joyeux, dans son accueil, songea-t-il.

Elle referma la porte.

— Laisse-moi te regarder, dit-il tendrement.

Elle acquiesça et resta debout devant lui.

— Tu n'as pas changé, dit-il avec ardeur. Toujours la perfection même ! Et moi, ai-je changé, à ton avis ?

Elle baissa les yeux, puis les releva.

— Non !... déclara-t-elle.

Pas le moindre sourire pour accompagner sa réponse. Allait-il vers la victoire ? se demanda-t-il anxieusement.

— Pourquoi es-tu venue ici ? dit-il avec un geste circulaire de la main.

— Cela m'épargnait les questions... que l'on ne m'a pas posées, du reste, répondit-elle avec un peu de réticence.

Ainsi, elle n'avait rien dit.

— C'est gentil, ici ! affirma-t-il.

En réalité, il trouvait l'endroit horrible.

— Sheila Abbott changeait d'appartement, j'en ai profité. Tu te souviens d'elle ? Elle était demoiselle d'honneur à notre ma...

Elle s'interrompit, puis ajouta :

— Je l'ai pris tel quel.

Il s'avança pour poser son chapeau sur une petite commode genre Louis XVI, laquée bleu clair, avec des dorures. Il saisit un morceau de papier qui traînait dessus, y jeta un coup d'œil et le remit en place. *Lansing. Rector...* et une série de chiffres. Ecrit de la main de Marjorie.

— A propos, l'as-tu vu quelquefois depuis ton arrivée ? demanda-t-il en s'efforçant de prendre un ton désinvolte.

— Je n'ai pas vu grand monde, dit-elle d'une voix sans timbre. Il m'a téléphoné. Je lui ai promis de le rappeler, c'est tout.

Elle ajouta avec une sorte de gratitude amère, désabusée :

— Lansing a énormément de tact. Il ne veut

jamais s'imposer. C'est ce que j'ai toujours apprécié chez lui.

« Il ne s'en serait pas tenu là bien longtemps, pensa-t-il. En tout cas, puisqu'il n'en était qu'au téléphone, cela ne ferait pas grande différence pour elle d'habiter San Francisco.

— Tiens ! dit-il timidement. Je t'ai apporté ça.

Elle ôta le papier et le bouquet s'épanouit dans sa main à la façon d'une ombrelle. Elle l'emporta, plutôt rapidement, trouva-t-il, vers une table, sur laquelle elle le déposa. Sans même faire le geste de les sentir.

— Pourquoi me regardes-tu comme ça ? demanda-t-il.

Elle ne répondit pas. Mais il comprit, sans qu'elle ait besoin de s'expliquer. La couleur des roses. Il n'avait pas pensé à ça. Elles étaient écarlates.

Il ferma les yeux, sous la douleur qu'elle venait de lui infliger.

Quand il la regarda ensuite, elle lui parut embarrassée. Chose qu'il n'avait jamais vue chez elle, avec lui, ni avec personne.

— Je voudrais... je ne sais pas quoi t'offrir, dit-elle. Ce n'est pas comme à la maison, je n'ai pas de liqueur ici. En fait, je n'ai même pas de quoi faire une tasse de thé. Je prends tous mes repas dehors. Pourtant... attends, je crois qu'il reste dans cette boîte quelques cigarettes, laissées par Sheila. Figure-toi qu'elle s'est mise à fumer, dernièrement.

Il secoua la tête, d'un air très las :

— Est-ce possible que nous en soyons là, tous les deux, à nous offrir cérémonieusement du thé ou des cigarettes, comme dans un salon ? Est-ce possible, mon Dieu ? Plus loin l'un de l'autre que si des centaines de kilomètres nous séparaient ! Que nous est-il arrivé, mon Dieu ?...

Il bondit sur ses pieds, la regardant fixement. Puis il lui prit les deux mains, qui pendaient à ses côtés, dans les siennes.

— Marjorie, reviens!... Ouvre-moi! Ouvre la porte qui nous sépare, je t'en supplie! Regarde, je suis dehors, sous la pluie et le vent...

Il s'agenouilla devant elle, comme devant le saint sacrement.

— Regarde... C'est moi, celui que tu as aimé, que tu as choisi. Regarde-moi, en face, dis-moi que tu ne veux plus de moi...

— Mon Dieu! c'est ce que je craignais! dit-elle, à moitié pour elle-même. Je savais que ça arriverait, tôt ou tard. Je t'en prie, relève-toi!... Je t'en prie, non!... J'ai déjà pitié de toi et de moi. Relève-toi. Je ne peux rien te donner de plus.

Elle se débattit jusqu'à ce qu'il eût libéré ses mains. Puis elle s'écarta vivement de lui.

Il resta là, échoué au milieu de la pièce, sans rien devant lui... Le ridicule ajouté à l'humiliation.

Il se releva maladroitement.

— Que vais-je devenir? demanda-t-il. Que faire, sans toi?

— Ne le vois-tu pas? Faut-il vraiment te le dire? Maintenant que tu es ici, achève! Va jusqu'au bout... va les trouver!

— La police? dit-il, horrifié.

— Que pourrais-tu faire d'autre, en fin de compte? Que pourrais-tu faire pour te sortir de là? N'est-ce pas préférable? Il y a longtemps que tu aurais dû le faire, bien longtemps, pendant que tu m'avais encore... Press, il n'y a que deux solutions, une bonne et une mauvaise. Et il faut payer! Tu ne peux passer ta vie à te cacher, indéfiniment. Raconte-leur ton histoire, telle qu'elle t'est arrivée, comme tu me l'as racontée. Dis-leur que cette fille t'a poursuivi, menacé, fait chanter, le matin même de ton mariage. Ce sont des hommes, ils comprendront, ils seront indulgents. Ils verront qu'il n'y avait aucune préméditation, que tout s'est passé dans un moment de fureur, de folie. Et même s'ils te punissent, cette punition prendra fin, tandis que celle que tu t'infliges à toi-même n'a pas de raison de se terminer. Tu me demandes quoi faire, voilà ce que je te conseille. Je te promets que nous t'aiderons. Nous serons à tes côtés. Papa te trouvera le meilleur avocat possible. Nous ne t'abandonnerons pas. Je ne puis plus te promettre mon amour, Press, mais je puis te promettre que je ne prendrai pas de décision définitive avant que tu ne sois libéré de cette horrible chose, jusqu'à ce que tu puisses repartir du bon pied. Et je puis te promettre également mon respect.

Elle ajouta très bas :

— Ce qu'actuellement je ne puis faire.

Il la regarda avec une sorte de stupeur épouvantée :

— Un meurtre non prémédité ? chuchota-t-il. Mais tu ne sais pas ce que tu dis ! C'est impossible, tu comprends ? Parce que je ne t'ai pas tout dit, l'autre nuit.

Il émit un grognement incompréhensible, puis reprit :

— Fallait-il tout te dire, mon Dieu ?... me mettre complètement à nu devant toi ? Il n'y a pas seulement cette fille. Il y en a eu encore deux après. C'est pour cela que je voulais partir si rapidement. Il y a eu, dans un bateau, un homme, dont je ne sais même pas le nom. Et puis Wise. C'était moi...

Le choc sembla la casser en deux, comme si elle venait de recevoir un coup violent dans le ventre. Et sa main, collée au front, la paume en dehors, ajouta encore à l'illusion.

Elle fit quelques pas titubants, vacillants, qui l'amenèrent devant la commode. Elle s'y appuya des deux mains, les yeux mi-clos.

Aussitôt, il comprit son erreur, il vit qu'il avait dépassé la limite. Il comprit qu'il l'avait irrévocablement perdue. S'il avait eu auparavant une bien faible chance, maintenant il n'en avait plus aucune, plus la moindre.

— Et ne reviens pas me voir avec des fleurs ni avec

des baisers ! cria-t-elle d'une voix hachée et angoissée. Ce n'est pas toi que j'ai épousé. Celui-là est mort, là-bas, un soir, dans l'obscurité de notre chambre. Ou peut-être n'a-t-il vécu que dans mon imagination ! Je me suis mariée à un fantôme, à un mirage. Comment pourrais-je revenir à toi, puisque tu n'as jamais existé, comme je le croyais. Puisque tu es un assassin !

— C'est faux ! archi-faux ! C'est en ce moment qu'il y a mensonge, et non avant. Tu connais mes bras et mes baisers et je connais les tiens. Je connais ton corps, et tu connais le mien. Tu ne peux plus te séparer de moi. C'est un morceau de chair vive que tu m'arracherais !

Il s'approcha d'elle, la prit dans ses bras, la maintint contre lui.

— Les mots, reprit-il, n'y changent rien, ils ne peuvent pas nous changer, nous. Il n'y a pas de mots assez forts pour cela. Donne-moi une chance... Regarde, je vais te montrer !

Et ses lèvres tremblantes cherchèrent celles de Marjorie, essayèrent de les retenir, échouèrent, recommencèrent.

— Notre amour était-il un mensonge ? Etait-il une illusion ?

— Non, je ne veux pas ! Pendant deux ans tu m'as droguée avec tes caresses, tes baisers. La drogue est usée, aujourd'hui. Je vois trop bien ce qu'elle m'apporte. Ce ne sont pas des baisers, c'est une odeur de cadavre !

C'est à ce moment qu'il parvint à sceller son baiser. Et avec lui, son destin.

Car ce baiser fut l'étincelle sur de la poudre : il avait poussé à bout Marjorie. Il l'avait effrayée ; elle n'avait plus aucun sang-froid. Il ne la reconnut plus. Elle devint d'une férocité hystérique, confinant à la folie.

— Assassin ! haleta-t-elle, s'acharnant à détourner son visage. Ne m'approchez pas ! Vous êtes couvert de... Je vais appeler la police !

Ce fut alors sa peur à lui qui s'embrasa à la sienne.

Il chercha à fermer cette bouche avec sa main.

— Non, Marjorie... Marjorie, non... Je suis ton mari ! Regarde-moi... Ne dis pas une chose pareille !...

Elle avait maintenant atteint la phase du cri. Il le sentait faire pression sur sa main, ce cri brûlant, prêt à jaillir dès qu'il la retirerait. Et pourtant, il ne pouvait le contenir plus longtemps. C'était impossible de cette façon.

Il y avait un endroit meilleur, plus commode, pour empêcher ce cri. Plus bas. Sous le menton.

Sa main s'abaissa.

C'est ici que prend fin l'histoire de son amour.

IX

Ils sont maintenant étendus côte à côte, amoureusement, sur le parquet, dans un stérile embrassement. Il lui parle, il l'implore, il lui confie son amour. Sans résultat. Amour unilatéral, jusqu'à l'indifférence absolue, comme jamais il ne fut ! L'expression du visage de sa femme est absente, somnolente, pétrifiée.

— Marjorie ! Réponds-moi, que j'entende ta voix encore une fois ! Rien qu'un mot ! Dis-moi seulement : Press ! Ta voix résonne encore dans mes oreilles... Dis-le encore une fois, Press...

Il colla une oreille sur ses lèvres obstinément closes, comme s'il en recueillait un précieux secret.

— Plus fort, plus fort que ça ! Distinctement ! Tu viens de le dire, je le sais, je l'ai entendu au fond de mon cœur, mais il faut que tu le dises vraiment. Dis-moi simplement : « Press, tu ne m'as pas fait mal. Tu devrais avoir honte, Press. Aide-moi à me relever... » Allons, dis ça, bien fort. Je n'entends encore pas bien... Laisse-moi regarder dans tes yeux. Tourne-les par ici, vers moi. Que regardes-tu, là-bas ? Regarde-moi !

Qu'ils soient lumineux, chauds, avec ces petites étincelles brillantes qui dansent dedans ! Oh, tes yeux !... je ne puis supporter cela sans tes yeux !...

Il lui prit une main et, comme pour lui réapprendre à faire une caresse, en promena délicatement le bout des doigts sur sa joue. Puis il la porta à ses lèvres et déposa un baiser, d'abord au creux de la paume, puis sur le dos. Mais ces baisers ne la réchauffaient pas, ne provoquaient pas le moindre mouvement en réponse.

Indifférence. Indifférence indélébile et immuable. Pour l'éternité.

Il s'interrompit tout à coup et considéra cette main.

— Tu l'as enlevée ? dit-il sur un ton de tendre reproche. Tu n'aurais pas dû... tu n'aurais pas dû !

Il consentit à l'abandonner un instant pour chercher l'objet, qu'il découvrit aussitôt, comme s'il le savait d'avance, au fond d'un coffret à bijoux, dans un tiroir de la commode. Il revint s'agenouiller à côté d'elle et, répétition hallucinante de leurs vœux de mariage, lui remit son alliance au doigt. Ce geste, qu'accompagnaient tant de brillants espoirs, tant de confiance, tant de foi... Les larmes de l'irréparable lui jaillirent des yeux, tandis que les mots qui les avaient autrefois unis lui remontaient invinciblement aux lèvres :

— Moi, Prescott, je te prends, Marjorie, pour fidèle et légitime épouse. Pour t'aimer et te chérir. Dans la joie et dans l'affliction. Jusqu'à la mort...

« Et au-delà, Marjorie, au-delà... Au-delà... »

Et comme sa voix se gonflait jusqu'à un cri d'agonie, il l'étouffa brutalement du dos de la main et le sang vint se mêler à ses larmes.

Enfin, il dut se séparer d'elle. Car en vérité plus rien ne subsistait d'elle. Aucun sentiment ni aucun amour. Une contrefaçon de mariage avec le néant.

Maintenant, il était seul, parmi les ténèbres et à jamais.

Adieu, Marjorie...

Et vacillant, flottant à travers un infini de douleurs

et de craintes, comme un homme titubant au bord de la rive, les pieds dans l'eau, qui affronte la marée montante, il entra dans sa vie « d'après ».

Souvenir d'un temps lointain, depuis longtemps révolu, il s'approcha du téléphone.

Il prit le morceau de papier, sur la commode. Enonça le chiffre dans l'appareil.

Voix de Lansing, surgissant du monde de lumières, quelque part...

— Allô ! Qui est à l'appareil ?

— Prescott... Marshall...

— Press ! Depuis quand êtes-vous ici ?

Essayant d'émerger de cette nappe de brouillard et de nuit, de rejoindre le monde extérieur d'où venait cette voix, comme un noyé se dégage du fond et remonte à la surface. Sans pouvoir lâcher des yeux cette enveloppe vide à côté de lui. Calculant pourtant en lui-même : surtout, ne rien dire maintenant. Il pourrait ne pas venir... ne pas venir seul. Et pour pouvoir m'aider, il faut qu'il soit seul.

Il énonça lentement, avec précaution :

— Il... faut... absolument... que... je... vous voie...

Il reprenait haleine entre chaque mot, pour se donner le temps de considérer le mot suivant.

— Bien sûr ! J'ai du travail en ce moment, mais... Que diriez-vous d'un petit dîner ce soir, tous les deux, hein ?

Ce fou !... il s'imaginait qu'il s'agissait d'une banale rencontre pour occuper une soirée !

Il regarda Marjorie, et, de douleur, ferma les yeux. Pourquoi apparaissait-elle de façon si précise, si évidente, puisqu'elle n'était plus là, en réalité ? Elle s'était décalquée sur le tapis, en quelque sorte. Trop exactement. Il faudrait l'effacer, cette image...

— Cela... ne peut pas... attendre... jusqu'à ce soir. Il faut... que je vous voie... tout de suite... le plus tôt possible.

— Vous paraissez... Etes-vous ennuyé ?

Il ne répondit pas a cela. De sorte que cette voix stupide essaya d'y pourvoir par elle-même, de ce qu'elle pouvait comprendre.

— Dites, Press, s'il s'agit d'argent... Pourquoi ne pas me le dire tout de suite ? Cela m'éviterait de revenir au bureau en chercher. Je pourrais en prendre sur moi et...

— Ne perdez pas votre temps à ça. Venez, c'est tout ce que je demande.

— Bon, je saute dans un taxi et j'arrive. Ce sera le plus rapide. Maintenant, où faut-il que j'aille? Où voulez-vous que je vous retrouve?

— Je vous attendrai, répondit Marshall avec une affolante simplicité, devant la porte de l'appartement de Marjorie. C'est là que vous me trouverez. Seul.

X

Effrayé de rentrer dans la pièce et pourtant n'osant pas s'éloigner, il se tenait sur le palier, le dos appuyé contre la porte. S'agrippant de chaque côté au cadre de la porte, des bras en croix, comme pour interdire, par sa seule présence, toute intrusion.

Il était ainsi lorsque la tête de Lansing émergea lentement dans la cage de l'escalier. Il l'accueillit avec le petit grognement de délice de l'enfant égaré qui aperçoit enfin quelqu'un de connaissance. Jamais la vue d'un être humain ne lui avait causé autant de joie que l'apparition de cet homme. Oui, même la présence de Marjorie, durant ces années où il l'avait si tendrement chérie, ne lui avait jamais procuré un sentiment d'une forme pareille. L'instinct de vivre est plus fort que celui d'aimer.

Puis les épaules de Lansing apparurent. Son buste. Marshall haletait d'impatience, comme le jeune chien qui voit surgir son maître dans son champ de vision confus.

Lansing tourna le long de la rampe et aperçut Marshall.

— Press ! s'écria-t-il avec une légère surprise.

En fait, ce n'était guère plus que la surprise habituelle et un peu conventionnelle que l'on exprime lorsqu'on se rencontre avec quelqu'un, n'importe où, n'importe quand, de façon tant soit peu inattendue. Il s'approcha, la main tendue. Sa main s'abaissa et trouva celle de Marshall, qu'elle saisit et serra.

— Press ! répéta-t-il.

Les lèvres de Marshall s'ouvrirent et se fermèrent deux fois de suite durant le silence hébété qui suivit.

— Qu'est-ce qu'il y a ? Pourquoi n'entrez-vous pas ? Marjorie sait-elle que vous êtes ici ?... devant sa porte ?

Marshall ne put répondre à cela que d'une secousse brève et frémissante de la tête, qu'il laissa ensuite choir en avant, le menton contre la poitrine.

Lansing l'écarta un peu du chemin pour s'approcher de la porte.

C'est alors qu'il eut un geste affreux. Et banal. Un geste qui contenait les deux choses à la fois. Banalement affreux.

Il frappa à cette porte.

Les traits de Marshall se crispèrent de mille petites rides, comme si on venait de lui enfoncer une aiguille en pleine chair.

Il leva les mains et se boucha les oreilles, pour ne plus entendre ce bruit que Lansing répéta.

— Arrêtez ! le supplia Marshall d'une voix entrecoupée. Elle ne peut pas vous entendre.

Il pivota et pressa son front contre le mur, les bras inertes, pendant le long de son corps.

Lansing lui jeta un coup d'œil, tandis que des mains il chercha la poignée. La porte s'ouvrit avec un craquement et il entra.

Marshall pivota de nouveau, la figure tournée vers

l'escalier et resta ainsi, les articulations molles, toujours debout cependant.

Sa bouche dessinait une moue curieuse. La petite grimace qui précède les larmes. Mais les larmes ne parvenaient pas jusqu'aux paupières.

Impossible de tourner la tête, de regarder dans la pièce pour voir ce que faisait Lansing, quoique l'ouverture de la porte fût juste à la hauteur de son épaule.

Enfin, Lansing se manifesta. Il vint sur le seuil de la porte. Marshall ne leva pas les yeux sur son visage. Il savait seulement qu'il était là, un peu en arrière.

— Qui a fait cela ?

La lèvre inférieure de Marshall émit une sorte de glouglou. La moue s'accentua. Les larmes ne vinrent pas.

— Vous ?

La lèvre continua à glouglouter. Comme si elle portait le poids d'un mot. Mais aucun mot ne vint.

C'était inutile.

Une petite bouffée d'air chaud, comme un sanglot contenu, frôla la joue engourdie de Marshall. Un sanglot qui ne venait pas de lui.

— Je ne sais pas quoi faire ! chuchota quelqu'un avec désespoir, tout contre lui. Je ne sais pas quoi faire...

Et ce quelqu'un ne pouvait être que Lansing, puisque ce n'était pas lui, Marshall, qui avait parlé.

Alors, une silhouette aux bords estompés passa contre lui et se dirigea vers l'escalier. Il la suivit des yeux pendant une ou deux secondes, stupidement, comme s'il ne comprenait pas qui c'était, pourquoi cette chose bougeait et où elle allait.

Enfin, comme s'il eût résolu la première de ces questions, sinon les autres, il l'interpella d'une voix morne :

— Où allez-vous, Lance ?

— En bas, dehors ! dit Lansing. Chercher quelqu'un. La police.

— Non ! cria Marshall d'une voix perçante, aiguillonné par ce seul mot. Laissez-moi au moins partir avant.

Il fit un bond et trébucha contre les bras de Lansing. Ils formaient une barrière rigide, inflexible, du mur à la rampe de l'escalier. Il recula.

— La sortie n'est pas par là ! déclara Lansing.

— La rue !... la rue, en bas !

— Pas de sortie par là !

Marshall tituba d'un pas en arrière, puis brusquement se retourna et plongea dans l'autre direction, vers l'escalier qui montait à l'étage supérieur.

Il ne fut pas assez rapide. Il trouva de nouveau Lansing devant lui, les bras tendus comme des barres d'acier en travers du passage, et buta dedans, poitrine contre poitrine.

— Pas par là non plus !

— Le toit !... le toit ! Je peux passer par...

— Pas par là !

— Mais par où, alors ?

— Il ne reste plus qu'une seule issue pour vous.

Les yeux de Lansing s'arrêtèrent sur la porte, derrière laquelle personne ne vivait plus.

— Là ! dit Lansing.

Marshall se retourna vers la porte, puis regarda Lansing. Il voulut l'attraper par les revers de son veston.

— Laissez-moi partir, Lance !... laissez-moi partir ! Je vous en supplie, laissez-moi partir !...

— C'est ce que je fais. C'est ce que je suis en train de faire. Mais vous ne voulez pas...

— Mais, il n'y a qu'une chambre, là, sans aucune issue...

— C'est pourtant le seul chemin qui vous reste. La seule issue possible.

— Mais je ne comprends pas, puisque je vous dis que...

Et soudain, il comprit. Et toute sa peur, amassée

depuis des années, reflua sur son visage, s'y épanouit comme une énorme pustule blanchâtre. Marshall ne fut plus qu'une masse de frayeur en décomposition.

— Je ne sais pas comment... comment aller là...

— Elle non plus ne le savait pas. C'est pourtant vous qui le lui avez montré !

— J'étais votre ami, Lance !...

Il eut assez d'instinct pour employer le passé.

— Rappelez-vous, j'étais votre ami...

— Vous avez une apparence d'homme. Comment pouvais-je me douter ? Vous avez trompé tout le monde. Même elle !

Lansing parlait doucement. Il avait passé le stade où l'on élève la voix. Marshall se tordit les mains.

— Je ne peux pas... comme ça, de sang-froid... Donnez-moi au moins une heure, que je m'habitue à l'idée. Jusqu'à cette nuit. Donnez-moi cette nuit, rien que cette nuit !

— Il fait déjà nuit. Vous avez fait la nuit, pour nous tous. Pour elle, pour vous... et pour moi ! ajouta-t-il à peine distinctement.

— Je ne sais pas comment... gémit Marshall.

Il s'éloigna de lui à reculons, le dos frôlant le mur.

— C'est si facile, vraiment si facile ! dit Lansing en marchant sur lui.

Il avança les mains. Marshall recula encore, mais les mains l'atteignirent. Ce n'était pas pour l'attaquer, ni pour le frapper. Avec la douceur de geste d'un ami qui vous rectifie un détail de toilette, Lansing s'empara de la cravate de Marshall et fit coulisser le nœud jusqu'en bas, jusqu'à ce qu'il se défasse. Alors, il tira sur la cravate et la dégagea du col de la chemise. Il la réunit en boule dans le creux de sa main et, ainsi pelotonnée, la mit de force dans celle de Marshall. Lui-même referma dessus, un à un, les doigts flasques de Marshall, de façon qu'ils gardent la cravate, qu'ils la retiennent, bon gré mal gré.

Alors, il lui dit adieu, un adieu à la mesure de

l'opinion qu'il avait de lui : c'est-à-dire qu'il s'essuya ensuite lentement la main sur son veston, pour effacer la souillure de ce contact.

Marshall, les yeux baissés, regardait maintenant la cravate avec autant d'horreur que s'il tenait un serpent entre ses doigts paralysés.

— Je resterai en bas, à la porte ! affirma Lansing d'une voix mate, pesante comme du plomb. Je n'en bougerai pas. Je ne quitterai pas cette porte un seul instant. Et dans cinq ou dix minutes, je remonterai, avec la police. Vous pouvez l'attendre, si vous préférez. Mais de toute façon, c'est fini pour vous !

— Cinq ou dix minutes ! C'est si peu de temps... à vivre ! chuchota Marshall, la voix entrecoupée. Si peu de temps...

— C'est cinq ou dix minutes de plus qu'elle n'a eu ! lui rappela Lansing.

Et il ajouta, avec un mépris glacial, d'un ton cependant presque détaché :

— Et de toute façon, pourquoi voudriez-vous vivre ? Je n'y tiendrais pas, à votre place !

Il s'éloigna, il tourna le long de la rampe. Il commença à descendre les marches.

Marshall ne fit pas un mouvement.

Lansing, hébété, le cœur brisé, avançait d'un pas mécanique. Le pas d'un homme qui ne va nulle part, qui marche au-devant d'une succession d'années vides.

— Dieu me pardonne ! dit Marshall avec un frisson.

— Aucun homme, en tout cas, ne le pourrait jamais ! répondit amèrement Lansing.

Leurs regards se croisèrent une dernière fois.

Marshall ne bougeait pas. Le bout de la cravate se balançait au bout de son poing serré.

Un dernier regard, puis chacun mourut l'un pour l'autre.

La tête de Lansing disparut.

Quelque part au-dessus de lui, invisible, une porte se referma avec un claquement qui avait quelque chose de définitif. Comme si, jamais plus, elle ne devait s'ouvrir. La porte d'une vie, qui se ferme brutalement et met le point final.

Lansing continua à descendre, d'un pas mort, vers les ruines de son futur. Sans amour, sans espoir, sans Marjorie.

XI

Au bout d'un moment, le policeman reparut à la porte de l'immeuble, guettant l'arrivée de ses chefs. Il le regarda et dit :

— Vous aviez raison, bon sang ! J'étais un peu sceptique, mais je reconnais que vous aviez raison. Ils sont là-haut, morts tous les deux. Une femme à même le parquet, un homme pendu par la cravate à la tringle de la penderie.

« Et voilà à quoi cela se réduit, pensa Lansing. Une femme sur le parquet, un homme pendu à une tringle. Un homme, une femme... des gens quelconques. Comme s'ils ne s'étaient jamais connus, jamais aimés. D'ailleurs, comment un mort pourrait-il en aimer un autre, je vous le demande ? »

— C'est affreux ! déclara le policeman en tirant de sa poche un crayon et un petit carnet. Les connaissiez-vous, tous les deux ? demanda-t-il.

— Oui, répondit Lansing. Tous les deux...

« Elle avait à peine quinze ans que je l'aimais déjà. Je l'ai aimée dès que l'on peut aimer. Je ne parviens pas à concevoir que les mots Marjorie et amour soient deux mots différents. Dans mon cœur, ils se sont toujours confondus.

« Je l'aimais depuis nos premiers jeux d'enfants, et ces petites danses guindées, que nous dansions dans les bras l'un de l'autre. Elle était si jolie alors, avec son ruban rose dans les cheveux et la ceinture assortie! Comment a-t-elle pu se transformer en cette chose, là-haut? Est-ce toujours cela, le destin des jeunes filles? Est-ce à cela que doivent s'attendre les petits garçons qui les aiment?

« Je l'aimais trop, voilà toute l'histoire. Mon histoire à moi.

« Je me tenais à côté d'elle... Toute ma vie, je n'ai fait que ça, me tenir à côté d'elle. Attendant un petit signe d'elle, qu'elle n'a jamais fait. Puis il est venu. Et je suis resté à côté d'elle, dans son ombre. Je l'ai vu me l'enlever. Et maintenant, elle est là-haut morte. Et je suis encore à côté d'elle...

« Parce que je l'aimais trop. Je l'aimais trop pour essayer de l'arracher au bonheur qu'elle avait soi-disant trouvé.

« On peut être très hardi, quand on n'aime qu'un peu, et égoïste aussi... C'est soi que l'on met au premier plan, celle qu'on aime ne vient qu'ensuite. Tandis qu'un trop grand amour vous rend lâche. On a toujours peur de faire tant souffrir, ne serait-ce qu'à peine...

« Ce n'est pas lui qui l'a tuée, c'est moi. J'ai tué celle que j'aimais... »

— Oui, répondit-il au policeman, je les connais tous les deux.

— Alors, restez ici. Le chef vous interrogera, quand il sera là. Moi, il faut que je remonte là-haut.

— Oui, je resterai là, promit Lansing. J'y suis resté toute ma vie. Je n'ai jamais fait que ça. Je pense donc bien pouvoir rester là tout le temps nécessaire!

Il s'accota contre la porte, tout seul. La nuit tombait. Lui aussi était mort, autant qu'eux, là-haut. Tous trois étaient morts, maintenant. Le problème était résolu. Seulement sa mort, à lui, était d'un genre spécial, sans modifications apparentes. Un phénomène qui demande des années à s'accomplir, tant il est lent et progressif. C'est la mort du cœur.

Au loin, par-delà quelques immeubles, un orgue de

Barbarie se mit à jouer dans le crépuscule. Les notes grêles, désenchantées, semblaient venir d'un autre temps, très lointain. Comme si elles remontaient péniblement le cours des âges...

ÉPILOGUE

Dans un appartement de la Troisième Avenue, propriété de la Compagnie des tramways, vers la Quatre-vingtième Rue, Mme Timothy Meehan souffrait d'une de ses migraines habituelles. Elle était installée à la fenêtre ancien style, haute, étroite, arrondie dans le haut, et accoudée à la barre d'appui, elle maintenait en place sur son front une compresse froide. A côté d'elle, un bol d'eau froide (ou, du moins, aussi froide que le permettait la chaleur tropicale de ce mois de juillet à New York) contenait une deuxième compresse, destinée à remplacer celle qu'elle utilisait pour le moment.

Au-dessous d'elle, à travers des épaisseurs d'air torride, elle apercevait, à peu près à mi-distance entre ses fenêtres et le sol, la voie du métro aérien, avec ses parois de treillage et ses rails luisants. Tout au fond du gouffre, dans une pénombre de cave à jamais inaccessible aux rayons du soleil, la rue avec sa ligne de tramway.

Tim Meehan était précisément conducteur d'un de ces tramways électriques rouges et jaunes qui passaient en bas. Le vacarme incessant, assourdissant de la circulation parvenait jusqu'à elle, se mêlait au bruit de la chambre où son bébé faisait ses premiers pas, tombant et braillant sans arrêt. Un petit frère était déjà en route. Et peu d'espoir d'un arrêt providentiel, ou d'un simple ralentissement du rythme de ses maternités, dans les années immédiates à venir.

— En tout cas, ils seront légitimes ! se répétait-elle en guise de consolation.

Elle se retourna brusquement, fit décrire à sa main une trajectoire précise qui atteignit son but, et dont elle fut aussitôt récompensée par des hurlements assourdissants.

— Je te défends de t'approcher de moi en ce moment ! Tu ne vois donc pas que j'ai ma migraine ?

Elle reprit ensuite placidement son poste d'observation.

Des émanations de choux, venues du fourneau de la cuisine empuantissaient l'appartement, la lessive fumait sur les cordes intérieures qui formaient des guirlandes autour de la pièce ; une rame de métro passa en tonitruant, faisant grelotter la fenêtre dans son cadre, enfonçant des clous dans son crâne douloureux ; la chaleur écrasante ramollissait le goudron de la rue, en bas, au point de garder les empreintes des passants.

Non, la vie n'était pas un lit de roses.

Ni même de ces marguerites sauvages pourtant bien communes, qu'on peut ramasser gratis.

Mais Léona, l'épouse de Tim Meehan, était une femme pratique, dotée d'un dur bon sens. Ce bon sens pratique, elle l'avait toujours eu. Une fois, il avait failli la conduire à sa perte. Maintenant, il était peut-être l'instrument de son salut.

— Malgré tout, c'est mieux qu'avant, se dit-elle. Bien mieux !

Cet « avant » la faisait encore frissonner, lorsqu'elle y songeait, chose qu'elle ne faisait plus d'ailleurs que rarement, très rarement. C'était les migraines qui lui provoquaient ces retours douloureux en arrière. En fait, elles étaient l'héritage direct du passé. Elles constituaient le seul et unique lien entre la femme d'hier, d' « avant », et celle d'aujourd'hui. Par ailleurs, plus rien de commun.

Ce choc sur la tête l'avait guérie une fois pour toutes.

Il avait chassé de sa cervelle toute sa cruelle perversité et l'avait remplacée par un jugement solide. Tout ça d'un seul coup.

C'était le cautère qui l'avait immunisée pour toujours contre l'esprit d'aventure.

Jusque sur son lit de mort, elle garderait le souvenir de la panique qui s'était emparée d'elle lorsqu'elle avait repris ses sens dans l'étouffante obscurité d'une penderie, ensevelie sous de vieux habits, laissée pour morte sur le sol. Heureusement, après une ou deux secondes terrifiantes d'efforts, elle avait été capable de forcer la porte.

Jamais elle n'oublierait sa terreur panique quand, sortie de là, elle s'était vue enfermée dans cette pièce inconnue. Des cloches lui sonnaient dans la tête, ses yeux se voilaient d'un brouillard opaque : crise classique — bien qu'elle en ignorât le nom — de « claustrophobie ». Aujourd'hui encore, elle ne se serait pour rien au monde approchée d'une penderie ; c'était Tim qui devait lui accrocher ses affaires.

Tout le dégoût et le mépris, amassés depuis des semaines, pour cet homme, s'extériorisèrent soudain en une sueur glacée de terreur. Il devint dans son esprit un genre de Barbe-Bleue et de Jack l'Eventreur. S'il l'avait enfermée dans cette pièce, c'était sans doute avec l'intention de revenir plus tard faire disparaître ses restes, ou l'achever, s'il découvrait qu'elle était encore vivante.

Elle avait frappé frénétiquement à la porte, sauvagement, comme un animal traqué, craignant son retour à tout instant. Jusqu'à ce que la propriétaire, attirée par le bruit, vienne en toute hâte, avec un passe, la délivrer.

La porte ouverte, elle s'était enfuie sans un mot, comme un lapin au déboulé, avant qu'on puisse l'arrêter pour la questionner. Elle avait dégringolé l'escalier en sanglotant, la tête en feu, la nausée aux lèvres, fuyant vers l'air libre, le miraculeux merveilleux air libre. Sans esprit de retour.

Toute la nuit, tapie dans son lit, les couvertures par-dessus la tête, elle avait frissonné, hantée par tous les ogres et assassins de la création, qui avaient terrifié les femmes depuis le commencement du monde et se confondaient pour elle en une seule personne.

Deux jours plus tard, elle entrait à l'hôpital pour la première fois, à cause de terribles vertiges qui la forçaient à s'arrêter n'importe où et à chercher appui au plus vite contre un mur, une vitrine ou le réverbère le plus proche. Traumatisme cérébral, lui avait-on dit. Et à la suite de quoi ? Elle était tombée, déclara-t-elle avec réticence, et s'était cogné la tête. Elle ne précisa ni où ni comment. Loin de déposer une plainte, sa plus grande appréhension, c'était de tomber sur lui, par hasard, au coin d'une rue.

Elle dut revenir pendant plusieurs mois à la clinique de l'hôpital, pour y subir divers traitements. Finalement, on lui déclara qu'elle était guérie, tout en l'avertissant qu'elle continuerait pendant longtemps à souffrir de violents maux de tête, qui probablement diminueraient et éventuellement disparaîtraient avec les années.

Curieux, mais quelquefois, du mal peut jaillir le bien. Ce fut au cours de ses visites à l'hôpital qu'elle fit la connaissance de Tim Meehan, conducteur d'un tram de la Troisième Avenue.

Trois mois plus tard, ils étaient mariés. Elle n'avait pas suffisamment confiance en elle pour attendre plus longtemps.

Une autre rame passa avec fracas, en direction du centre... Mieux valait fermer la fenêtre, avant que ce tintamarre ne déclenche, sur sa migraine décroissante, une autre crise.

Elle s'éloigna de la fenêtre, d'un mouvement las.

Le gosse criait, la lessive humide s'entrecroisait dans la pièce, les choux déversaient leur odeur dans tous les coins, l'appartement ressemblait à une fournaise, mais c'était mieux qu'avant, là-bas. Pour rien au monde elle n'aurait échangé. Maintenant, elle se sentait en sécurité. Finies, les aventures !

Un petit rire la secoua, tandis qu'elle tirait le rideau sur sa rêverie, la dernière peut-être, espérait-elle.

« Ce type, je me demande ce qu'il est devenu ? » songea-t-elle, les yeux rêveurs.

Les yeux rêveurs, perdus dans le vague. Et, en réalité, sans avoir particulièrement envie de le savoir.

DU MÊME AUTEUR

Aux Éditions Gallimard

J'AI ÉPOUSÉ UNE OMBRE (Carré Noir n° 317 et Folio Policier n° 115)

L'HEURE BLAFARDE (Carré Noir n° 302 et Folio Policier n° 40)

LA SIRÈNE DU MISSISSIPPI (Folio Policier n° 225)

LES YEUX DE LA NUIT (Carré Noir n° 193)

J'AI VU ROUGE (Carré Noir n° 174 et Folio Policier n° 281)

LE DIAMANT ORPHELIN (Série Noire n° 2010)

LA MARIÉE ÉTAIT EN NOIR (Folio Policier n° 226)

Impression Bussière Camedan Imprimeries
à Saint-Amand (Cher),
le 5 novembre 2002.
Dépôt légal : novembre 2002.
Numéro d'imprimeur : 025030/1.
ISBN 2-07-042306-9./Imprimé en France.

10669